Um amor
IMORTAL

**Outra obra da autora publicada pelo
 Grupo Editorial Record**

O diário de uma vida perdida na memória

Um amor
IMORTAL

ROWAN COLEMAN

Tradução
Juliana Romeiro

1ª edição

Rio de Janeiro | 2024

CIP-BRASIL. CATALOGAÇÃO NA PUBLICAÇÃO
SINDICATO NACIONAL DOS EDITORES DE LIVROS, RJ

C656a   Coleman, Rowan
    Um amor imortal / Rowan Coleman ; tradução Juliana Romeiro. - 1. ed. - Rio de Janeiro : Bertrand Brasil, 2024.

    Tradução de: From now until forever
    ISBN 978-65-5838-287-4

    1. Ficção inglesa. I. Romeiro, Juliana. II. Título.

24-88317   CDD: 823
                        CDU: 82-3(410.1)

Meri Gleice Rodrigues de Souza - Bibliotecária - CRB-7/6439

Copyright © Rowan Coleman, 2023.
Todos os direitos reservados à autora, incluindo os de reprodução, no todo ou em parte, através de quaisquer meios.

Texto revisado segundo o Acordo Ortográfico da Língua Portuguesa de 1990.

Capa:
Quadro *La Belle Ferronnière*: Thaís Lima / Lupa: Mega Pixel | Shutterstock / Fundo de tintas: KH M Owais Qarni | Shutterstock / Garrafa: Rawpixel / Baú: Eugene C. Miller | The National Gallery of Art; Digitalizado por Rawpixel ("Wooden Chest", circa 1938)

Direitos exclusivos de publicação em língua portuguesa somente para o Brasil adquiridos pela:
EDITORA BERTRAND BRASIL LTDA.
Rua Argentina, 171 — 3º andar — São Cristóvão
20921-380 — Rio de Janeiro — RJ
Tel.: (21) 2585-2000, que se reserva a propriedade literária desta tradução.

Seja um leitor preferencial.
Cadastre-se no site www.record.com.br
e receba informações sobre nossos lançamentos
e nossas promoções.

Atendimento e venda direta ao leitor:
sac@record.com.br

Para
Noah Peter Devitt Brown
23 de abril de 2003–8 de agosto de 2022
Porque não pude parar para a morte,

Ela atenciosamente parou para mim.
Na Carruagem só cabíamos nós
E a Imortalidade.

Emily Dickinson

XII

As horas voam,
As flores murcham:
Novos dias,
Novas vias:
Tudo passa!
O amor fica.

—Henry van Dyke

1

Quando acontece, é quase como uma lembrança, ou o ensaio de uma. Como se eu já tivesse imaginado aquilo centenas de vezes. Não parece real, muito menos verdade... mas é inegável.

— Você veio acompanhado? — pergunta ela.

Dez minutos antes, eu observava a chuva pela janela, pensando no que ia fazer para o jantar, e agora, pela primeira vez desde que completei dezoito anos, ela está me perguntando se eu vim com alguém.

— Não — respondo. — Vim sozinho, doutora.

— Certo. — Ela estende a mão sobre a mesa e cobre a minha por um instante. Uma breve mudança no seu semblante reservado e profissional de sempre entrega tudo. — Não tenho boas notícias, Ben. Como você sabe, por causa dos tratamentos anteriores, um dos sintomas da síndrome de Marfan são os aneurismas, e já tivemos que lidar com alguns nos últimos anos. Só que os exames recentes mostraram um novo, muito perto do tronco cerebral. É grande, tem cinco centímetros de diâmetro, e é isso que está causando as dores de cabeça e o aumento da visão embaçada.

Percebo que estou diante do que parece que vai ser o pior momento da minha vida, mas não sinto nada. A sensação é de que está tudo acontecendo em câmera lenta.

— Ok — digo, incerto. — Mas, na maior parte do tempo, eu me sinto bem normal. Talvez eu tenha exagerado? — Ela não diz nada, e a ouço engolir em seco. — Esse dá pra cortar fora também, né? Ou usar um balão?

A Dra. Patterson faz que não com a cabeça.

— Infelizmente, por causa da posição do aneurisma, tentar tratá-lo como normalmente faríamos é muitíssimo perigoso, com talvez uns três por cento de chance de recuperação total. É muito mais provável que você não sobreviva à cirurgia, ou que sobreviva com graves danos cerebrais. Por isso, não posso, em sã consciência, recomendar um procedimento desses. Se não fizermos nada, se só amenizarmos os sintomas, você pode ter uma boa qualidade de vida pelo tempo que lhe resta. — Ela faz uma pausa, franze a testa e então me encara. — Você vai continuar tendo sintomas, mas nada que seja debilitante. E vai poder aproveitar o resto da sua vida, embora ela provavelmente não vá ser longa.

— De quanto tempo nós estamos falando? — pergunto devagar, esperando a notícia se materializar em uma realidade tangível que eu possa tocar e sentir.

— Pelo tamanho do aneurisma agora, e com a pressão sanguínea estando tão alta no vaso, ele vai se romper nos próximos meses, semanas ou... — ela hesita — ...pode ser em poucos dias, Ben. Não tem como saber com exatidão. Quando acontecer, é provável que seja rápido... Você não vai sentir dor nem sofrer por muito tempo.

— Menos mal.

Um trovão ruge lá fora. Parece que tem alguém chacoalhando um saco cheio de ossos. Olho, em cima da mesa, as fotos da filha da Dra. Patterson com sua beca de formatura e penso na minha mãe, sentada à mesa da cozinha onde eu jantava quando era criança. Na minha irmã, Kitty, aturando um trabalho sacal só para poder sustentar o filho. No meu cachorro, Pablo, dormindo junto à porta de casa, esperando que eu volte para a mesa de trabalho onde o projeto de engenharia que vai (ia) me deixar rico está quase pronto.

— Vou receitar algo para dor e náuseas — continua a Dra. Patterson, passando para o meu lado da mesa. — Você vai receber alta dos meus cuidados, e uma enfermeira do distrito entrará em contato com você, com todas as informações sobre o cronograma dos medicamentos. Ela vai tirar todas as suas dúvidas. E existem grupos muito bons de apoio e aconselhamento psicológico disponíveis. Mas eu não vou a lugar algum. Você tem meu telefone. Pode entrar em contato e me perguntar qualquer coisa assim que processar tudo isso.

— Obrigado, doutora. — Assinto. — Você é demais.

— Boa sorte, Ben.

Todas as coisas que não fiz porque achei que não era o momento certo... As mulheres de quem me afastei... As festas que perdi porque tinha que estudar... Nunca fiz grandes viagens, nunca dancei até sentir o coração quase explodindo, nunca saltei de paraquedas nem aprendi a surfar. Nunca usei o Instagram nem nadei pelado. Nunca me apaixonei de verdade... Passei longas horas solitárias me dedicando ao trabalho porque tinha todo o tempo do mundo. Ou pelo menos era o que eu achava... Nunca vou ser pai.

Tento cumprimentar a médica com um aperto de mão ao me levantar, mas ela me puxa para um abraço. Sinto seus ombros tremerem, e este deveria ser o momento em que a ficha cai, mas tudo que sinto é pena dela. Pena desta mulher brilhante que se importa comigo mais do que provavelmente deveria.

— Perdão. — Ela dá um passo atrás, alisando a saia. — Não foi muito profissional da minha parte.

— Não precisa pedir desculpa por se importar comigo. A gente se conhece há muito tempo — digo. — Obrigado. Obrigado por tudo.

∗∗∗

Saio do hospital e entro no que serão os últimos capítulos da minha vida nada especial. Virando o rosto para o céu, deixo a chuva me encharcar, escorrendo pela nuca, por dentro do colarinho da camisa, gelando minhas costas. Não são lágrimas.

Então... o problema é que eu achava que ainda tinha muita vida pela frente, não que ela estava chegando ao fim. E agora? É impossível seguir em frente.

— Parece que é sempre um dilúvio quando chove, né? — murmura uma senhorinha ao meu lado quando entro na estação de trem. Com um chapéu impermeável transparente amarrado sob o queixo, ela tem o rosto marcado dos muitos anos vividos e olhos que brilham diante do que ainda está por vir. — Melhor ir para casa e se secar, rapaz. Você vai pegar um resfriado daqueles de matar.

Dou uma risada. Mais pessoas entram na estação para se abrigar da chuva, e começa a esquentar. As poças formadas pelos guarda-chuvas agitados às pressas refletem as luzes do teto.

— Precisa de ajuda com as malas?

— Não, pode deixar que eu dou conta — responde a senhora. — Não vê que estou com meu carrinho? Agora vá tomar algo quente. Você está branco feito papel.

— Estou indo pra lá — digo, olhando para o painel com os horários dos trens. Minha mochila, contendo tudo de que preciso para passar uma noite fora, caso tenha que ser internado às pressas, pesa nos ombros.

Ao verificar os horários de partida, vejo que há um trem para Hebden Bridge que sairá em cinco minutos. Penso na minha mãe sentada sozinha à mesa da cozinha, lendo um livro e tomando café. Na minha irmã, Kitty, trabalhando na oficina — ou talvez ela tenha tirado o dia de folga para ficar com meu sobrinho, Elliot —, todos alegremente alheios à bomba que estou prestes a lançar em suas vidas. E penso em todas as coisas que preciso organizar: meu negócio de engenharia óptica, o projeto que passei anos desenvolvendo e que está quase pronto, as contas não pagas, aquele passeio que prometi ao Pablo antes de sair... tudo o que achei que poderia esperar algumas horas, até que cada segundo se tornou extremamente precioso. Não tenho a menor ideia de como vou enfrentar tudo isso.

No painel, o trem acima do meu começa a piscar, indicando que é a última chamada para o embarque. Daqui a três minutos vai sair um expresso para Londres, uma cidade na qual nunca pisei e onde não conheço ninguém.

Algo instintivo invade meu coração. Não sei se é medo ou desejo; tudo o que sei é que preciso dar um jeito de me afastar da minha realidade para conseguir raciocinar. Para conseguir sentir.

Correndo em disparada, embarco no trem para Londres enquanto as portas se fecham e eu desabo no primeiro banco vazio que vejo pela frente. Pela primeira vez na vida, não tenho um plano e estou apavorado.

2

Sonhei com este momento durante quase toda a minha vida. Agora que chegou a hora, estou apavorada, com medo de que não dê certo. Atrás das enormes portas duplas douradas em estilo rococó, ouço o burburinho de conversas animadas e o tilintar de taças de champanhe. Elas abrem para o que já foi o salão de baile de um dos endereços mais luxuosos e badalados de Londres e onde hoje funciona a Coleção Bianchi, em homenagem à viúva rica que legou sua casa e acervo ao povo de Londres, para toda a eternidade. É aqui que passo várias horas do meu dia trabalhando. Praticamente moro aqui. Depositei minhas frágeis esperanças neste lugar. E, se elas forem novamente despedaçadas, saberei que cheguei ao fim da minha *busca pelo fim*. Depois disso, não sei o que vai acontecer.

O opulento salão de baile com espelhos dourados está repleto de grandes, bons e não tão bons nomes do mundo da arte e dos museus, com seus reflexos etéreos brilhando no piso encerado — o que está em cima é como o que está embaixo. Estão todos aqui para a prévia do lançamento da exposição que passei anos tentando trazer para a Coleção. Até que enfim, os remanescentes retratos pintados por Leonardo da Vinci estão reunidos aqui.

— Você vai entrar, Vita? — Anna, minha chefe, sorri para mim. — Aliás, como você está linda! Isso é um Dior original?

— O quê? Esta velharia? — Aponto para o vestido vintage, dos anos 1950, de seda e tule cinza-claros que parece ter sido feito sob medida para mim. — Ah, sabe como é... Estava num canto do armário.

— Que armário é esse que comporta uma variedade tão impressionante de roupas sob medida de todas as épocas da história da moda? — pergunta Anna, incrédula. — Você poderia expor seu guarda-roupa no museu Victoria & Albert!

— Isso é herança de uma longa linhagem de acumuladores inveterados — respondo, com um sorriso. — Na minha família, ninguém joga nada fora.

Anna pega minha mão.

— Você está nervosa? Fica pairando aqui fora igual à Cinderela — diz Anna. — Você sabe que pode entrar no baile, não sabe, querida? A festa é sua. *Você* é a princesa encantada! Nós todos somos apenas admiradores, impressionados com a sua incrível proeza.

— É, eu sei — respondo. — Mas é muita coisa ao mesmo tempo, sabe? O que está em jogo é grande demais. Maior do que eu imaginava.

Anos planejando e negociando, implorando e barganhando com grandes museus e galerias do mundo para trazer quase todos os retratos pintados por Da Vinci de que se tem notícia para uma única exposição aqui na Coleção. Este momento é o resultado de todo esse trabalho e dedicação.

Anna assente.

— Depois de hoje, Londres inteirinha vai saber seu nome — declara ela.

Esse pensamento me faz estremecer.

— Não sei se gosto de pensar nisso — brinco, meio séria, escondendo os meus verdadeiros medos. — Mas não é nem isso. — Peso as palavras com cuidado. — Tenho muitas dúvidas em relação a essas obras. E espero que, enquanto eu estiver como guardiã delas, finalmente possa encontrar as respostas.

— Com certeza sua pesquisa vai ser um sucesso. — Anna aperta a minha mão. — Vamos, princesa encantada — chama ela, sorrindo para os funcionários que abrem, em perfeita sincronia, as portas duplas para nós. — Venha ver a maravilha que você criou.

— Quem criou a maravilha foi Da Vinci — digo. — Eu apenas peguei carona.

★★★

É meia-noite, os últimos convidados já foram embora, e estou quase sozinha ali, confortada pelo abraço acolhedor da paz e do silêncio. Foi uma noite maravilhosa, um "sucesso estrondoso", segundo Anna, embora eu não me lembre de nenhum detalhe específico, só de um turbilhão de sorrisos e felicitações borbulhando de todos os lados, como o champanhe na minha taça. Agora que quase todo mundo já foi embora, parece que a galeria de repente acordou, como se o evento a tivesse despertado de um sono de cem anos. As lembranças parecem dançar ali, como se eu pudesse dobrar em um corredor e encontrar os ecos de foliões descendo a grande escadaria.

Eu me sinto como se estivesse em uma terra encantada. Me sinto em casa.

— Mo, você se importa de me esperar um pouquinho? — pergunto ao chefe de segurança da galeria enquanto ele faz uma última vistoria antes de voltar para o centro de controle no subsolo. — Posso ficar uns cinco minutinhos sozinha na exposição antes de você me expulsar?

— Pode — responde ele. — Mas só porque é você. — Mo tem cinco filhas e é gentil e muito paciente com os caprichos românticos delas, que são superfãs, o que proporcionou a ele um conhecimento profundo e surpreendente de K-pop, que ele gosta de compartilhar comigo sempre que nos encontramos na copa. — Mas, se você tentar sair com a *Mona Lisa* debaixo do braço, eu te boto na cadeia.

— A *Mona Lisa* não veio — lembro a ele. — O Louvre não abre mão dela por nada.

— Nunca gostei dela mesmo — comenta ele, dando uma piscadela. — Aproveite os quadros sozinha. Você trabalhou muito por isso, Vita. E está com cara de quem acabou de cair do céu.

— Não sei se entendi o que você quis dizer com isso, mas vou considerar como um elogio — digo.

★★★

As pinturas reluzem como pedras preciosas na escuridão, cada quadro iluminado de modo a parecer que está levitando. As imagens são tão familiares que quase chegam a ser algo corriqueiro, mas vê-las todas aqui, juntas, nunca deixa de me causar um arrepio de perplexidade e admiração. Olhos que parecem seguir os meus, lábios entreabertos, como se a qualquer momento pudessem dizer meu nome...

Paro na frente da *Dama com arminho*, ou Cecilia Gallerani, como era chamada na vida real. Eternamente caprichosa e coquete, a amante preferida do duque de Milão, capaz de alegrar um ambiente com sua sagacidade e graça. Então sigo para Ginevra de' Benci, a pobre jovem de rosto pálido, pintada na véspera de seu casamento com um homem que não amava. Tanta tristeza e cansaço nas feições abatidas... como se já estivesse pronta para a morte, que a alcançou poucos meses depois de a pintura ser concluída. Pelo menos posso dizer que, durante a minha vida, eu conheci o amor — o olhar triste de Ginevra de' Benci sempre me lembra disso.

São retratos belíssimos, cada um deles uma obra-prima, mas esses quadros não chegam a tocar meu coração nem a fazê-lo acelerar. Quem provoca esse tipo de reação está me aguardando quase no fim da exposição, a tez de marfim brilhando no escuro.

La Belle Ferronnière, ou *Retrato de uma mulher desconhecida*, como também é chamada. Um rosto oval sério, emoldurado por cabelos escuros e lisos, a cabeça levemente inclinada. Ela parece me observar enquanto me aproximo, como se estivesse esperando por mim. Faz muito tempo desde nosso último encontro.

Frente a frente, olho no olho, espelhamos o olhar uma da outra enquanto me pergunto quais são os seus segredos. Há séculos, o mundo perdeu seu nome, e historiadores ainda discutem qual seria a sua identidade. Mas não é o nome dela que me importa. É quem ela é hoje: todas as mulheres perdidas, para sempre capturadas naquele momento entre o sorrir e o chorar... E, em algum lugar escondido atrás daquele quase sorriso, quase pranto, existem segredos que só seu criador conhece.

3

Pouco antes de completar dezesseis anos, descobri que nasci com uma doença genética rara.

Eu tinha passado semanas tentando ignorar uma dor de cabeça e a visão turva. Então minha mãe me fez ir ao oftalmologista, e ele sugeriu que eu procurasse um neurologista. Em momento algum achamos que poderia ser algo sério. Na época, pegamos o trem para Leeds, para ir à consulta, eu totalmente desligado. Minha mãe foi falando o caminho todo, e eu fingia que estava ouvindo enquanto olhava pela janela e pensava em meninas e futebol.

Foi quando conheci a Dra. Patterson, que me contou os segredos que meu corpo vinha escondendo de mim. Eu tinha a síndrome de Marfan, algo raro, do campo da genética, possivelmente herdado, embora mais tarde tenhamos descoberto que meus genes decidiram fazer uma mutação quando eu estava no útero — ninguém sabia por quê. A doença explicava por que eu era o aluno mais alto da turma, por que as minhas articulações eram tão flexíveis e por que eu era míope.

— Não há motivo para preocupação — dissera a Dra. Patterson.

Sim, ia ser preciso fazer um acompanhamento, mas hoje em dia noventa por cento dos pacientes com síndrome de Marfan vivem até os setenta anos. O que parecia uma eternidade para mim. Ainda parece.

— E os outros dez por cento? — perguntara minha mãe.

— Existe um risco maior de complicações, como insuficiência cardíaca ou aneurismas — explicara a Dra. Patterson. — Mas os tratamentos estão sempre evoluindo. Tentem não se preocupar. Nós vamos cuidar de você.

— E agora? — eu tinha perguntado à minha mãe, na volta para casa.

— Isso não muda nada — respondera ela. — Você ouviu a médica: noventa por cento das pessoas levam uma vida normal. Isso é praticamente todo mundo. A gente vai ter que ficar de olho em você, só isso. Tente não pensar nisso, meu amor.

Voltei a olhar pela janela e, embora todo mundo estivesse me dizendo que estava tudo bem e que eu não tinha nada com o que me preocupar, lembro de pensar vagamente que *alguém* tinha que estar naquele grupo azarado dos dez por cento. Alguém tinha que estar do lado errado da estatística para que os noventa por cento se dessem bem. Todo ano eu fazia um check-up, e sempre estava tudo bem, até que finalmente parei de me preocupar, e o medo se foi. Nunca me ocorreu que eu não ia ter todo o tempo do mundo para começar a viver de verdade; era sempre *depois* de uma coisa ou outra que deixaria a minha marca no mundo, que eu levantaria a cabeça para olhar para ele de fato.

Quinze anos depois, estou na estação de King's Cross, em Londres. O fim de tarde virou noite. Vejo um cara dirigindo um carrinho de limpeza motorizado entre as plataformas, e as pessoas entrando no acesso para a estação de metrô e saindo dele, na pressa de chegar a seu destino. Sinto que também estou com pressa de chegar a algum lugar. O problema é que não sei onde.

Quando embarquei no trem para Londres, eu sabia, antes mesmo de entender isso de verdade, que *tinha* que fazer alguma coisa, era agora ou nunca. E um instinto me impeliu para longe de tudo e de todos que eu conhecia. Sentado no trem, junto à janela, desliguei o celular sem ler a mensagem que havia recebido da minha mãe e resolvi que precisava tirar o relógio e deixá-lo para trás. Assim, se eu perdesse a noção do tempo, talvez o tempo perdesse a noção de mim, pelo menos por um período. Mas era um bom relógio, eu mesmo o comprara no primeiro ano em que meu negócio dera lucro. Então eu o enfiei no espaço entre os bancos e desejei sorte a quem o encontrasse. O que quer que viesse pela frente, decidi, teria que ser *importante*. Eu não tinha mais tempo para fazer as coisas pela metade. A única coisa que justificava eu fugir de casa, dos meus amigos e da minha família era fazer algo acontecer, *sentir* algo antes que o último segundo da minha vida me alcançasse. Eu não podia deixar que um equipamento desconhecido e não testado, abandonado na minha mesa de trabalho, fosse meu único legado neste mundo. Com o trem cortando a paisagem a mais de cem quilômetros por hora, meu coração parecia a agulha de uma bússola, apontando para uma esperança impossível.

Agora vejo a torre da British Telecom se destacando acima da linha dos prédios, relíquia de uma era futurista que parece nunca ter chegado. Pelo menos serve como ponto de referência, e então começo a andar, decidido, em direção a ela. Já passa das onze da noite, mas as ruas continuam movimentadas, o trânsito está intenso, com sirenes ressoando e os graves de músicas retumbando atrás de janelas fechadas. De repente, a porta de um pub se abre, e sou atingido por uma explosão de risos e pelo cheiro de cerveja. É tentador se sentir como uma criança com o nariz colado na vitrine da loja de doces, desejando algo que não pode ter, mas posso ter isso se eu quiser. Vim aqui para me perder nesta cidade labiríntica, feita de mitos e mais perguntas do que respostas. Vim porque não estou disposto a desistir. Vim para encontrar não um jeito de morrer, mas de viver.

4

Andar pelo centro de Londres, na volta para casa, em uma noite de verão como a de hoje é sempre um pouco como caminhar sobre uma nuvem de poeira estelar. Há um conforto, uma familiaridade inalterada que coexiste com algo sempre novo, inesperado. Não acho que eu poderia existir em nenhum outro lugar senão nesta cidade atemporal e em constante mudança.

Ainda não escureceu totalmente e o ar vibra cheio de vida. A caminhada da mansão de Madame Bianchi, que fica escondida atrás do Instituto de Artes Contemporâneas, no fim da avenida The Mall, até o meu refúgio, no Soho, é cheia de cor, memórias e muitas histórias, tanto minhas quanto desta cidade, boa parte delas serpenteando como o lento rio Tâmisa. A Trafalgar Square está sempre cheia de gente apressada, então sigo pela Charing Cross Road. É um caminho um pouco mais comprido do que por Chinatown, mas gosto de ver as pessoas saindo dos teatros, eufóricas e inebriadas ao fim de um espetáculo, sem saber que estão andando sobre túneis secretos construídos por aristocratas perigosos ou sobre os rios ocultos que fluem nas profundezas da cidade e alimentam as piscinas de templos romanos há muito esquecidos. Abrindo caminho em meio à multidão de pessoas saindo para beber depois do trabalho, contando piadas e trocando números de celular, eu faço e não faço parte de tudo isso, e é exatamente disso que gosto.

Na esquina da Wardour Street, aperto um pouco o passo, feliz de estar quase em casa, atravessando hordas de homens extremamente lindos flertando uns com os outros como se não houvesse amanhã. Uma despedida de solteira irrompe no meio da rua, as mulheres cantando aos berros, desafinadas mas muito entusiasmadas.

Amo Londres com tudo o que resta do meu coração.

Este foi o primeiro lugar para o qual fugi, muito antes de conhecer Dominic, e a cidade foi para mim um farol na escuridão. Londres pode ser cruel e brutal, mas também é honesta. Ela me salvou naquela época, e continua me salvando desde então.

Dobro uma esquina.

Se alguém estivesse me observando agora, seria como se, no meio da Poland Street, eu pisasse nas sombras e desaparecesse. Isso porque o lugar onde moro é uma espécie de Nárnia urbana degradada, cujo acesso, muitas vezes, só é possível ao se empurrar para o lado uma caçamba de lixo industrial. A maior parte do mundo nem sabe que este lugar existe.

Ao emergir do beco que leva ao pequeno pátio, sou recebida pelo cheiro de pizza que atravessa a noite e por poucas luzes iluminando o pátio escuro, no centro do qual, construído em 1770 nos paralelepípedos tombados, há um relógio de sol que não vê a luz do dia faz uns duzentos anos, não desde que a maioria das casas originais em torno dele foi derrubada e reconstruída por vitorianos engenhosos. O único poste de rua do lugar lança um holofote sobre minha vizinha idosa.

— Oi, querida! — Mariah está sentada no degrau em frente à porta, com as pernas cruzadas cobertas por uma meia-calça bege, fumando um cigarro comprido e tomando um ar como se estivesse na Costa Amalfitana, e não em um beco no Soho, com um gim-tônica junto aos pés. Oitenta e seis anos e com a elegância de Audrey Hepburn. — A noite está linda, não acha? Você ainda vem jantar comigo, não vem, querida? Mandei as moças pra casa... não aguentava mais aquelas duas hoje!

As moças são Viv e Marta, as cuidadoras de Mariah do turno do dia e da noite, que tomam conta dela o dia inteiro. Marta acena para mim da porta, dando de ombros. Faço um gesto para que ela vá dormir e deixe que eu cuide de Mariah por algumas horas. É algo que costumo fazer. Gosto muito de Mariah. Ela é uma das duas únicas pessoas no mundo inteiro de quem não preciso me esconder — o mais próximo que tenho de uma família agora.

— A gente combinou alguma coisa? — pergunto, me recostando no estreito corrimão central de ferro forjado que separa os degraus de pedra que levam às portas das nossas casas. Não combinamos nada, mas a memória de Mariah é uma coisa fugaz que pode levá-la dias, meses ou até anos para trás ou para a frente. Sempre tento agir com naturalidade, me adaptando a seja qual for a realidade na qual ela esteja vivendo no momento. É mais fácil assim. — Está meio tarde. Já é quase uma da manhã.

— Bobagem! Jovens que nem a gente não se preocupam com a hora de dormir — diz ela. — E você? Trouxe o que pra mim?

Enfio a mão no bolso e deposito um punhado de balas coloridas na mão dela. Mariah sorri, encantada.

— Vou guardar pra depois do jantar — diz ela.

— A gente vai comer o quê, Mariah? Deixa eu dar um pulinho lá em casa para buscar uma garrafa de vinho.

— Macarrão, Evie. Macarrão argolinha com torrada. E pudim de sobremesa. Um banquete, não acha?

— Maravilha. — Mariah costuma me chamar de Evelyn, nome da minha antecessora. Evelyn era corajosa, barulhenta e sempre destemida. Queria ser mais parecida com ela agora.

— Vou só fumar mais um cigarro — murmura Mariah enquanto entro para buscar o vinho. — Aí boto o pão na torradeira.

Minha casa estreita é idêntica à de Mariah, as duas últimas casas geminadas em estilo georgiano da rua, com janelas em alcova voltadas para o nada. O Deep Cut Yard é sujo demais para ser chamado de vila e pequeno demais para reivindicar o status de praça. Nossos vizinhos são os fundos de restaurantes e escritórios, o que, por nós, tudo bem. Gosto do nosso cantinho secreto que só poucas pessoas conhecem.

Entro, acendo as luzes do hall e as vejo piscar de forma irregular em raios mágicos e incertos sobre os dois primeiros lances da escada estreita, iluminando décadas de tralhas acumuladas em cômodos espalhados por quatro andares e um sótão, em sua maioria livros e baús cheios de roupas e chapéus. Cada centímetro das paredes está coberto por pinturas, esboços de desenhos e por toda a história da fotografia, e cada superfície está repleta de lembranças: recordações físicas de momentos há muito perdidos na história.

Quando entrei nesta casa pela primeira vez depois da morte de Dominic, pensei em tirar tudo o que tinha sido deixado para trás e renovar a casa toda, junto comigo. Mas não consegui. Esta casa não são só as paredes e o telhado. São todos os segundos vividos aqui. Não suporto varrer isso junto com a poeira e os ratos. Esta casa é minha companheira fiel, meu porto seguro.

Deixo a bolsa ao pé da escada estreita e desço depressa até a minúscula adega cheia de teias de aranha para buscar uma garrafa de vinho que devia ser considerada vintage no tempo em que Mariah era apenas uma criança.

Ao sair pela porta, vislumbro minha foto de casamento, a luz do hall tremeluzindo na moldura prateada do porta-retratos. E, só por um instante, uma lembrança intensa de Dominic ganha vida, ele com as mãos nos meus quadris, a respiração na minha nuca. O som de risos e aplausos enquanto dançávamos nas margens do rio Dordonha, bebendo champanhe direto do gargalo. Basta inspirar, e a lembrança se esvai, tão frágil como as teias de aranha que enfeitam o batente da porta.

5

— Cadê você? — pergunta Kitty, preocupada, assim que atendo o telefone. Só liguei o celular agora, e ele tocou no mesmo instante. — Mamãe está quase tendo um treco! Você mandou uma mensagem pedindo que ela buscasse o Pablo e cuidasse dele por uns dias, e não falou mais nada? O que está acontecendo, Ben?

— Ah, só bateu uma vontade de sair da rotina — digo, minimizando a situação enquanto abro a porta do quarto de hotel com um cartão-chave e entro. De alguma forma, me perdi entre aqui e o ponto em que comecei, e cheguei a um hotel bonito, bem depois da meia-noite. Talvez por isso o único quarto vago fosse uma suíte júnior. — Eu ia voltar pra casa, mas aí vi o trem de Londres e pensei: "Por que não aproveitar a vida?" Está tudo bem com o Pablo? Ele jantou?

— Está tudo bem com o seu cachorro, Ben. Os humanos é que não estão bem. Peraí, você está em Londres?! — exclama Kitty, e então abaixa a voz, provavelmente para não acordar o meu sobrinho, Elliot. — Você foi pra Leeds hoje de manhã e agora está em Londres?

— Fui fazer o meu check-up anual no hospital — explico devagar, avaliando o quarto. É bem moderno e em um andar alto o suficiente para ter uma vista de tirar o fôlego. Por cima dos outros telhados, é possível ver até a Trafalgar Square.

O quarto é bastante grande, com um sofá de veludo azul-escuro diante de uma TV enorme, e uma banheira gigante no banheiro. Mas a melhor parte é a TV, que sobe do pé da cama enquanto me deixo afundar no colchão, e o preço deste dia estranho e vazio começa a pesar intensamente sobre meu corpo cansado e tenso. Estou usando todos os segundos que posso para adiar o momento em que vou ter que explicar o que está acontecendo, porque ainda não sei o que explicar exatamente. Agora minha vida se resume a isto. Dias, horas, minutos e segundos. Cada um deles precisa ser usado com precisão e propósito.

— E aí? — pergunta Kitty, cautelosa.

Não sei como contar para ela. São só palavras e, no entanto, são o fim de tudo. É uma coisa que não dá para contar por telefone. Na verdade, é algo que eu jamais queria ter que dizer. Então, não digo.

— Ah, o de sempre...

Não sabia que ia mentir para ela até o momento em que as palavras saem da minha boca.

Hoje de manhã, eu estava comendo cereal e pensando em assistir a uma série nova no fim de semana, talvez mandar uma mensagem para aquela mulher que me passou o número do telefone dela no pub há alguns dias. Agora estou evitando a todo custo dar a notícia da minha morte iminente. É no mínimo surreal.

— Então está tudo bem? — pergunta ela, captando na mesma hora o meu tom evasivo.

— Aham, tudo ótimo — respondo.

Há um longo silêncio, e sei que Kitty está considerando o que fazer em seguida. Será que me pressiona por mais detalhes, ou deixa para lá? Rezo para que ela escolha a segunda opção.

— Você tem que ligar pra mamãe — diz ela, afinal. Sua voz parece incorporar toda a distância física entre nós. — E explicar que você antecipou sua crise da meia-idade em uma década.

— Eu sei — digo, virando a cabeça na direção da janela. De repente a cidade lá fora parece muito grande, e eu sou só um pontinho insignificante de existência nesse enorme quadro da vida. Um coração que não vai fazer falta quando parar, nada de especial. — Não quero levar sermão. Será que você...

— Nem pensar — nega Kitty, exatamente como eu sabia que faria. — Não vou levar bronca pelo seu surto. Mas, me fala, por que logo Londres? — pergunta ela.

— Por que não? — devolvo, irritando-a.

— Porque tudo aí custa dezoito vezes mais e tem um monte de londrinos...?

— Ah, não pensei muito na hora. Só vim.

— Você vai se drogar muito e contratar umas strippers? — questiona Kitty.

— Não sei. Sempre quis ver a Torre de Londres.

— Que jeito mais sem graça de aproveitar a vida — comenta Kitty, mas seu tom é brando. De repente, sinto muita saudade da minha irmã. Vir para cá e me afastar das pessoas que me amam foi uma ideia idiota, mas parecia que eu não tinha opção. — Quando você volta? — continua ela.

— Quando o dinheiro acabar. Vai demorar uma eternidade... — respondo. — É uma folguinha, só isso. Um tempo para botar a cabeça no lugar.

— Sortudo de uma figa.

— É, eu sei — digo.

A ironia faz a dor se acumular no meu peito.

— Ben?

Um silêncio segue o meu nome, estendendo-se pelo país inteiro e por todos os anos que ela ainda não sabe que vai viver sem mim.

— O que foi, Kits? — pergunto.

— Você é burro feito uma porta — diz ela.

— Eu também te amo — respondo.

6

— Isso me lembra daquela vez, em 1941. Você lembra? — pergunta Mariah, se servindo de mais vinho.

A cozinha dela é pequena e entulhada, mas é onde ela gosta de comer sempre. Eu a vejo acender uma vela baixa e larga, e então derreter um pouco de cera num pires para fixá-la.

— Lembro — respondo.

— Lembra como eu fiquei com medo? — continua ela, sem titubear. — Mamãe não conseguiu voltar pra casa por causa do ataque aéreo, e estava chovendo bomba. Aí você veio, lembra? Pra tentar me levar pro abrigo! Mas eu não queria ir... estava morrendo de medo do barulho e do fogo. Então a gente se sentou debaixo desta mesa aqui, com uma vela igualzinha a esta. Você segurou a minha mão e me contou histórias, cantou pra mim. O que foi que você cantou mesmo?

Mariah pega a minha mão e aperta com força, seus olhos encontrando os meus.

— Não consigo lembrar. Quem sabe não foi alguma coisa feliz, como "We'll Meet Again"?

— Eu lembro! — Seus olhos brilham. — Foi "Run, Rabbit, Run"! Você ficou cantando sem parar, fazendo todas aquelas vozes e sotaques engraçados pra me fazer rir. Quando amanheceu e a mamãe chegou, a gente ainda estava aqui. Logo depois você sumiu. Pra onde você foi, Evie?

— Eu me casei com um homem muito bonito — respondo. — Ele tinha o cabelo preto, olhos muito escuros e um sorriso travesso. O tipo de sorriso de quem estava sempre aprontando.

— Uh-lá-lá! — Mariah ri. — Sempre gostei dos tipos perigosos. O meu Len era bem assim quando queria. Ele era bom de cama?

— Ele era um amante experiente — respondo, só para ver o deleite nos olhos dela. Não é a primeira vez que falo de Dominic, mas não me importo de repetir. Não em uma noite como a de hoje, em que me vejo com saudade de tudo o que perdi. — Mas chega de falar de mim — digo. — Me conta como você conheceu o seu Len.

— Ah, o meu Len! — A expressão em seu rosto se suaviza, e de repente Mariah tem vinte anos de novo, os olhos azuis brilhando e as bochechas coradas de prazer. — Ele tinha um cabelo ondulado lindo, igual a um ator de cinema. A mãe dele não gostava de mim, mas o Len falou pra ela que nós tínhamos sido feitos um para o outro, ela querendo ou não, então a gente se casou, e foi isso. Eu *amava* o Soho nos anos cinquenta. Era como se o mundo de repente tivesse explodido em cores, e tudo acontecesse bem aqui... Nem tudo era bom, óbvio, mas era tão emocionante.

Eu me recosto na velha cadeira da cozinha com a taça na mão e escuto enquanto Mariah volta no tempo e me guia por salões de baile e cinemas antigos até o dia do seu casamento com Leonard Hayward. Ah, imagina viver como Mariah! Aqui está ela, perto do fim de sua vida, e não há um momento, bom ou ruim, que não tenha vivido com toda a intensidade.

Vejo isso nos artefatos do seu passado. O papel de parede manchado de nicotina está coberto de fotografias pregadas diretamente na parede. Nas prateleiras, em meio a uma coleção empoeirada de louças descasadas, estão as coisas que ela quer ver todos os dias. Um vaso *art déco* que, segundo ela, foi o orgulho e a alegria de sua mãe, e um chapeuzinho de bebê com babado de renda e longas fitas cor-de-rosa desbotadas e quase brancas.

Até a tigela do cachorro há muito falecido, Kip, continua do lado da geladeira, como se ele fosse voltar faminto qualquer dia desses. Às vezes, se Mariah está tendo um dia particularmente ruim, ela enche a tigela de comida e leva para o degrau em frente à porta, onde fica chamando o nome do cachorro repetidas vezes até eu gentilmente levá-la de volta para dentro. Apesar de tudo o que perdeu, Mariah continua tendo esperança.

Ela se recosta em mim, levemente embriagada, enquanto subimos juntas, lado a lado, a estreita escada até o quarto dela. Marta emerge do seu quarto para ajudar a colocar Mariah na cama.

— Pode deixar que eu a levo — digo.

— Tem certeza? — pergunta Marta. — Me sinto culpada de ficar só sentada, lendo.

— Pode deixar — tranquilizo-a. — Durma um pouco. Ela com certeza vai levantar em breve para dar uma volta. — Acendo o abajur empoeirado e com franjas de borlas e encontro sua camisola cuidadosamente dobrada sob o travesseiro: chiffon rosa, óbvio. Mariah costuma dizer que, quando você abandona seus costumes, pode muito bem desistir da vida.

— Você é uma boa menina — diz Mariah enquanto ajeito o cobertor para ela. — Às vezes, eu fico pensando... se eu tivesse tido filhos, se a minha pequena Rosie tivesse vivido mais do que uma semana, será que ela teria sido tão boa comigo quanto você?

— Todo mundo te ama. Você tem esse efeito nas pessoas. Todo mundo que trabalha aqui faria qualquer coisa por você. — Aliso as cobertas sobre seu corpo magro, penteando os cabelos finos para longe da testa dela.

— Mas não foi o plano de Deus pra mim, né? — Mariah suspira, fechando os olhos. — Tive tão pouco tempo com a minha Rosie, e não foi suficiente. Como é ser mãe?

A pergunta me paralisa por um instante, e não sei como responder. Fico observando sua respiração se estabilizar, as rugas se suavizando em seu rosto.

— Me conta uma das suas histórias, Evie.

— Qual você quer ouvir? — pergunto.

— A da bruxa. Me conta a da bruxa de Tyburn — pede Mariah.

— Pobre Elizabetta Sedgewick. Lógico que ela não era uma bruxa de verdade — começo baixinho. — Era só diferente. Falava de um jeito diferente, com sotaque, e parecia saber muito mais do que cabia a uma mulher. Morava sozinha, sem marido ou filhos, e tinha uma vida confortável, importando bens e perfumes de lugares tão longínquos quanto a Turquia, e até o Egito. As pessoas não confiavam nem um pouco nela, principalmente os outros comerciantes. Tinham medo daquela mulher de fala estranha, jovem demais e solteira demais para estar se saindo tão bem, e decidiram que só podia ser obra do diabo. Elizabetta sabia que estava em perigo, mas não foi embora nem tentou se esconder. — Abro um leve sorriso. — Ela era muito teimosa. O fato de ser tão corajosa fez as pessoas a odiarem ainda mais.

— E o que aconteceu com ela? — murmura Mariah.

— Ela foi executada em Tyburn — conto, sabendo que esta é a parte preferida dela da história. — Ou, pelo menos, tentaram fazer isso. Eles a acusaram, a declararam culpada e a enforcaram. Mas sabe o que aconteceu?

— O quê? — pergunta Mariah. O sorriso em seu rosto dissolve os anos de sua pele, e é como se ela tivesse seis anos de novo.

— Elizabetta não morreu. O pescoço dela não quebrou, e ela não sufocou, só ficou pendurada lá. Eles jogaram pedras sem parar, mas ela apenas balançava na corda, observando todos com olhos arregalados e alerta, murmurando maldições. Ela falou que, se alguém se aproximasse, ela o arrastaria para o inferno com ela. As pessoas, os policiais e os juízes ficaram com tanto medo que correram para as suas casas, para deixar o diabo levá-la. Na manhã seguinte, quando tiveram coragem de voltar lá, ela tinha sumido.

— Só que... — sussurra Mariah.

— Só que algumas pessoas juraram de pés juntos que a viram no dia seguinte, na proa de um barco, com um sujeito tão bonito que só podia ser o próprio diabo, que tinha aparecido para levá-la embora.

Mariah solta um longo suspiro, lento e contente. Está dormindo.

Fico um tempo na beirada da cama antes de voltar para casa. Ao abrir a porta, faço uma pausa e olho para o céu da cidade, procurando um vestígio de alguma estrela familiar, talvez a mesma que brilhou sobre a forca de Tyburn na noite em que Elizabetta Sedgewick não morreu. Mas o céu de hoje não tem uma estrela sequer.

I

*A vida não passa de uma sombra:
a sombra de um passarinho alçando voo.*

—Citação tradicional encontrada em relógios de sol

7

— Que tal um suspensório? — sugere Amelia, a vendedora.
Achei que eu deveria comprar umas roupas novas, para evitar o pior cenário possível. Ninguém quer morrer com a calça jeans que comprou no supermercado. Mas tudo tem limite.

— Se eu comprar um suspensório, nunca mais me deixam botar o pé em Yorkshire — brinco. — Só quero ficar mais, sabe como é... arrumado. Mais apresentável. Para parecer alguém que as pessoas levam a sério.

O problema de ter decidido vir para Londres assim de repente é que eu não trouxe quase nada comigo. Então, estava andando pela Charing Cross Road e passei na frente desta loja. Em geral, sou do tipo que só tem duas camisas de malha e ainda por cima compradas em supermercado, mas agora não. Agora vou dar valor a tudo, para o caso de alguma coisa fazer diferença. Além do mais, quando Amelia notou a minha presença, eu não tinha como escapar. Ela saiu da loja e me convidou a entrar. Tentei dizer "não, obrigado", mas o que saiu foi um "ah, tudo bem".

— Então... — Amelia me olha de cima a baixo. — Que tal esta aqui? Olha, é da cor dos seus olhos!

Ela ergue uma camisa azul-celeste de manga curta e de botões sob o meu queixo, e eu me olho no espelho, franzindo a testa para o homem profundamente envergonhado que me encara.

— Ah, ficou lindo — diz ela. — Vai ficar ótima com uma calça jeans escura e uma camisa de malha branca por baixo. Por que você não experimenta?

Depois que visto a roupa, vejo que ela tem razão. Não ficou nada mal. Quando saio do provador, Amelia sorri e me aplaude discretamente.

— Agora um sapato para completar o visual. Que tal este? Italiano, feito à mão, muito elegante, mas bem confortável.

— Pode ser — digo. — Posso...?

— Provar? Óbvio!

Depois de pegar meu cartão, Amelia cruza os braços e admira o seu trabalho.

— Boa sorte — diz ela. — Você está ótimo.

Ela sorri para mim, e, por um segundo, tenho certeza de que, se a convidasse para sair, ela diria sim. Afinal, é para isso que estou em Londres, para me arriscar e viver tudo o que puder. Mas o segundo passa, e não faço nada além de pegar a sacola e me despedir. Estou esperando alguma coisa. Só não sei o quê — ou quem.

* * *

Eu me lanço na rua agitada, quase tropeçando para encontrar um lugar onde pisar em meio ao fluxo constante de pessoas. Entregadores de bicicleta sobem e descem da calçada, e um grupo de meninas de braços dados surge de repente, soltando as mãos para passar por mim, num coro de risadinhas. O cheiro de um milhão de frituras diferentes paira no ar, e me sinto nauseado. Não lembro quando foi a última vez que comi. A rua se inclina de repente, e eu tropeço para a frente. As luzes me cegam e estico os braços, tateando por algo em que me segurar. Percebo então, em pânico, que esqueci de tomar meus remédios.

— Ei, cuidado! — Ouço a voz de um homem. — Está meio cedo pra encher a cara, você não acha?

Alguém esbarra em mim, e cambaleio para o lado, batendo numa parede. Sinto uma dor irradiando do topo da cabeça. O pouco que consigo ver parece flutuar e se fragmentar. Se eu conseguir ficar apoiado nesta parede só até o mundo parar de girar...

Minha testa está encostada em algo frio e liso. Eu me escoro nessa superfície, grato pelo apoio. O brilho das luzes começa a diminuir, e a dor ameniza. Abrindo os olhos, ouço o movimento de pessoas andando de um lado para o outro ao meu redor como se eu fosse invisível.

Algo atrai a minha atenção. Ao recuar, um par de olhos castanhos e tristes me fita. É um cartaz de uma pintura, um retrato de uma mulher de muito tempo atrás. Seus olhos austeros e escuros são firmes e intransigentes. Sei exatamente o que ela está sentindo, presa em uma tristeza intensa que pesa feito uma pedra em sua caixa torácica, um fardo que não consegue abandonar. Pressionando a palma das mãos na parede junto às laterais do meu rosto, apoio a testa na dela e espero até a minha visão entrar em foco.

Conheço esta imagem; é tão familiar que se tornou uma daquelas coisas que você para de notar com o tempo, até que de repente se depara com ela fora de contexto, e ela volta a ser uma novidade. Esse rosto está na capa de um livro grande e pesado que minha mãe comprou em Paris quando era mais nova, muito antes de conhecer meu pai. O título, segundo ela, era *A arte e a obra de Leonardo da Vinci*, mas o texto era todo em francês, o que para mim não fazia diferença. Eu amava aquele livro quando criança. Não tanto as pinturas, mas os desenhos, os cadernos e as invenções. Eu me sentava à mesa e ficava copiando os esboços com meu traço infantil — estilingues gigantes ou uma cabeça dissecada cortada ao meio — enquanto Kitty coloria versões infinitas da *Mona Lisa*. Passamos muito tempo juntos, nós três, explorando o mundo a partir da paixão da minha mãe por arte e cor.

Olhando para o rosto da mulher naquela pintura, o que até então eu tinha feito de maneira casual, lembro-me vividamente de como me perdia nos detalhes dos desenhos de Da Vinci. Agora, só de olhar para estes olhos tristes e familiares, sinto-me reconfortado. Como se eu tivesse esbarrado em uma amiga com quem perdi o contato há muito tempo, uma conexão com o meu passado que enfim me aponta na direção correta. Eu preciso ver este quadro.

8

Destranco a porta pouco conhecida e muito antiga que leva ao telhado da Mansão Bianchi. Não só sou a única pessoa a ter a chave dela, mas também sou a única a saber que ela existe, escondida em um canto escuro do sótão, ainda intocada pelas restaurações. Atrás da passagem baixa e estreita há algo como o reino da Rainha Vermelha de *Alice através do espelho*. As balaustradas de pedra substituem as peças de xadrez, as empenas e torres que compõem a paisagem do telhado, a topiaria perfeitamente simétrica: um reino secreto do qual posso ser rainha, desde que fique fora do alcance das câmeras de segurança, neste único ponto cego.

— Você sabe que, se eu for flagrada aqui, é demissão certa, né? — questiono a Jack, que trouxe sanduíches e meia garrafa de rosé gelado para nosso *piquenique panorâmico*, como ele chama essas transgressões periódicas. Quando o seu amigo mais antigo no mundo é uma má influência, dá nisso. Você se vê correndo riscos bobos só para ver o sorriso dele. E Jack combina muito com o majestoso cenário londrino.

— Duvido muito — devolve ele, contemplando as ruas que nos rodeiam, com as mãos nos bolsos, enquanto sirvo o vinho. — Você é a queridinha do mundo da arte, ou do mundo dos museus, ou sei lá como eles chamam. — Ele me olha, erguendo o copo em um brinde. — E estou tão orgulhoso de você. Você conseguiu, Vita. Finalmente trouxe *La Belle*. Não está feliz?

— Não sei como estou me sentindo — respondo, de pé ao lado dele.

Daqui de cima, Londres parece o tipo de miniatura que você vê nos jardins de pessoas excêntricas. Cem mil ruas espalhadas sob o céu: vielas, rotatórias, avenidas, além de arranha-céus brotando em cada centímetro quadrado da cidade ainda não ocupado. Há milhões de vidas lá embaixo, mas, neste momento, todas estão tão longe que nenhuma parece real.

— Tente colocar em palavras — pede ele, virando-se para mim, os olhos castanhos brilhando.

— Aterrorizada, emocionada, arrasada… — digo. — Eu olho pra *La Belle* e vejo como ela é nova. É de partir o coração. Mas isso é o mais perto que consegui de estudar o quadro por conta própria, em vez de ler o trabalho dos outros. De descobrir o que ela esconde. Espero que ela me perdoe e me mostre as respostas que procuro há tanto tempo.

— Todas elas? — pergunta Jack, com o sorriso vacilante. — Tem certeza?

— O que eu sei é que não posso mais continuar assim — digo. — Sempre na dúvida, sem certeza de nada.

— Acho que as pessoas dão valor demais ao conhecimento — comenta Jack, e ouço a tristeza em sua voz, além de um quê de algo mais elusivo. — Vai por mim, quando não existe mais mistério, as coisas ficam chatas.

Deitando a cabeça de lado, eu o observo com um pouco mais de atenção.

— Qual é o *real* motivo para você estar aqui, me persuadindo a violar umas cem regras de segurança no trabalho? — indago.

Jack dá um suspiro profundo, debruçando-se para a frente na balaustrada. O copo, agora vazio, balança precariamente em sua mão, prestes a cair ao menor movimento em falso de seus dedos elegantes.

— Estou criando coragem para ver sua exposição — revela ele, afinal. — Não posso deixar de ir, não quando é o ápice do trabalho a que você se dedicou a vida inteira, né? Pensei em começar aqui e ir descendo aos poucos. Talvez eu precise de uma garrafa inteira disso... ou duas.

— Você não precisa ir — digo. — Eu entendo. Vai ser doloroso.

— A gente nunca teria se conhecido se não fosse por ele — continua Jack. — E já tem tanto tempo que ele morreu, não posso deixar que ele, do além-vida, tenha tanto controle sobre mim a ponto de eu não conseguir nem olhar para um Da Vinci. É patético. Eu nem amo mais a memória dele, isso já passou há muito tempo. Mas acho que tenho medo de que isso me lembre do quanto o amei um dia. Que eu tive um coração jovem e aventureiro cheio de... — Jack faz uma pausa, procurando a palavra. — Fé, acho. Não passei tanto tempo desenvolvendo cuidadosamente o meu cinismo distanciado pra jogar tudo fora assim.

Ele olha para mim.

— Não quero de repente revelar ao mundo os segredos do meu coração. Eu os guardo a sete chaves.

Sorrindo, pouso a mão na dele.

— Por que você não volta depois que a gente fechar? Eu posso te guiar, só nós dois.

— Hoje não. — Jack me lança um olhar demorado e dá de ombros, de leve. — Vou tentar ir aumentando o percentual alcoólico. Quem sabe na próxima não tento um bom conhaque.

— Qualquer coisa, estou aqui — digo.

— Você está sempre aqui — devolve ele, olhando ao redor. — Pelo menos eu gostaria que estivesse.

— Você entendeu.

— Entendi, mas você podia voltar a participar das coisas, como antes — comenta ele, como já fez tantas vezes, apontando para a cidade. — Viver a vida bem no centro de tudo, em vez de ficar olhando de fora. Você podia ter tudo isso de volta, se quisesse.

— Eu não quero. Não sou como você — digo. Jack adora os seus amantes, todas as variedades de homens e mulheres. Ele se encanta e se empolga com a diferença, e também com o sexo e o caos que advém disso. Mas, para mim, isso acabou. Acabou desde Dominic. Estou me permitindo envelhecer por dentro e não ligo. Na verdade, acho que anseio por isso. — Não se preocupe comigo. Estou bem.

— Não estou sugerindo que você se jogue numa vida de hedonismo — argumenta Jack. — É cansativo e, quase sempre, muito solitário, por mais que eu queira que sirva de consolo para as coisas que me foram negadas. — Ele desvia o olhar por um momento. — Não, o que eu estou dizendo é que estar "bem" não é o suficiente. A existência foi feita para os extremos da emoção, e não para... ir levando. — Ele de repente aperta a minha mão e me puxa para junto de si. — Vem dançar comigo de novo. Apenas nós dois, como a gente fazia antigamente, só que melhor. Deixa eu te fazer feliz de novo.

— Infelizmente, acho que eu gosto de ir levando — brinco, empurrando-o com a palma da mão. — Ir levando é a minha especialidade.

— Você é impossível — diz ele, com um suspiro profundo.

— Não impossível, apenas muito cansada — digo. — Isso tem que acabar, Jack. Tem que acabar.

— Um dia tudo acaba — devolve ele. — E tem coisas que nem chegam a começar.

A tristeza em sua voz me surpreende.

9

Estou tão perdido em pensamentos que demoro um segundo para perceber que estou em frente ao café da cripta da igreja de St. Martin-in-the-Fields. Aguardo um instante. Não sinto mais dor, nenhuma tontura nova. E estou vendo bem, embora os óculos estejam um pouco tortos. Mas estou com fome e sede. Desço a escada até o ambiente fresco e escuro, para tomar um chá e comer um queijo quente.

É enervante se deparar com o que um dia foram as câmaras silenciosas e sombrias dos mortos cheias de pessoas tagarelando, andando de um lado para o outro sobre as lápides que servem de piso. Encontro um canto para me esconder. Ainda não liguei para minha mãe. Não sei como mentir para ela, mas também não sei como contar a verdade. Não é justo, nem com a Kitty, nem com a minha mãe, mas toda vez que tento imaginar as palavras que tenho que dizer eu perco a coragem. Preciso fazer alguma coisa, então mando uma mensagem.

> *Não se preocupe comigo, estou só esfriando a cabeça. Ligo mais tarde. Só lembrando que o Pablo gosta de dormir com o bichinho de pelúcia dele. Beijo.*

Aperto o botão de enviar e desligo o celular antes que ela me ligue.

10

Nossas lembranças nos transformam em necromantes, trazem de volta os mortos, sem parar. Talvez devêssemos deixá-los descansar, mas como é possível, quando tudo o que temos deles são seus fantasmas? Depois do piquenique no telhado com Jack e toda aquela conversa sobre os velhos tempos, o fantasma de Dominic vem caminhar comigo enquanto navego pelo tráfego movimentado na curta caminhada de volta da National Portrait Gallery. Ele aparece de repente, do nada, como as lembranças costumam surgir. Em um momento, está rindo, os olhos escuros brilhando. No outro, visualizo uma réplica nebulosa do modo como ele pegava minha mão de repente e a levava aos lábios, fazendo meu coração parar.

A imagem que tenho dele é tão nítida que quase tropeço em uma garotinha de uns quatro anos, com fitas vermelhas no cabelo trançado. Seu rosto parece tomado por uma alegria incontida, cheia de admiração pelas coisas mais corriqueiras — Um ônibus! Um táxi! Um pombo! A mãe da criança me olha como quem pede desculpas enquanto a filha saltita na minha frente de novo, puxando o braço da mãe e falando com muita urgência que precisa tirar uma foto sentada na cabeça de um leão.

— *Maman, lion!* — grita ela, em francês, apontando para uma das grandes feras de bronze.

O desastre se desenrola em um instante.

A menina se solta da mãe e corre, entrando bem na frente de um ônibus. O tempo acelera e desacelera. Só eu posso salvar a criança. Sei disso com uma certeza da qual não consigo me desvencilhar. Vou para a rua, pego a menina no colo e a aperto com força junto a mim, dando um passo para sair da frente do ônibus e me colocar na faixa estreita entre as duas pistas do tráfego, tentando ocupar o mínimo espaço possível. Ouço o ruído de freios no asfalto. Um táxi buzina. À nossa volta, o mundo se desenrola em longas fitas gastas de cor e som. Sinto o hálito quente da morte na minha nuca e viro o rosto para receber o seu beijo.

Ouço alguém gritando. É como se eu não pudesse mover os pés, nem exalar a poluição e os gases de escapamento dos veículos que inalei bem fundo nos pulmões. Não sei dizer se a rua vai estar sob os meus pés caso eu dê um passo.

Então sinto a mão de alguém sob o meu cotovelo e, por um segundo, penso, *Dominic*. Eu o vejo me guiando delicadamente para a segurança da praça. Por um instante, duas formas parecem ocupar o ar, e então ele se vai, substituído por outra pessoa, um homem de carne e osso, alto, magro e pálido.

A menina chora pela mãe, que corre para tirá-la dos meus braços, repreendendo-a enquanto beija cada centímetro do seu rosto coberto de lágrimas. Abraçadas, elas desabam na calçada, a mulher tremendo enquanto balança a filha e murmura junto aos seus cabelos.

Então somos só ele e eu, de pé, olhando um para o outro. O som do trânsito se esvai. No ar entre nós há apenas silêncio. Vacilante, me aproximo dele e toco o seu peito brevemente. Quem é esse homem que compartilha uma sombra com o meu amor perdido?

— Foi um feito e tanto — diz ele, acabando com a magia do momento, ou parte dela. — Você está bem? Podia ter morrido.

— Não tive tempo de pensar nisso — explico. À medida que volto a sentir as mãos, giro os pulsos e flexiono os dedos como se nunca os tivesse visto antes. Tentando me recompor, ergo os olhos para ele de novo, de repente constrangida. Olhos azuis, óculos, um sorriso discreto. — Foi você quem parou o trânsito, não foi? Obrigada.

Mãe e filha se foram, os fios de nossas vidas se desenrolando na mesma velocidade com que se emaranharam. Vejo as fitas da menina dançando enquanto ela corre em direção a um bando de pombos, o perigo já esquecido.

— Preciso voltar para o trabalho — digo.

— Isso é tão Londres — comenta ele, rindo. — Ficar cara a cara com a morte e então voltar pras planilhas!

— Você acha? — É a minha vez de rir. — Não sei bem o que mais eu posso fazer.

— Não quer pelo menos tomar um chá? Você quase morreu! — Ele nota o folheto na minha mão. — Você já foi a essa exposição? Lota muito? Estou indo pra lá agora. Estava torcendo para conseguir comprar um ingresso na hora.

— Sério?! — exclamo. — É a minha exposição! Eu trabalho lá, organizei tudo. Levei anos fazendo isso, e agora vou calar a boca, senão nunca mais paro de falar. — Estendo a mão para ele. — Vita Ambrose.

— Ben Church — diz ele. Nós nos cumprimentamos com um aperto de mão. — Nosso encontro devia estar escrito nas estrelas, ou então existe alguma outra explicação muito mais racional e inteligente que a minha — acrescenta ele, recorrendo ao humor autodepreciativo.

— Ah, eu acredito em destino. — Sorrio.

11

Dou uma boa olhada de esguelha em Vita Ambrose enquanto ando ao lado dela. Estamos acostumados com gente estranha em Hebden Bridge, mas, mesmo lá, onde a cada três pessoas uma é artista, ela se destacaria na escala de excentricidade. Sua cabeça bate no meu ombro. Os cabelos escuros descem até o meio das costas, contrastando fortemente com o vestido amarelo radiante, todo estampado com florzinhas brancas. De All Star verde e óculos de sol neon, Vita é uma explosão de cores primárias, e eu nunca me senti tão monocromático antes.

As pessoas a cumprimentam com sorrisos calorosos quando entramos no frio corredor de mármore da Coleção Bianchi. Lá dentro, os pilares são cobertos com folhas de ouro, e no teto há uma pintura de pássaros e anjos e um enorme retrato de uma mulher que parece Maria Antonieta, de peruca e vestido, e que imagino que seja a já mencionada Madame Bianchi.

— Vou pegar uma mesa para nós — diz ela enquanto paro junto ao balcão do café. — O de sempre para mim, por favor, Remi!

Estou descobrindo bem depressa que o problema de estar prestes a morrer é que parece que cada segundo de cada dia tem que estar carregado de significado, inclusive meu encontro com Vita Ambrose. Fico esperando uma revelação ou uma epifania quando, na verdade, estou só tomando um chá. Olho para ela, já perdida em algum livro que está lendo, fazendo anotações a caneta nas páginas, o que, segundo minha irmã, faria dela uma psicopata. Sua mente está bem longe daqui.

Quando me aproximo da mesa, ela afasta o cabelo do rosto e fecha o livro, usando a caneta como marcador.

— Quer dizer que você estava vindo ver a minha exposição? — comenta ela. — Você é fã do Da Vinci?

— E quem não é? — respondo. — Quer dizer, é, eu era fã do Da Vinci quando criança, e hoje sou engenheiro. — Faço uma pausa, me lembrando dos meus desenhos na mesa da cozinha da minha mãe. — Os cadernos dele, as invenções e as ideias são impressionantes. Mas não foi por isso que eu vim. Nem sabia que estava tendo uma exposição até ver isso — digo, apontando com a cabeça para a capa do folheto. — Foi aí que eu soube que tinha que vir aqui e dizer oi para ela.

— É sério? Você queria ver esse quadro em particular? — pergunta Vita, inclinando levemente a cabeça. — O que tem nela?

— Ela parece... — hesito, balançando a cabeça. — É uma bobeira.

— Não é, juro — insiste ela. — Não tem jeito certo ou errado de sentir quando se trata de arte, seja lá qual for, não só as grandes obras dos Velhos Mestres.

— Quando eu olhei pra ela, não vi um Da Vinci, nem o retrato de uma mulher — explico. — Vi a mim mesmo.

Vita se recosta na cadeira, os lábios ligeiramente entreabertos.

— Eu falei que era bobeira — digo.

— Não, o que você falou não tem nada de bobo. — Ela dá um gole no chá. — É exatamente o que eu sinto quando olho para *La Belle Ferronnière*. — Quando eu franzo o cenho, ela acrescenta: — É assim que ela costuma ser chamada, a mulher do quadro, por causa daquela faixa bem fininha que tem em volta da cabeça. Ninguém sabe o nome dela.

— Que triste — comento. — Há quantos anos uma pessoa tem que estar morta para ninguém mais lembrar que ela existiu?

— Basta olhar para o Da Vinci — responde Vita. — Ele vai viver pra sempre. E talvez ninguém mais se lembre de quem é essa mulher, mas ela continua sendo objeto de muito fascínio. Passei a maior parte da vida tentando descobrir os segredos dela.

— Que segredos? — pergunto, intrigado.

— Agora é minha vez de soar meio boba. — Ela abaixa o tom de voz e se aproxima um pouco mais de mim, parecendo estar com medo de que alguém nos ouça. — Na época em que pintou esse quadro, Leonardo também estava trabalhando para desacreditar os alquimistas. Ele achava que eles não passavam de um bando de vigaristas e mentirosos. Mas existe uma lenda, que foi quase esquecida hoje em dia, de que na verdade ele fez exatamente o contrário. Sem querer, Da Vinci fez as descobertas que os alquimistas almejavam havia séculos. Algumas pessoas acreditam que ele descobriu o segredo da vida eterna, a cura para todos os males, *tudo* o que você já leu ou viu em filmes. E que a descoberta, o poder que resultou dela, está no retrato de *La Belle*. —

Ela faz uma pausa. — Não sei por que estou te contando isso. Nunca conto isso pra ninguém, mas sou uma das pessoas procurando por esse segredo. Em outras palavras, uma louca.

— Você acredita mesmo que esse segredo para a vida eterna existe? — pergunto, sentindo de repente o coração acelerar.

— Digamos que eu acredito que ele fez uma descoberta revolucionária a respeito de algo que a sociedade contemporânea ainda julga impossível — responde ela. — A obra dele está cheia de segredos, sinais e símbolos. Então, por que não isso? Eu queria muito ser a pessoa a descobrir. Neste momento, enquanto tenho o quadro sob o meu teto, por assim dizer, estou revisando todos os dados e todas as pesquisas. Até agora não surgiu nada novo. Todos os quadros remanescentes do Da Vinci foram analisados, radiografados e fotografados nos mínimos detalhes, então parece improvável que eu encontre o segredo para o elixir da vida escondido nas dobras do vestido dela. — Vita suspira, parecendo genuinamente decepcionada. — Mas eu não consigo parar de tentar. Não conte para ninguém, mas, na verdade, a principal razão pela qual eu a trouxe para cá foi a esperança de que, só de olhar para ela, ao vivo, eu seria capaz de inventar um novo jeito de olhar e realmente *ver*. É uma obsessão. Eu não estava brincando quando falei que era louca.

Há um silêncio, e me esforço muito para encontrar as palavras certas. Preciso ser cauteloso. Não posso deixar meu desespero descambar para a loucura. Se eu tivesse todo o tempo do mundo, me controlaria, iria devagar e reprimiria o meu fascínio súbito, temperando-o com toda a realidade pragmática que sou capaz de invocar. Mas não consigo fazer isso neste momento, então deixo para lá.

— Nunca acreditei em destino — afirmo. — Mas talvez eu seja exatamente a pessoa em quem você precisava esbarrar depois de uma experiência de quase morte. Meu trabalho é ver o que os outros não conseguem.

— Sério? — Ela parece cética. Gosto disso nela.

— Sou engenheiro óptico — explico — e projeto lentes especializadas para laboratórios. Você falou que a pintura foi fotografada com a mais recente tecnologia de alto espectro, certo?

— Foi — confirma Vita, assentindo lentamente. — Mas ninguém encontrou nada escondido nela, nem repinturas. Parece que Da Vinci sabia exatamente o que queria pintar e como, pelo menos no caso desse retrato.

— Hum — murmuro.

— Hum o quê? — pergunta ela.

— Nos últimos anos, eu venho trabalhando numa nova geração de design de lentes que pode ser exatamente o tipo de tecnologia que você está procurando: uma lente de alto espectro combinada a um software totalmente novo que eu desenvolvi. Ela é projetada para separar elementos individuais num nível molecular e fazer camadas de imagens de qualquer objeto a fim de revelar como e quando ele foi composto. Eu desenvolvi isso pensando em pesquisadores da área da astrofísica e da química, mas a lente veria o seu quadro como ninguém nunca o viu antes. Sei lá... posso deixar o meu cartão, e você entra em contato comigo dep... — Eu me interrompo antes de terminar a palavra. — Na verdade, eu posso trazer o equipamento pra você experimentar, se quiser.

Não sei como eu esperava que ela fosse reagir, mas sua expressão é indecifrável.

— É muita gentileza — diz Vita, por fim. — Mas, infelizmente, não é tão fácil assim.

— Não? — pergunto, desviando o olhar para que ela não veja a minha decepção.

— Para usar qualquer equipamento de imagem aqui, teríamos que passar por vários protocolos... sem falar que *La Belle* veio emprestada do Louvre. Foram anos de negociação para trazê-la, e eles já a estudaram à exaustão, com a tecnologia mais avançada que existe. E... — Ela franze o cenho. — Eu não estou dizendo que você não tenha algo diferente ou novo, mas eles não vão deixar você testar isso no Da Vinci deles... não até você ter coletado muitos dados e ter as credenciais e os contatos certos. A gente pode trabalhar a ideia, mas ia levar anos. Neste mundo das artes, tudo é tão devagar... Estamos uns dois séculos atrás do resto do mundo.

Faço que sim com a cabeça.

— Desculpa, devo parecer um idiota — digo, balançando a cabeça, envergonhado. — Não queria dar a impressão de que achei que podia simplesmente entrar no seu museu e dizer como fazer seu trabalho.

— Não! — exclama Vita, enfática. — Não, você não é um idiota. Estou muito feliz de ter te conhecido, Ben. O que você sente por ela... — Vita toca o rosto da mulher no panfleto — ...é como um presente para mim. Obrigada. E obrigada pelo chá.

Preciso fazer um grande esforço para não desmoronar sob o peso do anticlímax. Então permaneço sentado, imóvel, enquanto Vita Ambrose pousa brevemente a palma da mão no dorso da minha, em um gesto de despedida, e em seguida vai embora.

12

— Espera. Me conta de novo o que aconteceu — pede Jack no bar do outro lado da rua enquanto esperamos as pessoas saírem da Coleção Bianchi para eu poder levá-lo para visitar a exposição sem o "público", como ele gosta de chamar todo mundo que não seja ele ou eu.

— Ele apareceu do nada — digo enquanto o barman me entrega uma grande taça de vinho, que bebo metade de uma só vez. — Eu pulei na frente de um ônibus, e aí ele apareceu, e a gente conversou, e ele ama *La Belle*, e foi muito bom, sabe, conhecer alguém que realmente a vê do mesmo jeito que eu.

— Imagino — comenta Jack, bebericando o seu martíni. — Me conta a parte do ônibus de novo.

— A parte do ônibus não é importante — continuo, depressa. — O importante é que, de alguma forma, esse homem apareceu do nada, me disse que *La Belle* o faz lembrar de si mesmo e se ofereceu para ajudar na minha pesquisa. E contou que tem uma tecnologia nova que pode ler e analisar imagens como nunca antes. Isso é estranho, não é? Tem que ser algum tipo de golpe, você não acha? Quer dizer, ele parecia saber do que estava falando, mas é óbvio que eu tive que dizer não.

— Por quê? — pergunta Jack, com a voz firme enquanto me observa por cima da taça. Sua expressão é indecifrável. — Porque parecia bom demais para ser verdade?

— Eu realmente acho que ele estava falando sério — digo, depois de refletir um pouco, lembrando a expressão no rosto de Ben e a sinceridade em sua voz. Já conheci muitos trambiqueiros, e ele não parecia um. — Mas os protocolos atuais entre os museus e as exigências do seguro são uma chatice quando se trata desse tipo de coisa.

— Então o que você está planejando fazer? — Jack pousa a taça na mesa e faz um sinal para o barman trazer mais duas doses. — Você tem tudo o que quer nas mãos: o quadro e toda a história e a pesquisa a respeito dele. O que você acha que vai encontrar agora, que ninguém mais encontrou nos últimos quinhentos anos?

— Não sei — admito. — Estou torcendo para que, com todas as informações num só lugar, eu possa examinar as coisas com um novo olhar, cara a cara com ela, e tudo se encaixar de alguma forma. Espero ter um momento eureca.

— Você trabalhou todos esses anos para montar essa exposição na vaga esperança de ter um momento eureca? — indaga ele. — Essa eu não engulo. Você é uma mulher brilhante! Esse tempo todo eu achava que você tinha um plano infalível...

— Na verdade, não. — Dizer isso em voz alta faz parecer loucura. — Meu plano era trazê-la para cá, e isso por si só já foi difícil. Agora tudo o que posso fazer é aplicar os novos dados de pesquisa a tudo o que já sabíamos e torcer para que *alguma coisa* surja. O bom e velho trabalho acadêmico. É assim que todas as melhores descobertas são feitas.

— Então talvez esse sujeito que estava tão interessado em te mostrar a lente dele fosse o fator misterioso que você estava esperando — sugere ele. — Foi o destino que o colocou no seu caminho.

— Você nem acredita em destino — lembro a ele, pensando na sensação incômoda que não me larga desde que me despedi de Ben, que me diz que cometi um erro terrível ao recusar sua oferta.

— Não acredito mesmo — rebate Jack. — Encontrar esse sujeito é só o resultado previsível de uma probabilidade muito alta de que, quando você esbarra em alguém na porta da Coleção Bianchi, essa pessoa esteja indo para a Coleção Bianchi, considerando que você espalhou cartazes pela cidade inteira... — Ele pega a taça com uma expressão carrancuda, ignorando a tentativa bastante óbvia do barman de flertar com ele. — Não foi o destino que uniu vocês. Foi o marketing.

— Exatamente — digo.

— Ainda assim... — provoca ele, abrindo um longo e lento sorriso. — As chances de você encontrar alguém com exatamente o tipo de tecnologia que você precisa para progredir na sua pesquisa são bem menos previsíveis. Isso está mais para oportunidade, e *nisso* eu acredito.

— Uma oportunidade que não posso aproveitar, se não quiser perder meu emprego — argumento, esfregando a testa. — Falando sério, acho que estou enlouquecendo.

— Todo mundo precisa ser um pouco louco para sobreviver neste mundo — diz ele, dando uma de filósofo. — Olha, por que a gente não tira uns dias, depois que acabar essa exposição, para fazer uma viagem para o outro lado do mundo, como antigamente? Mas, desta vez, podemos ir de primeira classe! Tenho certeza de que você vai voltar novinha em folha, independentemente do que acontecer com *La Belle*. Só você e eu. Às vezes, tenho saudade dos velhos tempos.

Por um segundo considero a ideia, lembrando da época em que podia fugir de tudo e recomeçar. As aventuras que vivemos, quando parecia que tínhamos o mundo inteiro aos nossos pés... Mudei tanto desde então. A única coisa que sei agora é que não adianta correr para longe quando *você* é o problema do qual está tentando escapar.

— Não posso deixar a Coleção, não agora — digo, vendo a decepção estampada no rosto dele. — E, de qualquer forma, para onde quer que a gente vá ou o que quer que a gente faça, não vai mudar nada. É tudo tão arbitrário, tudo tão estúpido e sem sentido...

— Você realmente sente isso? — pergunta Jack baixinho. — Até comigo?

— Eu... sim, às vezes — admito, sabendo que o magoei. Ele é sempre tão bom comigo, tão gentil e leal. E eu tenho sido uma péssima amiga há muito tempo. Não é justo. — O problema não é você, sou eu. Na verdade, você é a única coisa que me faz continuar — digo a ele. — Se eu não tivesse você... — Balanço a cabeça, incapaz de articular como seria um mundo sem Jack.

— Olha, eu sei que você está sofrendo. Isso está na cara há muito tempo — diz Jack. Há certa tristeza em sua voz. — Acho que eu estava torcendo para que a exposição levantasse o seu astral e, se isso não acontecesse, que você me deixaria fazer algo para te deixar feliz.

— A exposição ajudou, e você e a sua amizade já me fazem feliz. — Não consigo convencer nem a mim mesma disso.

— Então talvez você devesse se preocupar mais em encontrar as respostas pelas quais está tão desesperada e menos em manter seu emprego — argumenta ele, debruçando-se para ficar com o rosto a poucos centímetros do meu, a voz apenas um sussurro. — Vai procurar o cara da lente e diz pra ele que mudou de ideia. Acho que está longe de ser a coisa mais infame que você já fez.

— Talvez você tenha razão — digo devagar. Jack se recosta na cadeira novamente e olha na direção do barman, que lhe oferece um sorriso encantador. Suspeito que os planos que fizemos estejam prestes a ser adiados enquanto ele tenta afugentar as sombras de um coração partido. — Mas não sei se deveria arrastar o cara para as minhas obsessões. Não parece justo.

— Como você sabe disso? — rebate Jack. — Talvez você seja uma oportunidade para ele. De divulgar a tecnologia dele, por meios convencionais ou ligeiramente ardilosos. No fim das contas, o que importa são os resultados, não é mesmo? — Jack suaviza a expressão diante da minha carranca irritada por ele ainda ter a clareza que perdi em algum momento do percurso. — Às vezes, está tudo bem fazer as coisas sem pensar demais. É assim que eu levo a vida, e parece que está funcionando muito bem pra mim. Na verdade, é até melhor quando nem penso. E costumava funcionar muito bem pra você também.

— Mas aí veio o Dominic — digo. — Ele foi meu primeiro e único amor. E nada vai mudar isso.

A vida funciona desse jeito para mim, e tudo que posso fazer agora é pensar em como as coisas deveriam ser diferentes.

13

A coisa mais difícil de enfrentar quando você sabe que vai morrer, reflito enquanto bebo sem parar no bar do hotel, é o fim das possibilidades.

Fecho os olhos por um instante e imagino outro universo, um em que conheço uma mulher interessante, alguém um pouco como Vita Ambrose, e ainda tenho quarenta anos pela frente — tanto tempo que nem penso nisso. Eu a convido para tomar um drinque mais tarde e, quem sabe, ela aceita. E talvez a gente não desse certo, mas talvez desse. Só que, no mundo real, eu nunca vou saber, porque não existe mais talvez.

— Vai outra dose aí? — O barman reaparece, segurando a garrafa de vinho tinto da casa sobre a minha taça.

Aceito com um pequeno sorriso e dou um belo gole no vinho. Não era exatamente isso que eu tinha em mente quando fugi para Londres, mas, então, o que eu esperava que fosse acontecer? Por um segundo incrivelmente ingênuo, achei que, quando chegasse aqui, tudo começaria a fazer sentido. Mas tudo o que fiz até agora foi comprar roupas extravagantes que quase não vou usar, além de fazer papel de bobo diante de uma especialista em história da arte.

— Ben? Terra pra Ben? — Uma voz familiar que soa tão estranha neste cenário interrompe meu momento de reflexão. A primeira coisa que penso é que estou tendo uma alucinação. — Você está aí dentro? — Então ela se dirige ao garçom: — Vou beber o mesmo que ele, por favor.

Abro os olhos e, de alguma forma, Kitty está aqui, com as sobrancelhas franzidas, me olhando de cara feia.

— Kitty? — digo o nome dela como se perguntasse. — O que você está fazendo aqui?

— Você está com o app de rastreamento ativado no celular, né? — devolve ela, deslizando para o banco ao meu lado e largando uma grande mala no chão.

— Não, quer dizer... por que você veio a Londres?

— Porque você estava com aquela voz esquisita ao telefone — responde ela.

— Que voz esquisita? — pergunto, sabendo exatamente ao que ela se refere.

— Lembra quando você descobriu que tinha síndrome de Marfan e passou por aquela fase emo, só lia Shelley, Keats e Byron, andava por aí de calça de couro e camisa cheia de babado, numa crise existencial constante, se metendo numas furadas, aparentemente com o objetivo explícito de constranger a sua irmã descolada de doze anos? *Essa* voz. Quando a gente se falou pelo telefone, você parecia em modo poeta morto, e, pela minha experiência, isso nunca significou boa coisa.

— Ah — digo. — Você me conhece bem demais.

— E aí? O que aconteceu de verdade no hospital?

Kitty sustenta o meu olhar, os olhos contornados com excesso de delineador.

— Aneurisma — digo a ela. — Grande, perto do tronco cerebral.

— Cacete! E qual é o plano agora? — indaga Kitty. — Quanto tempo até a gente poder se livrar do Ben Gótico e ter de volta o Ben Engenheiro Chato?

— Não tem plano — respondo, cada vez mais perto da revelação. A perspectiva de verbalizar isso me deixa enjoado.

— Porque está tudo bem e o aneurisma não vai te fazer mal? — Ela passa a falar mais devagar, diante do peso da queda da ficha. — Ou porque não vai ficar tudo bem?

— Não vai ficar tudo bem, Kits — digo, incapaz de encará-la.

— Tem certeza de que eles viram isso direito?

— Tenho — respondo, resgatando na mente a expressão no rosto da Dra. Patterson. — Sim, eles viram tudo direitinho. Talvez eu não deva contar pra mamãe. Talvez seja melhor assim... para ela, digo. Talvez doa menos se ela não tiver que ficar esperando isso acontecer.

Kitty balança a cabeça.

— Quanto... quanto tempo?

Dou de ombros.

— Não muito.

— A gente tem que voltar pra casa. Contar pra mamãe. A gente precisa ir atrás de uma segunda opinião, procurar um tratamento em hospitais e clínicas privados, talvez. A gente pode fazer uma vaquinha on-line e um... um... A gente precisa se mobilizar logo pra vencer essa merda.

— Eu não vou voltar para casa agora, Kits. Ainda não estou pronto.
— Pronto pra quê?
— Pra nada — respondo, dando de ombros, desanimado. — Mas principalmente para ver a cara da mamãe quando eu contar pra ela. Ou para ter ela cuidando de mim, sendo que eu não preciso de cuidado. Ou para ficar pensando, toda vez que eu sair de casa para passear com o Pablo ou para tomar uma cerveja com o Danny, se vai ser a última vez. Não quero levar isto — aponto para a minha cabeça — de volta pra casa, onde é tudo tão familiar. Preciso que as coisas sejam estranhas e diferentes, porque estou estranho e diferente, e preciso conhecer essa última versão de mim antes de voltar com ela para casa.
— Certo — diz Kitty, com medo e espanto transparecendo em sua falsa bravura. — Eu entendo. Então me diz: como está indo esse projeto até agora?
Há uma pausa. Eu poderia tentar explicar o vazio onde costumava ficar meu coração, e que a única coisa que chega perto de preencher esse vazio são as asas tremulantes de um medo implacável. Ou nós poderíamos rir e, pelo menos por um instante, tudo ia ficar bem de novo. Ela me olha por um bom tempo.
— Ah, tudo dentro do esperado — respondo, dando de ombros. — Um apocalipse como qualquer outro.
— Ben — pede ela —, não brinca comigo. Pode mesmo acontecer a qualquer momento?
— Pode — respondo, assentindo. — Mas também pode não acontecer. Então vamos seguir com a última opção, certo? Vamos fazer de conta que vai ficar tudo bem, pelo menos por enquanto. Me conta como estão as coisas com você.
— Tem dois dias que a gente se viu, então não tenho nada novo pra contar — diz Kitty, hesitante. — Estava tudo normal e aí... isso. Lembra quando a gente subia o morro para empinar pipa e não tinha que se preocupar com nada, só com manter aquela pipa no céu? Ou quando a mamãe colocava a gente pra fazer pintura psicodélica em camisas de malha sensível ao calor, e a gente saía com a cara cheia de tinta? Era tudo tão simples naquela época.
— Lembro — digo, com um sorriso. — Foi uma época boa, não foi? A gente era feliz, né?

— Era. E continua sendo. — Kitty me olha com o sorriso vacilante. — Não consigo imaginar uma vida sem você. O que eu vou fazer sem...?

O garçom traz as nossas bebidas, e Kitty enterra a cara na bolsa até ele ir embora.

— Kits, você está bem? — Tento pegar a mão dela, mas Kitty faz que não com a cabeça, como um aviso para eu não exagerar na preocupação.

— Não sei o que fazer — diz ela. — Mas sei que preciso fazer alguma coisa.

— Então bebe comigo. Que tal? — peço.

Kitty examina meu rosto com atenção, procurando algo, qualquer pequena abertura que lhe permita ver o que estou pensando de fato. E então as lágrimas transbordam, e ela balança a cabeça, furiosa.

— Que merda... por que não? — diz ela.

— Que bom ver você, Kitty — comento. — Estou falando sério. Obrigado por ter vindo. Fico feliz que esteja aqui. Não percebi que não queria ficar sozinho até não estar mais.

— Lógico. Eu estou aqui pro que der e vier, você sabe disso. — Ela consegue abrir um sorriso. — Aliás, vou precisar ficar no seu quarto hoje.

— Eu pago um quarto só para você — digo. — Tenho dinheiro pra torrar.

— Nesse caso — diz ela —, é melhor pedir outra rodada.

14

Meu pai me criou para acreditar que Deus havia traçado um grande plano para a minha vida, e que só o que eu precisava fazer era seguir em frente e obedecer — que o livre-arbítrio era uma ilusão. Embora eu tenha abandonado tudo isso há muito tempo, a doutrinação continua enraizada em cada pensamento e sentimento. E é por isso que, embora eu deteste a mais simples sugestão de que possa haver um mestre de marionetes universal puxando minhas cordas, não me surpreendo quando entro no saguão da Coleção e vejo Ben Church ali. Ele está olhando para o retrato em tamanho real de Madame Bianchi em toda a sua glória, de peruca branca e vestido de cetim, observando todos que entram e saem de sua amada casa desde que foi pendurado ali.

Recuo ligeiramente e me escondo na sombra do largo portal para observá-lo um pouco mais. Ele está totalmente imóvel, braços pendendo ao lado do corpo, olhos voltados para a postura coquete e questionadora de Madame Bianchi, para o equilíbrio elegante de suas mãos.

— Ben — chamo, ao me aproximar dele.

— Vita. — Ele se vira ao ouvir minha voz e sorri. — Estava torcendo para encontrar você. Olha, eu queria pedir perdão. Estou me sentindo mal por ter oferecido a lente que construí no meu depósito de ferramentas — diz ele. — Quando digo *depósito de ferramentas*, é lógico que estou me referindo à sala limpa modular, padrão NASA, que tenho no fundo do quintal, então...

— Você tem uma sala limpa modular no quintal? — indago. — Que máximo.

— Ter uma sala limpa modular em casa não costuma ser algo que a maioria das pessoas considera o máximo. — Ben sorri. — Mas obrigado.

— Eu não sou como a maioria das pessoas — respondo.

— Estou vendo.

O dia está ensolarado e a mansão, reluzindo. Os belos reflexos e refrações dançam e saltam de todas as superfícies. Tenho uma ideia.

— Você conseguiu ver a exposição ontem?

— Não. Tive que encontrar minha irmã, que veio a Londres também. — Ele faz um gesto vago com a mão.

— Faltam vinte minutos para a exposição do Da Vinci abrir... tempo suficiente para escapar das multidões. Aceita um tour privado para conhecer *La Belle*?

— É sério? — Ele parece encantado com a ideia. — Eu ia adorar. Obrigado, Vita.

Noto como ele faz o meu nome soar como se realmente pertencesse a mim.

— Deve ser incrível trabalhar num lugar assim — comenta Ben, olhando ao redor enquanto andamos. — Toda essa grandiosidade e beleza... Eu trabalho muito no meu quarto, de onde só dá pra ver as paisagens montanhosas que ficam atrás da casa. Não que elas também não sejam grandiosas.

— Que paisagens dá para ver da sua casa? — pergunto.

— A região de Wadsworth, principalmente, Heptonstall e Stoodley Pike — responde ele. — É a terra das irmãs Brontë... selvagem e uivante e tudo mais.

— Passei uma ou duas semanas lá, uma vez — comento. — É de fato muito bonito.

— E o que você foi fazer na minha área? — indaga Ben.

— Fui visitar umas amigas que conheci em Bruxelas. Elas eram irmãs e tinham uma família louca, barulhenta e muito carinhosa... foi uma espécie de revelação. Eu tinha muita inveja de como elas se amavam e se odiavam ao mesmo tempo. Sempre me senti uma estranha na minha família.

— Ah, você era a estranha da família — comenta ele. — Eu também. Tive um período gótico muito intenso. Usava delineador no olho e tudo.

— Uma escolha ousada — comento, olhando de soslaio para ele. — Mas, sim, acho que eu era a estranha, embora tenha escondido isso até fugir de casa e nunca mais voltar.

— Uau! — Ben dá um assobio. — Aí tem história.

— Uma longa e deprimente — garanto a ele. A facilidade com que confessei isso me surpreende. Tirando Jack, e Dominic, lógico, faz muito tempo que falar do meu passado não parece tão natural. Talvez seja porque ele é um compatriota, não de um país, mas de um jeito de pensar. O que soa perigosamente como poesia. Jack teria muito a dizer sobre isso.

A iluminação é muito tênue, ausente em quase todos os lugares, exceto pelos quadros, que brilham na escuridão, uma procissão de belos fantasmas.

— Que maravilha! — Ben fica perplexo ao entrar na sala e olhar para o primeiro retrato. — Este aqui é de tirar o fôlego.

— Obrigada — digo, como se eu que tivesse pintado.

— Você deve estar muito orgulhosa. Quer dizer, isso é incrível. — Ele vai até o quadro *Ginevra*. — Ela parece tão triste.

— Ela estava triste — digo, indo para junto dele. — Dá para sentir a dor dela, não dá? Leonardo fazia isso melhor que ninguém: capturar uma emoção, um pensamento e um sentimento e, de alguma forma, ele conseguia eternizar isso.

Ben assente, os olhos vagando pelo rosto dela.

— Anda, vem ver *La Belle* antes de o público chegar — chamo com um sorriso, gesticulando para ele me seguir. — Você vai poder ter um tempinho a sós com ela.

— Assim eu vou ficar mal-acostumado — diz Ben, sorrindo. — Ah, lá está ela.

Ele dá alguns passos rápidos em direção ao quadro. Sustentando o olhar nela por um ou dois segundos, ele se aproxima, chegando tão perto da superfície da tela que, por um instante, acho que está prestes a beijá-la.

— Mais um milímetro e você vai disparar o alarme — aviso, com um sorriso.

— Ela é tudo o que eu sempre imaginei. — Ele suspira, sem tirar os olhos da tela.

O jeito como ele olha para ela, como fala dela, é quase como se já conhecesse os seus segredos.

— Você acredita mesmo que o segredo da vida e da morte, da imortalidade e da cura, está escondido em algum lugar desse quadro? — pergunta Ben, virando-se para mim com uma avidez repentina. — No retrato de uma mulher que ninguém mais lembra quem era?

O mundo se inclina perigosamente sobre seu eixo.

— Eu sei que está — respondo. — Mas uma cura para tudo tem um preço. Você ia querer viver para sempre?

Achei que ele reagiria rindo e fazendo pouco-caso dessa ideia, mas Ben considera a pergunta com tanta seriedade que quase posso ver o peso dela em seus ombros.

— Ia — responde ele por fim. — Eu daria qualquer coisa para que a lenda fosse verdadeira, para ter esse tempo todo. Sim, eu ia querer isso. — Ben solta um suspiro tão audível que sinto o peso dele no ar.

— Sério?

Desta vez, ele ri, mas sem humor.

— Eu tenho um aneurisma inoperável — explica ele baixinho. — Não sei quanto tempo me resta, mas sei que não vai ser o suficiente para tudo o que eu quero fazer. Tudo o que venho adiando desde criança e todas as coisas que eu nem sabia que queria até agora.

Nossos olhares se encontram. Instintivamente, seguro o pulso dele, como se meu aperto pudesse ancorá-lo a este mundo.

— Ben, eu sinto muito.

As palavras são tão pequenas, tão vazias, mas são tudo o que tenho a oferecer. Ele se desvencilha do meu toque devagar.

— Não, eu é que sinto muito. É informação demais para jogar em cima de alguém que acabei de conhecer — diz ele. — Foi mal ter desabafado assim.

— Fico feliz que você tenha me contado — digo, andando ao redor dele para encontrar seu olhar.

— Então, se você descobrir algum mistério escondido no retrato dela, pode experimentar em mim, tudo bem? — Ele balança a cabeça, constrangido. — Acho que foi para isso que eu vim aqui: fazer esse pedido idiota e me fazer de bobo. Para dizer que, se por acaso você encontrar o segredo da vida eterna, eu sou a sua cobaia perfeita.

— Você não ia ter medo? — questiono. — De descobrir a verdade e perceber que ela não é a resposta que você queria?

— Acho que não tenho mais nada a temer — diz ele.

Eu costumava pensar assim.

15

Andamos em silêncio, saindo da escuridão pacífica e reservada da sala da exposição. Eu deveria estar arrasado, envergonhado, mas, de alguma forma, não me sinto assim. Achei que Vita fosse ficar assustada ou se sentir desconfortável depois do que contei. Em vez disso, ela levou na boa, com uma espécie de leveza e dignidade que não se vê por aí. Não tentou se afastar — na verdade, tentou se aproximar. E isso, por si só, era mais do que eu poderia ter esperado.

Quando chegamos ao saguão iluminado e dourado, a luz forte parece penetrar o meu cérebro imediatamente. O horizonte se inclina, minha cabeça gira, átomos explodem e se recusam a se recombinar. A dor apaga todo o resto.

Trombando com uma parede, deslizo de costas nela até estar sentado no chão, ou no teto, não sei bem. Minhas mãos tremem.

Respiro fundo, contando até sete ao inspirar e até onze ao expirar. A dor é tudo. É o mundo inteiro e todo o meu ser.

A voz de Vita ecoa ao meu redor de repente.

— O que eu faço? — pergunta ela. — Chamo uma ambulância?

— Não, não, não... não faz isso. Você pode ficar aqui? — De olhos fechados, procuro qualquer coisa que possa me distrair da dor, pressionando a palma das mãos no mármore frio.

Agora tudo o que posso fazer é esperar passar.

As cores explodem, as ondas de agonia pulsam contra os ossos. Mas, no meio disso, sinto o toque frio de Vita no meu antebraço.

Tente se concentrar nisso.

Não sei se sou eu que caio ou se o chão que vem ao meu encontro, mas percebo que minha bochecha está pressionando o mármore, os ossos do quadril e dos joelhos no piso. A dor recua em ondas lentas e tortuosas. O mundo volta em pequenos fragmentos desordenados, exceto por uma única constante: a mão no meu braço.

— Ben? — A voz se forma a partir do ruído desconexo, e, com ela, passos, outras vozes, o barulho distante do trânsito e das pessoas conversando do outro lado de uma porta aberta, e, pasmem, o canto dos pássaros.

— Perdão — sussurro.

— Você consegue se sentar? É melhor se sentar? Quer água?

Tento abrir os olhos e vejo que ela está debruçada sobre mim, a cortina de cabelos encobrindo meu rosto das outras pessoas ao redor.

— Está passando — digo. — Pode pedir para eles se afastarem?

— Não tem nada para ver aqui. — Vita enxota as pessoas como se fossem um bando de pombos. — É só enxaqueca. Por favor, vão ver as obras de arte! Mo, pode dar uma ajudinha aqui?

— Pronto, rapaz. Estou te segurando. — Ouço uma voz masculina e sinto um braço debaixo do meu.

Vita segura a minha mão. De alguma forma, estou fora do chão e em outra sala escura e fria, sentado em uma cadeira. Alguém — Vita — coloca um copo de água na minha mão. Como não consigo segurá-lo direito, ela envolve os dedos nos meus e ergue o copo até os meus lábios. Sinto a água viajando por dentro do corpo, gelada e lenta.

— Como você está se sentindo, rapaz? — Tento me concentrar no homem com uniforme de segurança, barba comprida e olhos bondosos. — Quer que eu chame uma ambulância?

— Não — peço, e minha voz sai forte e alta. É um progresso. — Não, sério, não adianta nada. Não quero perder tempo num hospital quando já estou me sentindo melhor. Foi mal pelo transtorno.

— Que transtorno, cara? — Mo me tranquiliza. — Isso não chega nem perto de quando eu tenho que expulsar um sujeito tocando as partes íntimas diante de um quadro de mulher pelada, vai por mim.

— Tem mais alguma coisa que a gente possa fazer? — pergunta Vita. Ela ocupou uma cadeira ao meu lado. Atrás dela, vejo uma fileira de monitores piscando com imagens em preto e branco das salas do museu.

— O que você fez já foi ótimo — asseguro.

Então uma porta se abre, um feixe de luz penetrando a escuridão, e uma mulher muito elegante passa por ele.

— Está todo mundo bem? — pergunta ela a Vita, ansiosa.

— Sim, está tudo bem agora — responde Vita. — O Ben só está recobrando o fôlego. Ele acha que foi o calor.

A mulher, que suponho ser a chefe de Vita, se inclina para me olhar.

— Tem certeza de que não precisa que a gente chame um médico? — pergunta ela.

— Tenho. Obrigado — respondo. — Estou me sentindo um idiota. Um homem grande desses esquecendo de se hidratar.

— Vita, fica com ele até passar — ordena ela. — Vou mandar alguém do café trazer água e alguma coisa para ele comer.

— Vou dar um pouco de espaço pra vocês — diz Mo, fechando a porta, e ficamos a sós.

— Obrigado, Vita — sussurro. — Te contar que posso morrer a qualquer momento e depois agir como se estivesse mesmo morrendo foi mais dramático do que eu sou normalmente.

— Não se preocupe. Fico feliz por poder ajudar. — O rosto em formato de coração de Vita está muito sério, os olhos escuros cheios de preocupação.

— Você ajudou muito. Acho que é melhor eu ir embora. — Quero desesperadamente que ela me veja saindo daqui andando como um cara de trinta e poucos anos normal. — Vou ficar bem.

— Não posso deixar você ir embora assim. — Vita balança a cabeça. Vejo um brilho de determinação em seu olhar.

— Estou bem, sério. — Fico de pé. — Sou de Yorkshire... é preciso muito mais do que uma dor de cabeça para me derrubar.

— Mas... — Ela hesita, baixando os olhos, uma pequena ruga horizontal aparecendo entre as sobrancelhas.

— Vou nessa — digo. — Está tudo bem, de verdade. Tchau, Vita. Foi muito bom conhecer você.

— Tchau, Ben.

Nos abraçamos, Vita me aperta e, por um segundo, sinto o coração dela bater sob o suave calor do seu corpo. Quando a solto, tudo ao meu redor se intensifica em uma existência vívida, todos os meus sentimentos começam a se chocar contra mim na velocidade de um tsunâmi.

Vou embora o mais rápido que posso.

16

— Como você está, Vita? Ainda preocupada com aquele pobre rapaz? — pergunta Anna. Já faz alguns minutos que ela vem falando, mas não ouvi uma só palavra do que disse.

A verdade é que estou abalada com a forma como meu breve encontro com Ben mexeu comigo. Nós nos abraçamos por um instante, senti seu corpo quente, vi o pulso acelerado no pescoço dele, senti o ritmo de seus batimentos cardíacos. Parecia impossível, como sempre parece, que a qualquer momento tudo aquilo pudesse acabar e aquele homem pudesse sumir por completo... desaparecer. Parece impossível, embora eu, mais do que qualquer pessoa, devesse saber que não é.

— Perdão... sim, estou um pouco. — Me concentro em Anna e forço um sorriso. — Estou prestando atenção. Juro.

— Você trabalhou tanto, principalmente nas últimas semanas. Se precisar, tire uns dias de folga — oferece ela carinhosamente. — Sei que você não vai querer sair de férias durante a exposição, mas uma tarde livre aqui, outra ali, não vai fazer mal a ninguém. — Ela aponta para a grande imagem de *A virgem, o menino, Sant'Ana e São João Batista* aberta na minha lousa digital, sobre a qual vou dar uma palestra na National Gallery. — Depois da palestra, as coisas vão se acalmar. Você deveria aproveitar.

— Obrigada, Anna. — Sorrio, cansada.

— Todo mundo precisa de uma pausa às vezes — diz Anna, dando uma palmadinha na minha mão enquanto se levanta para sair. — Você sabe que pode falar comigo sempre que precisar, Vita.

— Eu sei. — Assinto. — Agradeço muito por isso.

Depois de me fitar por mais um tempo, Anna sai e me deixa sozinha na sala. Preciso de todas as minhas forças para não deitar a cabeça no quadrado de luz solar que incide sobre a mesa e chorar.

Ben agitou as águas calmas da minha vida e me lembrou de todos que perdi. Sentir e lembrar são coisas perigosas: elas descascam as camadas de defesa que cuidadosamente construí, até que não me sobra nada além de sofrimento. Mas, desde que me despedi de Ben, há uma hora, é só isso o que consigo fazer. E acho que é o que eu quero. A dor me lembra que estou *viva* e, de repente, me sinto grata por esse presente depois de tanto tempo relutando. Grata, porque ter mais tempo de vida é tudo o que ele quer, mas não pode.

É um alívio estar sozinha nesta sala branca, num silêncio total, exceto pelos ruídos do trânsito do outro lado da janela comprida, e tendo apenas a imagem da mãe com o filho como companhia. É Da Vinci em toda a sua glória, de alguma forma espontâneo, terno e atemporal. É um desenho magistral — não um esboço, como a maioria das pessoas interpretaria, mas um estudo preparatório da Virgem, com o menino Jesus no colo, e Ana, a mãe de Maria, sentada ao lado, enquanto o bebê brinca com o primo João. As figuras foram traçadas com carvão e giz em pedaços de tela costurados — três materiais simples que criaram esse retrato de significado cristão, sim. Mas, como é sempre o caso com Da Vinci, é muito mais que isso. Este é um retrato da maternidade: Ana olha para a filha, sabendo que ela terá que suportar as mais terríveis perdas; o sorriso terno de Maria, cheio de uma tristeza meiga, um prenúncio do que está por vir — a perda dessas crianças para a vontade de Deus e da humanidade. É a expressão de uma mãe que sabe que não terá muito tempo com o filho.

Eu conheço esse sofrimento. Há muito tempo, em outra vida, antes de me libertar, eu fui essa mulher, segurando o que não podia ter.

Desligo a lousa digital subitamente e dou as costas para ela. A forma que encontrei para sobreviver a essa parte da vida foi nunca pensar nela, fazendo de tudo para esquecer o que Deus e o homem fizeram comigo, porque eu não tinha escolha a não ser sobreviver e continuar respirando.

Muito antes de Dominic, dei à luz um menino. Meu filho, que foi tirado de mim antes de completar um dia de vida.

Algo na expressão no rosto de Maria faz as memórias surgirem das profundezas mais sombrias. De uma só vez, relembro a cara do meu bebê nos mínimos detalhes: o tom acobreado da pele, a penugem escura na cabeça, o jeito como as mãos se fechavam em pequenos punhos, os olhos resolutamente fechados contra a aurora da sua vida.

Ele nasceu nas horas azuladas do alvorecer, com longas sombras cinzentas atravessando o quarto, os campos ocres e queimados lá fora.

Eu era tão jovem, com o meu filho aninhado nos braços tão pequeno, mas absolutamente perfeito, uma trouxinha de possibilidades. Eu me lembro do peso dele, acomodado ao meu peito, de ver a espiral de Fibonacci de sua orelha. O dilúvio de amor que senti por ele lavou todos os atos dolorosos, desesperados e cruéis que haviam gerado sua vida. Meu bebê precioso, que amei antes mesmo de ver... De quem me preparei para me despedir antes até de nos conhecermos.

As sombras se aprofundaram pelo quarto, o sol nascente fazendo os grãos de poeira brilharem no ar, dourados, banhando brevemente a mim e ao meu menino num calor ameno. Conforme o dia foi se encaminhando para a noite, o céu foi sendo coberto por riachos de cobre.

Com as pernas doendo, a bexiga protestando, as costas gritando de dor, eu sangrava sem parar entre as pernas. Ainda assim, não podia me mexer, não podia me afastar dele nem por um segundo, porque sabia que logo chegaria o último momento em que me seria permitido ser sua mãe.

A Lua estava alta quando ela apareceu para tirá-lo de mim.

— Para onde ele vai? — perguntei, afastando-o das mãos dela.

— Para um lugar bom — respondeu ela —, onde vai ser amado e estará em segurança.

As palavras não me serviram de consolo. O último dos meus últimos minutos de maternidade tinha chegado, e eu não estava pronta.

— Ele não pode ficar comigo? Juro que vou fazer tudo direitinho. Por favor, deixe que ele fique comigo — implorei.

— Ele não pode — disse ela simplesmente. — Chegou a hora.

Apertei os lábios em seu rosto de novo e de novo e sussurrei promessas para ele.

— Eu nunca vou te esquecer — jurei. — Vou estar com você durante toda a sua vida, mesmo que você não possa me ver, nem me conhecer, vou estar com você, prometo. Não passará um dia sem que eu pense em você e em como eu te amo.

E então ele se foi, e só o ar frio da noite soprava no meu colo vazio.

O que não contei a ninguém, não desde que perdi Dominic, é que meu bebê foi tirado de mim em uma noite clara de primavera, em um convento nos arredores de Milão, no ano de 1498 — mais de cinco séculos atrás. Que os segredos escondidos no retrato pintado por Da

Vinci daquela menina triste e perdida importam tanto para mim porque eu *sou* ela. Não sei o que aconteceu comigo naquela noite — não sei como nem por quê nem o quê.

Tudo o que sei é que passei centenas de anos procurando um jeito de desfazer o que foi feito comigo sem o meu consentimento. Centenas de anos vendo o mundo girar e voltar ao início, de novo e de novo. Séculos de amor e perda e do fim da esperança. Tudo o que sei é que não aguento mais este mundo, mas que não importa quantas vezes eu tenha tentado me entregar à morte por livre e espontânea vontade, ela nunca me acolheu. Que, de alguma forma, meu frágil coração foi tornado indestrutível à minha revelia.

Leonardo escondeu tantos dos seus segredos em sua arte. Minha última esperança é que ele tenha escondido o segredo para me libertar dentro do retrato que pintou de mim, uma mulher imortal, procurando um jeito de morrer no dia em que conhece um homem à beira da morte e que só quer viver.

II

Enquanto o poder autossuficiente pode o tempo desafiar,
Assim como rochas resistem às ondas e ao céu a lhes fustigar.

—"A aldeia deserta", Oliver Goldsmith

17

— O que aconteceu? — questiona Kitty assim que entro em meu quarto. Reservei um só para ela ontem à noite, mas é lógico que ela estava me esperando aqui. Quando passo pela porta, ela larga o celular na cama e se senta. — Você está com uma cara péssima.

— Você passou a manhã toda aqui? — pergunto. — Tem uma cidade enorme lá fora, e você ficou aqui, olhando pro celular?

— Ben, eu sou mãe solteira, tirei folga do trabalho e você está pagando a conta deste hotel cinco estrelas. Não fazer nada é o cúmulo do luxo, meu amigo. Além do mais, já vim a Londres antes e é basicamente igual a todos os outros lugares, só que maior e mais caro. Eu vim aqui pra ficar com você, não pra passear. E, aliás, para de mudar de assunto. O que aconteceu?

— Nada, como sempre. Não aconteceu nada — minto. Contar a ela sobre a "queda" só vai me obrigar a ficar sentado e a chamar minha mãe. — Fui à Coleção Bianchi, para ver um quadro... um Da Vinci.

— A *Mona Lisa*? — pergunta ela.

— Não, um dos outros. É lindo.

Vou até a janela e afasto as lâminas da persiana para ver a rua lá embaixo. Algo na tarde de hoje agitou meu coração, e tudo o que parecia tão irreal antes agora está terrivelmente próximo.

Kitty chega mais perto de mim e fica ao meu lado.

— Tem alguma coisa que você não está me contando. — Ela pega minha mão e examina meu rosto. — Ben, o que aconteceu? Parece que você viu um fantasma.

— Havia alguma coisa nela, na moça do quadro. Ela parecia tão triste, tão perdida... A expressão no rosto dela me fez querer tocá-la, dizer que vai ficar tudo bem. Mas é lógico que não posso fazer isso. O retrato no quadro não passa do fantasma de uma mulher jovem e triste, e ninguém mais sabe quem é ela. Não quero acabar assim. Não quero morrer e desaparecer até que ninguém nunca mais pense em mim.

— Ben... — Kitty pousa a mão no meu braço.

— Não. — Eu dou um passo ao lado, balançando a cabeça. — Eu tenho que segurar as pontas. Não quero passar meus últimos dias chorando e afundado em autopiedade. Não posso desperdiçar nem mais um segundo.

— Então me fala o que você está pensando, como está se sentindo. Me conta — pede Kitty, acompanhando todos os meus movimentos com o olhar. Mas só consigo pensar em uma coisa. Em uma pessoa.

Penso em contar a ela sobre o encontro com Vita, e sobre o que ela me falou dos quadros, do fato de um deles supostamente esconder o segredo da vida eterna. Quero explicar como pareceu uma intervenção divina, que alguém como eu pudesse ter uma conversa tão estranha como essa justamente agora. Mas como posso dizer a Kitty que parecia que aquilo *tinha* que significar alguma coisa quando não significava — e não significa — nada? Que, na verdade, estamos sozinhos no universo, procurando desesperadamente por algo? Que, no fim das contas, o universo não segue o manual do final feliz?

— É tudo tão arbitrário, Kits, tão estúpido... — digo. — Eu queria respostas, um porquê e um para quê. Mas não tem. Pela primeira vez, depois que isso tudo começou, me bateu a consciência de que estou fodido, Kits. Estou praticamente acabado. E com medo. — Minha voz falha um pouco neste momento.

Kitty me abraça na altura do pescoço.

— Por favor, não fique assim. Eu estou aqui. Posso ficar ao seu lado o tempo todo se você quiser.

Eu me afasto um pouco para olhar para ela, e Kitty me fita nos olhos.

— Não perca tempo procurando um significado — diz ela, segurando meu rosto com as mãos. — Você está vivo *agora*, neste lugar *agora*. *Esse* é o significado. Eu sei que, pra mim, é fácil falar. Mas eu estou contigo, Ben, estou bem aqui. Tente manter a cabeça fora das trevas e fique aqui comigo agora. Você sabe que eu tenho duas maneiras de lidar com o estresse: a primeira é beber, a segunda...

— Negar? — termino a frase por ela, como ela quer que eu faça.

— Isso aí — concorda Kitty. — Você está bem até não estar mais. Então vamos nessa. Eu vou tomar um banho, e depois a gente vai gastar todo o seu dinheiro em atrações turísticas ridículas e que custam o olho da cara, beleza?

— Vamos nessa — digo, me obrigando a sorrir para o bem dela.

18

Quando chego ao pátio, Mariah está sentada no degrau à frente da porta. Está aproveitando a estreita faixa de sol de fim de tarde veranil que ilumina a fachada das nossas casas nesta época do ano. Suas meias de compressão estão enroladas nos tornozelos, a saia erguida até os joelhos, o rosto voltado para cima, para a luz, enquanto um longo cigarro queima entre os dedos. É a imagem da serenidade. Um exemplo de alguém que, de certa forma, sabe como viver cada momento de sua longa vida, mesmo enquanto partes dela se esvaem. Eu a invejo.

— Oi — digo, cumprimentando-a com um sorriso. — Como foi seu dia?

— Foi ótimo. Você trouxe doces? — pergunta Mariah, abrindo os olhos. O cigarro cai no chão, e ela tem dez anos de novo, batendo palmas, os olhos arregalados. — Mamãe me botou pra fora de casa, pra parar de atazanar a vida dela, então fui até o rio e passei o dia andando de barca. Fui até Greenwich, sozinha!

— Consegui estes aqui — digo, colocando um punhado de balas na palma das mãos dela.

Mariah olha as balas, brilhantes como joias, como se fossem igualmente preciosas, e as coloca na bolsa aberta.

— Vou guardar para uma ocasião especial.

— Você não ficou com medo? — pergunto, sentando-me no meu lado dos degraus. — De ir tão longe sozinha, pegando carona com estranhos?

— Não. Por que eu teria medo? — pergunta Mariah, olhando para a bolsa antes de enfiar a mão e pegar uma bala, levando-a à boca. — Você teve medo de fugir de casa e atravessar o mar pra chegar a Londres?

— Fiquei apavorada — respondo, lembrando-me daquela primeira viagem perigosa pelo mar até um lugar tão diferente de tudo o que eu conhecia. As tábuas de madeira do navio gemiam e rangiam feito um moribundo. E o odor de doença e suor era tão denso no ar acre que dava até para sentir o gosto. Olhos famintos me seguiam o tempo todo, olhares tão intensos que eu mal me atrevia a dormir. Uma presa tão fácil, uma moça sozinha. Mais de um deles não resistiu à tentação de tentar me dominar. O que não sabiam é que eu tinha mais de oitenta anos quando embarquei naquele navio. Que naquelas oito estranhas décadas eu tinha aprendido a lutar em todos os cantos e a nunca deixar outro homem encostar um dedo em mim sem a minha permissão. Eles não sabiam que eu carregava uma faca sob minhas vestes e que era capaz de usá-la. Quando descobriram, me deixaram em paz.

Percebi que estava na hora de ir embora quando soube que meu filho estava morrendo. Enquanto ele estava vivo, eu tinha me escondido nos claustros de um convento, o mais perto possível dele. Acompanhando de longe enquanto ele crescia e se tornava homem. Testemunhando com dor e orgulho as faíscas fugazes de alegria e triunfo que marcaram sua vida, a tragédia e a perda que mostraram sua coragem. Observei enquanto ele se curvava diante da idade e, no fim, estive ao seu lado.

Meu menino, meu filho... Eu o segurei no fim, assim como no início. Ele me reconheceu então, naquele último momento, enquanto eu sussurrava uma canção de ninar para ele em meio ao barulho da chuva. De alguma forma, ele reconheceu meu toque. Eu acredito nisso. Na morte, pude lhe dar o conforto materno que me foi impedido de dar em vida. Só criei coragem para partir depois que ele se foi e que fiquei realmente sozinha. O mundo que eu conhecia, a vida que acreditava que seria toda a minha existência, virou pó sob meus pés, e tudo o que me restava fazer era viver.

— Se você conseguiu cruzar o mar sozinha num barco, então acho que não tinha muito problema eu pular de barca em barca — diz Mariah, me trazendo de volta através dos anos para o lado dela.

— Você era tão pequena naquela época, e o mundo era tão perigoso. Não sei por que não me preocupei mais com você.

Mesmo naquela época, com bombas caindo do céu, de alguma forma o mundo tinha parecido um lugar mais seguro.

— Outros tempos — comenta Mariah, com a expressão se suavizando ao chupar a bala, os oitenta anos voltando para alcançá-la. — Acho que tive sorte. Vai ver estava todo mundo assustado e exausto demais com a guerra pra se preocupar com uma pirralha como eu. Tive sorte na vida, tive meus pais, e o Len e você. Tive tristezas e perdas, lógico, mas ninguém fez nada de ruim comigo, não do jeito que fizeram com você. Todos aqueles anos difíceis que você viveu, todas as pessoas que viu morrer... Não sei como você ainda está de pé, Evie.

Não guardo segredos de Mariah. Nunca precisei. Quando ela era pequena, adorava as minhas histórias, assim como sua mãe quando tinha a mesma idade. E, agora que está velhinha, todas as histórias e memórias que compartilhei com ela só existem em seu presente particular. Para Mariah, não existe passado nem futuro. Ela só vive o agora — um lugar onde tudo é possível.

— Você é uma das razões — digo, tocando a bochecha dela. — Minha menininha linda, sei que você tinha a sua mãe, mas gosto de pensar que eu era a sua tia preferida e melhor amiga. Você é uma filha querida para mim.

— E você é como uma filha pra mim — devolve Mariah com uma risada. — Não é engraçado?! Senti tanto a sua falta quando você não estava aqui. Mas fiquei feliz por você ter encontrado alguém, que nem eu encontrei meu Len. Fiquei feliz por isso, Evie.

— Está precisando de alguma coisa? — pergunto.

— Me conta uma história — pede ela, apoiando a cabeça no meu joelho. — A daquele sujeito, o Isaac Newton.

Vejo ainda em seu rosto traços da menina que conheci, os olhos brilhantes, a covinha junto à boca. Muitas vezes, quando sentia medo dos aviões e sua mãe ainda estava de plantão, ela vinha me procurar e colocava a cabeça no meu joelho como agora. Eu trançava e destrançava seu cabelo, acariciando-o e contando histórias até o perigo passar.

— Ah, o Isaac era um homem fascinante — digo. — Mas, quando o conheci, ele quase ficou louco. Só que eu *acho* que as duas coisas não tiveram relação.

— O que aconteceu? — pergunta Mariah com um ar sonhador.

— Ele queria descobrir todos os segredos do universo por conta própria. E realmente acreditava que o que os alquimistas tinham estudado séculos antes era possível. — Querido Isaac, sempre franzindo a testa, sempre irritado, sempre à beira de algo milagroso ou devastador, e eu nunca sabia bem o que seria. Por um curto período de tempo, ele foi um amigo brilhante. — Fui atrás dele em Cambridge, porque tinha ouvido dizer que ele estava procurando o impossível, e achei que ele gostaria de conhecer alguém que fosse uma prova dos mistérios do cosmos. E que talvez ele pudesse me ajudar a entender o que tinha acontecido comigo.

— E ele ajudou? — indaga Mariah.

— Não, mas foi uma tentativa fascinante — respondo com algum pesar. — Nunca conheci um homem tão obcecado como ele. Estudava alquimia o dia todo. Páginas e páginas de anotações, experimentos e invenções que achava que poderiam ajudá-lo a se tornar o mestre do espaço e do tempo... Acho que ele pode até ter chegado bem perto. Mas ou a obsessão ou o fato de ele trabalhar com mercúrio ou as duas coisas o deixaram muito doente. Escrevi para a família dele, que ele odiava, e eles o mandaram voltar para casa. Isaac ficou tão bravo comigo que nunca mais me perdoou, mas eu não queria que ele morresse por minha causa. Ele se recuperou, lógico... o resto todo mundo sabe. Mas ele nunca mais falou de seus estudos de alquimia na vida. E nunca, *nunca mais* quis me ver. Nunca me perdoou por mandá-lo de volta para casa.

— Eu não estou nem aí se ele era muito inteligente, ele era um idiota — diz Mariah, e nós duas rimos.

— Posso te levar pra cama? — pergunto.

— Ah, não, obrigada. Estou feliz aqui — responde Mariah. — Que nem pinto no lixo. Daqui a pouco o meu Len chega, e aí ele vai me levar pra dançar. E você, Evie? Cadê o seu homem?

Fico tentada a cair em seu mundo de memória e viagem espontânea no tempo, a voltar para a época da arrojada e ousada Evelyn, que dançava a noite inteira como se não houvesse amanhã. Mas não sou mais quem eu era quando meu nome era Evelyn — minhas dores me pesam agora.

— Faz muito tempo que não o vejo — respondo, a voz triste. — Ele está fora.

— Foi pra guerra? — pergunta Mariah, olhando para o céu sem nuvens. — Vai ter bombardeio hoje?

— Não — asseguro a ela. — Falaram no rádio que hoje não tem bombardeio.

A porta se abre e Viv emerge com um saco de lixo para jogar na lixeira da rua.

— Acabei, Mariah! — avisa ela. — Daqui a pouco a Marta está aqui. Até amanhã! Vê se não arruma confusão, viu?

— Vou sair pra dançar — diz Mariah, feliz. — A Evie falou que hoje não vai ter bombardeio.

Olho para a pequena e estreita porta da minha casa. Saboreio por um momento o sol no degrau ensolarado, com Mariah, para quem o tempo acontece todo de uma vez e nada dói, porque nada está perdido.

— Mariah, como você consegue se manter tão feliz? — pergunto.

— É porque eu não sou que nem você — responde ela, descontraída. — Você tem que viver pra sempre, Evie. Eu não passo de um piscar de olhos pra Deus.

★★★

Sentada na cama, abro o laptop e procuro o nome de Ben. Não sei exatamente para quê, nem por quê, mas logo encontro o site dele, que me diz que ele trabalha, em suas próprias palavras, "criando soluções de design óptico para pequenas empresas".

Tem uma foto dele sentado à porta de uma casa com um cachorro orelhudo a seus pés, os longos dedos enterrados no pelo do animal, a boca capturada um segundo antes de abrir um sorriso.

Ver essa versão dele, antes de saber como as coisas ficariam ruins, é como um tapa na cara. Eu deveria estar celebrando a minha sorte, minhas dezenas de vidas que me permitiram curar uma menina apavorada e destruída e transformá-la na mulher que sou agora. Minha experiência e minha dor deveriam ser minha razão para continuar, não para desistir. Enfrentei guerras, fomes e pestes, escapando das tentativas mais determinadas de acabarem comigo. Sempre suspeitei que não poderia tirar minha própria vida, embora só depois que Dominic morreu é que eu tenha percebido o quanto não queria viver neste mundo sem ele. Então, certa noite, enchi uma banheira com água morna, tomei duas dezenas de tranquilizantes com uma boa garrafa de vinho tinto e cortei os pulsos com a mesma faca que mantive comigo desde que deixei Milão. Deitada ali, vendo meu sangue serpentear na água com um fascínio distante, me senti feliz por aquilo enfim estar acabando, senti a promessa de descanso para meu corpo exausto. Até que acordei na manhã seguinte em uma banheira cheia de água fria e cor-de-rosa, sem uma cicatriz sequer para comprovar o que acontecera.

Foi quando eu soube que não havia escapatória.

Tenho procurado as respostas para entender o que aconteceu comigo porque queria morrer. Mas e se eu pudesse ajudar alguém que quer muito viver?

Mas se... *se*... eu entrasse em contato com ele de novo, seria pelo bem de quem? Dele ou meu?

Fecho o laptop e pego um baú de mogno do tamanho de uma caixa de sapatos que guardo debaixo da cama. A última lembrança que tenho da minha amizade com Isaac. Ao abrir a tampa para olhar ali dentro, me pego pensando.

E se houver a menor chance de eu ser a única alma no mundo capaz de salvar a vida de Ben?

19

— E agora? — pergunta Kitty assim que descemos do ônibus e olhamos ao redor. — Onde a gente está?

Olho o mapa no meu celular.

— Acho que estamos em... Wapping. Vai ver pegamos o ônibus certo, mas no sentido errado.

— Wapping. — Kitty estreita os olhos para mim.

— Olha, você concordou quando corremos para pegar o ônibus. Eu não ouvi você dizer que era o errado! E, de qualquer forma, nunca estive em Wapping. Por que a gente não embarca nesta aventura e vê até onde ela nos leva?

— Em Wapping — repete Kitty. — Tudo bem, não é *exatamente* o que eu tinha em mente pra minha noite, mas, se você achar um pub e me pagar uma bebida, eu topo.

— Ah, olha que maravilha — digo, mostrando a tela do meu celular. — A cinco minutos daqui tem um pub chamado The Prospect of Whitby. Vem. Dizem que é o mais antigo de Londres. Um lugar cheio de história. Piratas, contrabandistas, assassinos... teve de tudo.

— Excelente — diz Kitty, não exatamente convencida. Mas ela passa o braço pelo meu, e seguimos o mapa em direção ao rio até nos depararmos com uma construção georgiana de aparência meio decrépita, tijolos escuros e janelas abauladas com a moldura pintada de preto.

— Diz aqui que o pub funciona neste lugar desde a década de 1520 — leio em voz alta para Kitty ao passarmos pela porta. — Parece que tem um piso de pedra original em algum lugar por aqui!

— Desde que ainda esteja servindo cerveja... — comenta Kitty. Ela já está a caminho do bar quando vejo algo e puxo seu braço.

— Olha isso! — exclamo, apontando o cartaz que atraiu minha atenção, afixado entre avisos de *quiz night* no pub, contatos para o torneio de futebol do bairro e partidas de dardos. — Esse evento começou lá em cima tem cinco minutos. Vamos dar uma olhada?

Kitty volta para ler o cartaz e, depois de fitar a imagem em baixa resolução e a xerox tosca do texto escrito à mão, ela se vira para mim, incrédula.

— Endoidou?! — exclama ela. — Temos Londres inteirinha a nossos pés, todo o seu dinheiro à disposição, e você quer passar a noite com os otários do grupo *O Clube da Última Ceia*? Onde já se viu?

— Diz aqui que eles são entusiastas do Renascimento e de Da Vinci. Ele está aparecendo muito nesta viagem. Vai ver é um sinal, né? Kitty, para de revirar os olhos.

— Foi mal, é reflexo de irmã mais nova — diz ela. — Continua, estou ouvin... olha, está no happy hour.

— Eu tenho um pressentimento sobre esse clube — digo, fazendo-a olhar para mim.

— Um pressentimento — devolve Kitty sem o menor sinal do seu bom humor de sempre.

— É. — Dou de ombros.

— Ben, a gente já conversou sobre os seus pressentimentos. Agora a gente vai beber. — Kitty me olha. — Você acha que vai encontrar respostas e justificativas para essa situação impossível, injusta e totalmente trágica num pub em Wapping, mas não vai. Então eu imploro, por favor, não faça isso.

— Fazer o quê? — pergunto, embora já saiba a resposta.

— Embarcar nessa missão. Você só vai acabar se machucando.

— Missão? — questiono.

— Esse negócio de ser um Dom Quixote, e eu ser o gordo andando de burro.

— Eu sou um poeta morto ou o Dom Quixote? Escolhe.

— Você representa todos os heróis trágicos — responde ela com ternura. — Não posso te proteger do seu cérebro, mas posso tentar evitar que você perca seu tempo procurando milagres em lugares onde eles não existem. Como num salão pré-histórico no andar de cima de um pub.

— Eu não estava... — minto.

— Não me faça te seguir por aí igual a quando a gente era criança, e todo sábado eu tinha que ir atrás de você naquela livraria, ficar de olho naqueles garotos da escola que queriam te bater enquanto você ficava sentado no chão lendo. Nenhuma criança de doze anos quer fazer isso no fim de semana, sabia? Eu devia estar na farmácia, roubando batom com as minhas amigas. A vida é curta demais pra você ficar perseguindo o impossível, Ben.

— Na minha condição de nerd, só quero dar uma conferida nesse clube de nerds — explico. — Enfim, eu sempre achei que você também gostava de dar uma olhada nos livros — completo.

— Ninguém descolado gosta de ficar dando olhada em livros, Ben — devolve ela. — Eu fingia por sua causa. Tirando a Jilly Cooper, aprendi muito com a Jilly Cooper... isso é inegável.

— Kits. — Pouso a mão no ombro dela. — Eu não quero ir a esse clube para lutar com moinhos de vento, quero ir porque sou um nerd e tenho um pressentimento muito forte de que o Clube da Última Ceia seja um lugar cheio de nerds. E essa é a minha ideia de diversão. E, sim, você vai me deixar ir porque você é leal e legal. Além do mais, imagina o quanto vai se divertir tirando sarro de todos nós depois!

— Isso ia ser divertido — concorda Kitty, impassível. — Mas não entra aí feito um poeta morto perdido e sentado num burro.

— Longe disso — digo. — De alguma forma... sinto como se eu tivesse sido encontrado.

Kitty me dá um abraço apertado.

— Você sabe que eu nunca vou deixar de zombar de você por ter dito isso em voz alta, né?

★★★

Quando abro a porta da sala onde o grupo se reúne, cerca de doze homens se calam.

— Ainda dá tempo de desistir — murmura Kitty atrás de mim, embora definitivamente já seja tarde demais.

— Ah. Oi! — diz o primeiro do grupo a nos notar. — Foi mal, como vocês podem ver, não estávamos esperando mais ninguém. Colocamos os cartazes, mas ninguém aparece no Clube da Última Ceia. Nunca.

— Essa é praticamente a primeira regra do Clube da Última Ceia... que ninguém além de nós compareça — comenta outro jovem com uma risada.

— Tudo bem a gente participar? — pergunto. — Não queremos atrapalhar.

— Não queremos mesmo — acrescenta Kitty enfaticamente.

— Não, nossa! Pode ficar, gente — diz outro. — É sério, estamos precisando de sangue novo.

— Não que a gente faça rituais de sacrifícios nem nada do tipo... Enfim, oi! Meu nome é Dev — acrescenta um terceiro com um sorriso encantador direcionado à minha irmã.

— Se bem que... atingimos a lotação máxima — diz o primeiro. — Então, tecnicamente...

— Lotação máxima? — questiona Dev.

— Treze. Somos treze, o número de discípulos na...

— Faz muito tempo que a décima terceira pessoa não aparece e, de qualquer forma, ninguém disse que isso era uma regra — argumenta Dev. — Se é uma regra, por que a gente anuncia? Não somos ligados a nenhuma religião!

— Não é uma regra — interrompe o mais velho do grupo, um homem de cerca de quarenta anos, barba grisalha e cabelo bem curto. — Somos um grupo de mentes inquisitivas, e não existe limite para a curiosidade. Tenho certeza de que você concorda, Ian. — Ian se senta, dando de ombros. — Bem-vindos ao Clube da Última Ceia.

— Meu nome é Ben e o dela é Kitty — eu nos apresento, sentando-me ao lado de Kitty. — Sou engenheiro óptico, especializado em inovação de lentes. Estou me aprofundando em Da Vinci.

— Quem não está? — murmura Ian, como se eu tivesse acabado de falar de S Club 7 em uma convenção de thrash metal.

— E eu sou só a fiel e infeliz escudeira — acrescenta Kitty.

— É um prazer conhecer vocês — diz o mais velho. — Meu nome é Negasi. Eu me interesso por astrofísica e astronomia antiga. Vocês já conheceram o Dev, engenheiro mecânico, e o Ian é químico industrial. — Ele passa a listar o nome dos outros, e, na mesma hora, esqueço todos eles. — Sempre servimos vinho tinto, pão ázimo e uma seleção de queijos nas nossas reuniões. Aceitam alguma coisa?

— Aceito vinho, obrigado — digo.

— Uma taça generosa. — Kitty sorri para Dev, parecendo de repente muito mais feliz por estar aqui.

— E então, como vocês ouviram falar da gente? — pergunta Negasi, servindo duas taças de vinho.

— Foi totalmente por acaso — respondo. — Pegamos o ônibus errado, viemos parar aqui e vimos o cartaz lá embaixo. Foi meio que estar no lugar certo, na hora certa.

—Ninguém nunca diz isso sobre o Clube da Última Ceia—brinca Negasi.

Antes que eu possa responder, a porta se abre, e uma mulher com um longo vestido de veludo rosa-claro, cuja bainha de miçangas verde-limão quase se arrasta no chão, carregando uma grande caixa de madeira, entra na sala.

O grupo bate palmas e comemora com gritos animados de "Olha só quem resolveu aparecer".

— Eu sei, eu sei, faz muito tempo que não venho, mas acho que vocês vão me perdoar quando virem o que eu... — Vita arregala os olhos ao me ver, e o círculo de surpresa em seus lábios rapidamente se abre no sorriso mais lindo. — Ben — diz ela.

20

Minhas bochechas devem estar mais ou menos da cor do meu vestido Biba dos anos 1960, quando me sento ao lado de Negasi e meus amigos me recebem, reclamando amistosamente da minha ausência nas últimas reuniões e demonstrando muito interesse na minha caixa misteriosa.

— Eu não me importaria, mas foi você quem fundou este grupo — comenta Dev, com um sorriso de provocação.

— Eu sei, eu sei — digo. — Mas andei muito ocupada com Da Vinci.

— E valeu a pena — comenta Ben. — A exposição da Vita está incrível.

— Vocês se conhecem? — pergunta Ian.

— Não exatamente. A gente se conheceu ontem — explica Ben. — Kitty, esta é a Vita, curadora da Coleção Bianchi.

— Legal — diz a mulher, sorrindo. — Eu sou a irmã do Ben.

— Vocês têm o mesmo sorriso — comento.

— O que é isso aí, Vita? — questiona Ian enquanto olho para Ben. Não tinha notado até agora a amplitude dos seus ombros, ou a graciosidade das suas mãos. Seus olhos encontram os meus, e sinto um calor subindo pelo peito e pelo pescoço.

— Meu próximo projeto é analisar onde as descobertas científicas e a alquimia se cruzam. Aqueles primeiros cientistas previram tantas das descobertas conhecidas hoje, o que mais seria possível aprender com o passado?

— É, isso é bem a nossa área — concorda Dev. Ele esfrega as mãos, animado. — Você não vai abrir?

Ergo o pequeno baú que peguei no laboratório de Isaac logo antes de ele ser desmontado, coloco sobre a mesa e o empurro até o centro. Todos se aproximam para examinar.

— Encontrei este *instrumento* há alguns anos — conto —, em Cambridge. A caixa é de boa qualidade, foi feita especificamente para o *dispositivo* e data do fim do século dezessete. É evidente que foi projetado para fazer alguma coisa, mas não sei o quê. Desde que o adquiri, este enigma está me enlouquecendo. E se isto pudesse ser a chave para algum avanço? A chance é remota, eu sei, mas nada é impossível.

— Exceto viagem no tempo — murmura Ian.

— O que você quer dizer com "encontrou"? — pergunta Dev. — Caiu da traseira de um caminhão?

— Você acreditaria se eu dissesse que achei numa feira de antiguidades? — indago.

— Acredito, se for ajudar. — Dev dispara um sorriso encantador para Kitty.

Com cuidado, abro a tampa e retiro o conteúdo, que se resume praticamente a uma só peça. Trata-se de um objeto de latão, habilmente trabalhado com lentes de vidro feitas à mão, de tamanhos e espessuras diferentes, embutidas no mecanismo.

— Primeiro, achei que fosse uma tentativa fracassada de um microscópio. — Pego a última parte do objeto dentro da caixa e a tiro da bolsa de veludo. Com cuidado, pouso o prisma cortado à mão em seu berço, no topo do mecanismo. — Ou algum tipo de experimento óptico. Mas para que serve, não tenho a menor ideia. Alguma sugestão?

— Vai saber — comenta Mike, olhando-o por cima dos óculos, enquanto um murmúrio animado percorre a mesa.

— É um enigma — diz Tom, estendendo a mão e depois hesitando. — A gente pode tocar?

— O período é meio tardio — observa Ian. — Quer dizer, para o nosso interesse específico. A gente devia estar se concentrando no início do Renascimento.

— Ah, Ian, cala a boca — retruca Dev. — É fascinante.

— É, mas eu olho para isso e só penso nos muitos objetos e invenções dos cadernos de Da Vinci — digo a Ian. — Embora eu não consiga achar um que se alinhe exatamente com esse instrumento. Mas tenho a sensação de que a pessoa que o fez conhecia o trabalho de Da Vinci e talvez estivesse familiarizada com suas ideias sobre alquimia.

Geralmente é neste ponto que as pessoas sorriem ou fazem cara de desdém, mas não é o caso do grupo presente nesta sala, e essa é uma das razões de eu ter fundado o clube. Queria reunir pessoas com ideias semelhantes que, quando se juntassem num mesmo lugar, pudessem simplesmente resolver o enigma mais difícil do mundo, mesmo que não soubessem disso.

— Eu concordaria com essa avaliação — diz Negasi enquanto os outros murmuram seus próprios pensamentos.

Todos ao redor da mesa se aproximam para espiar o dispositivo. Ben se segura um pouco, mas vejo seu olhar percorrer o instrumento, examinando cada detalhe com grande fascínio.

Vim aqui esta noite pensando nele, e aqui está ele. Não sei o que isso significa, mas me deixa cautelosa. Coincidências fortuitas e motivos para esperança sempre vêm antes de uma grande perda; isso é algo que você só aprende quando já viveu tanto quanto eu.

— Vou buscar mais vinho enquanto vocês olham — digo.

— Não se preocupe, o dono do lugar vai trazer mais daqui a pouco — alguém diz, mas finjo que não ouvi, esperando que, de alguma forma, Ben arrume uma desculpa para me seguir, para que possamos nos maravilhar com a estranheza do nosso encontro.

Quando fundei o Clube da Última Ceia, escolhi The Prospect of Whitby porque é um daqueles lugares que me são familiares desde que cheguei a Londres, tantos séculos atrás. Mais do que um ponto de referência, este pub também tem sido um refúgio. Cheguei até a morar e a trabalhar aqui por um tempo, abrigada por esta pequena rocha eterna que se mantém firme em uma cidade em constante mutação.

A área do bar mudou muito desde que trabalhei e morei aqui, mas ainda reconheço algumas linhas do cômodo. Sei que, mais de uma vez, toquei as vigas resistentes que sustentam o teto e passei por essas lajes antes. Uma coisa não mudou: um chefe atrás do bar, com uma das mãos na torneira de cerveja enquanto conversa com os clientes.

— Oi, Hew — digo com um sorrisinho. — Foi mal pelo sumiço, o trabalho está uma loucura.

— Bom te ver. — Hew sorri e, pegando um copo, serve uma dose caprichada de gin e, como quem pensa melhor, acrescenta uns cubos de gelo. Do jeito que eu gosto.

— Achei que você ia precisar de ajuda — diz Ben, surgindo ao meu lado. Eu me viro para ele e me esqueço do que estava falando.

— Ah, namorado novo? — indaga Hew.

— Ah, não — respondo, corando. — Este é o Ben. Nós nos conhecemos ontem.

— Sei — diz o homem, erguendo as sobrancelhas enquanto coloca mais quatro garrafas de vinho em uma bandeja com algumas taças limpas. — Pensei que, talvez... sabe como é... já faz um tempo que o Dominic morreu.

Há um silêncio constrangedor.

— Quer saber — anuncia Hew depois de um tempo —, podem ir na frente que eu já levo isso. E vem se despedir de mim antes de ir embora, certo?

— Certo — respondo, olhando para Ben por cima do ombro enquanto o conduzo para um corredor mais silencioso, nos fundos do bar.

Assim que nos vemos sozinhos, caímos em um silêncio ansioso.

— Isso foi uma surpresa e tanto — diz Ben por fim.

— É — concordo. — Foi mesmo.

— Gostei da coincidência — diz ele.

— Eu também — digo, tocando cuidadosamente a ponta dos dedos das duas mãos. — Achei o seu site e pensei em entrar em contato, mas não sabia se seria o certo a fazer.

— Você pensou em entrar em contato comigo? — Ben ri. — Imagino que a maioria das pessoas nunca mais iria querer me ver depois *daquilo*. E eu não as culparia.

— Não tenho medo da morte — devolvo. — Estava com meu marido quando ele morreu.

E tantos outros.

— Ai, meu Deus! — exclama Ben, ficando sério. — Sinto muito.

— Obrigada. O nome dele era Dominic — digo. — Foi... O tempo passou.

— Vita, talvez não seja um...

— Ben, eu estava pensando...

— Ah, achei vocês — interrompe Kitty, descendo a escada. — Estava só procurando o banheiro. — Ela não deve ter visto a placa enorme indicando o banheiro na saída da sala onde o clube se reúne.

— Foi mal, mana — diz Ben, sorrindo. — Te larguei com os nerds?

— Largou. Por sorte o tal do Dev é bem bonitinho. Tudo bem por aqui?

— Tudo certo, só estamos conversando. Conheci a Vita ontem, na galeria. Que loucura encontrá-la aqui hoje!

— Uma loucura mesmo! — exclama Kitty. Ela está sorrindo, mas vejo a dor por trás do seu sorriso.

— Vamos subir? — sugiro. — O banheiro feminino é lá em cima.

Kitty sobe a escada. Ben e eu nos olhamos e sinto uma mudança no ar, como se as engrenagens do tempo estivessem girando mais uma vez.

21

Não faz o menor sentido, mas eu sabia que Vita estaria ali vários segundos antes de ela entrar na sala. Como se, ao encontrar alguém em um determinado momento, de maneira tão extraordinária, houvesse algum tipo de fricção universal que se recusa a contar uma história pela metade, mesmo que ela ainda não tenha sido escrita. No instante em que a vi, de alguma forma eu sabia que, mesmo no fim, pode haver um começo. Ainda não sei de quê, mas sabia que já havia começado.

Agora, após mais vinho, os treze membros do Clube da Última Ceia estão discutindo sobre o dispositivo de Vita com uma alegria profunda e desproposital. Contra todas as expectativas, sinto-me tão perto da felicidade que quase consigo tocá-la. Alguns minutos atrás Kitty perguntou a Dev o que ele achava que era aquele estranho objeto, e agora os dois estão conversando, os ombros se tocando, olhando apenas um para o outro, e vejo a curva da bochecha dela, redonda como uma maçã. Ela só fica assim quando está sorrindo de verdade.

— Um descascador de banana? — chuta Kitty enquanto Dev passa a mão na barba.

— É uma proposta interessante — diz ele. — Estava pensando mais num protótipo de celular.

— Já sei! — Kitty levanta a mão como se estivesse na escola. Não que ela tenha sido uma aluna tão entusiasmada. — É uma máquina do tempo.

— Impossível — retruca Ian.

— Não ia ser genial? — diz Dev, pensativo.

— Ah, você não precisa disso pra viajar no tempo — devolve Kitty casualmente. — Pra mim, um bom beijo faz você sentir que tem vinte anos de novo.

Dev olha para ela.

— Por favor, desenvolva a sua hipótese — pede ele.

Na esperança de falar com Vita de novo, puxo o estranho objeto na minha direção, ergo-o da mesa e o viro nas mãos. A peça tem um peso satisfatório, e o trabalho artesanal é bem impressionante. Cada componente feito à mão se unindo e interagindo com suas partes irmãs dá ao meu coração de engenheiro uma profunda satisfação. A lente só pode ter sido lapidada à mão. A precisão e o acabamento são impressionantes.

— *Você* sabe o que é? — pergunta Vita do outro lado da mesa, como se eu realmente pudesse ter a resposta.

— Na verdade, não. — Olho para o objeto por mais um instante. — Embora, no meu conhecimento muito limitado, um prisma e uma lente sejam duas coisas diferentes, né? Um serve para dividir as ondas de luz, e o outro para ampliar. Então, talvez isso tenha sido feito para dar uma olhada mais de perto em... diferentes ondas de luz? Não que isso fosse funcionar nessa nem em nenhuma outra combinação. Mas pode ser uma tentativa inicial de algo como a câmera Lumière, um jeito de ver sob camadas de tinta quase como... — Sinto uma onda de emoção correr pelo meu corpo quando percebo o que estou vendo. — Um protótipo muito antigo da mesma tecnologia que venho desenvolvendo.

Vita entreabre os lábios ligeiramente, os olhos arregalados.

— Que interessante — diz ela, debruçando-se na minha direção.

À nossa volta, a mesa irrompe em uma discussão sobre câmeras multiespectrais, método de amplificação de camadas e relação sinal-ruído, e por que eu, um humilde engenheiro, tenho que estar errado. Mas, em meio ao barulho, sinto um fio de seda de consciência da proximidade física entre mim e Vita.

Kitty pousa a mão no meu ombro, me fazendo pular.

— Vou voltar pro hotel — informa ela. — Você vem?

— Daqui a pouco — respondo, olhando para Dev logo atrás dela, fingindo não perceber que seus amigos estão todos olhando para ele. — Mas pode ir. Divirta-se.

— Obrigada por esta noite agradável, gente — diz Kitty, mandando um beijo para mim ao sair pela porta.

— Continuo não sabendo muita coisa, mas foi um prazer. Também tenho que ir — anuncia Vita, um pouco depois de Kitty sair. Ela começa a guardar o estranho artefato em sua caixa maravilhosa, provocando um coro de resmungos e súplicas ao redor da mesa. — Tenho que ir, amanhã acordo cedo. Mas com certeza volto na próxima reunião.

Todos comemoram. Parece que o Clube da Última Ceia gosta muito dela.

— Posso acompanhá-la? — ofereço depressa.

Posso acompanhá-la? Quem eu penso que sou? Sir Lancelot?

Depois de hesitar por uma fração de segundo, Vita assente.

— Obrigada — diz ela. — A caixa é um pouco pesada.

Absurdamente satisfeito comigo mesmo, abro a porta para ela e saímos do pub para o frio da noite.

— Você prometeu se despedir do dono do pub — lembro a ela.

— Ah, o Hew? É, eu sei, mas acho que já joguei conversa fora o suficiente por uma noite. Na próxima vez eu falo com ele. — Ela muda o peso da caixa de uma das belas curvas do quadril para acomodar na outra. — Não precisa me levar em casa, se não quiser.

— Faço questão — insisto.

Que idiotice. O sorriso que Vita me oferece em resposta compensa.

— Você nem sabe onde eu moro.

— Wapping não fica perto de nada mesmo. Mas, enfim... onde você mora?

— No Soho. — Ela sorri.

— Perfeito. De qualquer forma, vou pegar o mesmo metrô que você. Mas posso sentar em outro vagão, se você preferir...

— Gostei de você — comenta ela, rindo. — E quase nunca gosto de ninguém.

— Isso é um elogio? — indago.

— É — responde ela. — Você não tem ideia. — Ela olha para a caixa em seus braços. — E aí? Vai carregar a caixa? Pesa uma tonelada. — Então ela cai em si. — Ah, a não ser que...

— Eu consigo carregar uma caixa — afirmo. — Uma caixa não vai acelerar a minha morte. E sinceramente espero não morrer no metrô. Já pensou? Todos esses londrinos ficando irritados? Se bem que isso pode ser uma coisa boa.

Desta vez ela ri, e seus olhos brilham com o reflexo das luzes da rua enquanto andamos até a estação.

— Aliás, sinto muito pelo seu marido — digo. — Ele devia ser jovem. Não que você tenha que falar sobre isso se não quiser...

— Não, tudo bem. Às vezes é mais fácil falar de coisas sérias com estranhos — comenta Vita enquanto o trem do metrô se aproxima. — Mas prefiro não falar dele hoje. Agora quero sentar no vagão da frente e fingir que somos maquinistas.

— Ah, é? — É a minha vez de rir. — Você não parece o tipo de pessoa que gosta de brincar de trem. — Deslizo para o assento ao lado dela, colocando a caixa no colo, e acrescento: — Além do mais, para mim você não é uma estranha.

Diante do comentário, Vita abre um sorriso lento, que parece ter sido despertado de um longo sono.

— Não é bem dos trens que eu gosto, mas da eletricidade — explica ela. — Ela existe há tanto tempo... Acho que a gente esquece que eletricidade é basicamente magia.

— Magia? — Dou uma risada. — Você combina mesmo com aqueles caras da Última Ceia, né?

— Há quinhentos anos, tudo isso certamente teria sido visto como bruxaria — continua ela, apontando para as luzes neon no horizonte. — E, em um contexto mais amplo, quinhentos anos é como um piscar de olhos.

— E trinta e dois? Seria como o quê? — indago.

— Ah, bem, essa é a beleza do tempo — responde ela, fitando os prédios altos e iluminados que passam por nós, soldados do progresso. — A mortalidade significa que você pode desacelerar a passagem do tempo até quase parar, se quiser. — Ela se vira e me olha de repente. — Se você praticar bastante, pode fazer um segundo durar para sempre.

— Como? — questiono.

— É só se agarrar a ele. — Seus olhos escuros se fixam nos meus. — Quando você está feliz, quando as coisas estão boas ou você está cheio de expectativa, basta sentir aquele instante e se segurar a ele o máximo que puder. Lembrar de cada detalhezinho: o calor que você sentiu, o cheiro no ar, a sensação do trem trepidando sob seus pés. Memorizar tudo, e aí horas, dias depois, sempre que quiser, você vai poder dizer: "Eu estava lá, estava tão feliz, e foi real." — Ela faz uma pausa, respirando fundo. — O engraçado é que, depois que te conheci esta semana, me lembrei de como fazer isso.

— Eu? Por que eu? — Devo ter feito essa mesma pergunta mil vezes nos últimos dias, mas desta vez significa outra coisa. Algo esperançoso.

— É você, pura e simplesmente — responde ela. — Eu tinha me esquecido de como fazer isso. Obrigada por me lembrar.

Ficamos calados até o trem chegar à estação onde precisamos trocar de linha. O instante milagroso e perfeito ficou no passado, mas ainda é meu. O fluxo de ar quente, a Londres de prédios altos, seus vidros cintilando em contraste com o céu arroxeado e sem nuvens. O som da voz de Vita, suave e distinta, o jeito como ela inclina a cabeça, o movimento de seus cabelos e a luz em seus olhos. Tenho tudo isso aqui no bolso, e agora sempre terei.

Pelo restante da viagem, ficamos sentados lado a lado em um silêncio confortável. Vejo a forma dela no reflexo da janela do vagão, o caimento do cabelo, o rosto oval e pálido, e como nossos ombros se tocam. Não há como saber se foi o destino que nos uniu ou algo aleatório que fez nossos caminhos se cruzarem de novo. Mas, por enquanto, isso não importa. Por enquanto, a maneira como Vita se recosta em mim enquanto viajamos em silêncio no metrô é suficiente.

22

Tive um pai severo e muito religioso, mas não por amor ou fé. Sua devoção vinha do medo. Ele tinha tanto medo de ir para o inferno que passou a maior parte da vida pagando por um lugar no céu, dando dinheiro em troca da vida eterna, entregando a filha de quatorze anos para um homem influente como pagamento de uma dívida. De alguma forma, aquilo fazia sentido para ele. Depois de tanto tempo, ainda não consigo entender como sua mente funcionava.

Quem eu sou, o que estou preparada para aceitar dos outros... cresceu e se expandiu pelo que parece simultaneamente um tempo infinito e um piscar de olhos. Nos últimos quinhentos anos, houve alguns momentos maravilhosos em que torci e acreditei que os seres humanos haviam chegado a um nível de progresso irreversível. Então, a cada vez, toda a beleza que tinha sido construída por uma mão era destruída por outra.

Se eu viver mais quinhentos anos, que novos horrores testemunharei? Que novos milagres?

Mal conheci meu pai quando ele era vivo. Se você tivesse me perguntado quando eu era criança, eu teria dito que só amava a ele e a Deus, mesmo depois de ter sido feita amante de um velho a mando dele.

No que se refere ao meu pai, dinheiro nenhum nem oração nenhuma o teriam impedido de virar pó. E quanto a Deus, se existe tal ser, então deve me odiar, pois sou uma afronta à natureza. Sou o monstro que assombra sonhos e pesadelos. Sou uma morta-viva.

Sentada ao lado de Ben, no metrô, começo a refletir. Se ele me conhecesse de verdade, será que teria — ou sequer seria capaz de sentir — a vontade e a coragem de me conhecer como Dominic conheceu?

Diminuímos a velocidade até parar no ponto onde nossos caminhos devem se separar, na esquina da Lower John Street com a Brewer Street. A noite está quente e banhada por um brilho rosado, e as ruas ainda estão movimentadas. As pessoas fluem à nossa volta, seguindo seus caminhos, mas de alguma forma ainda unidas. O calor do dia permanece nas calçadas.

Quando Ben transfere a caixa de madeira para meus braços, seu antebraço roça no interior do meu pulso.

Aquele breve contato faz meu corpo, há anos solitário, pender para o desejo. Nenhum de nós se move.

— Posso te perguntar uma coisa pessoal antes de ir embora? — indaga ele, os olhos baixos. Faço que sim com a cabeça. — Seu marido sabia que ia morrer?

Preciso de um tempo para calcular como responder.

— Ele era um homem que sempre esperou a morte — digo por fim. — Sempre se arriscava, quando estava saudável e forte. Isso me deixava louca de preocupação. Ele nunca sentiu medo, mesmo quando qualquer pessoa sã sentiria. Acho que eu sempre soube que não o teria por muito tempo. — Uma pontada de dor me obriga a fechar os olhos por um instante. — Quando ele adoeceu, ficou amargamente decepcionado de que o fim não tivesse vindo em batalha, mas em casa, comigo ao seu lado, segurando sua mão.

— Entendo — comenta Ben.

— Ele era uma pessoa tão cheia de energia. — Sorrio ao pensar em Dominic, os olhos escuros brilhando com uma risada. — E era gentil, engraçado e romântico.

Por um segundo, ficamos em silêncio de novo.

— E como você lidou com isso depois? — pergunta Ben de repente, sem conseguir se controlar. — Pode falar se eu estiver passando dos limites. É só que... acho tão fácil conversar com você. — Ele fita os pés. — É como se nada te abalasse. Sei que não estou me expressando direito... — Ele olha para o céu cada vez mais escuro. — É que eu estou preocupado com a minha mãe e a Kitty. Fico pensando em como elas vão lidar com tudo.

— Elas não vão lidar bem — digo — porque te amam. E vão encontrar um jeito de seguir em frente, e até de voltar a ser feliz um dia... porque te amam.

— Não sei se quero que elas sejam *totalmente* felizes — devolve ele com um sorriso triste. — Parece meio egoísta. Eu estava pensando que uma boa e velha crise de choro pelo menos uma vez por mês parece o nível adequado de luto.

De repente, somos engolidos por um bando de mulheres embriagadas cantando Adele. Por um instante, chove *glitter* na rua, e elas se vão, as vozes ecoando pela Golden Square.

— E quanto a você? — pergunta Ben, tirando um brilho do meu cabelo. — Você está feliz de novo?

— Tenho estado contente — respondo. — E é por isso que...

— E é por isso que...? — indaga Ben, meio hesitante, enquanto decido o que dizer.

— Eu não te contei tudo. — Mesmo ao dizer isso, não sei direito se estou fazendo a coisa certa. Nossos olhares se encontram. — Não quero te dar falsas esperanças. Sei que falei que provavelmente não havia mais nada para descobrir sobre *La Belle*, mas isso não era verdade. Eu ainda acho que ela é a chave para a vida eterna, para curar todos os males. Eu... eu acredito, sim, que ela tem a resposta para a imortalidade e para controlá-la. E estou procurando por isso.

— Está? — questiona ele, não com deboche ou incredulidade, mas com admiração e esperança.

A expressão em seu rosto, o desejo de acreditar e o medo de errar apertam meu coração. Se dermos esse passo, estarei carregando o coração dele nas mãos. Mesmo assim, tenho mais medo de não tentar.

— Se você quiser, podemos procurar juntos.

— Você está falando sério?

— Talvez não seja impossível — digo com cautela. — Talvez seja um conhecimento que foi perdido ou escondido, algo conhecido, mas que ainda não foi compreendido. Era o que eu estava falando da eletricidade: tem um monte de coisas que os nossos ancestrais teriam julgado ser pura bruxaria e que agora fazem parte da nossa vida cotidiana. Tantas coisas que pensamos hoje em termos de ficção científica vão ser comuns no futuro. E, até onde eu sei, ninguém previu mais do que poderia ser possível do que Leonardo da Vinci.

Paro de falar e inspiro.

— O que estou dizendo é, se você não se importar de saber que quase certamente vamos fracassar, venha nessa busca comigo. E talvez — ajeito o peso da caixa de novo —, *só talvez*, eu possa dar um jeito de colocar a sua lente na frente de *La Belle*.

Ele inspira fundo e se abraça, em uma tentativa de sufocar um tremor involuntário.

— Então, a gente se vê amanhã?

— Sim. — Ele estremece.

— Você está bem? — indago.

— Estou, mais do que bem — responde ele. — Eu só nunca tinha percebido como a esperança pode ser assustadora.

23

Londres gira ao meu redor, os braços de neon de uma galáxia no centro da qual eu estou, e só o que importa é o agora. Nenhum dos anos de ensaio que levaram a este momento nem todos os anos que podem não vir importam. Só existe o agora. Se tem uma coisa que posso deixar para as pessoas que amo, espero que seja alguma compreensão disso.

Quando corri para pegar o trem para Londres, estava tentando fugir de algo inescapável. Quando ele partiu, deixei para trás versões de mim, que me viram ir embora.

O homem deliberadamente solitário descrito como distraído e distante por todas as mulheres que namorou. O homem que não acreditava em relacionamentos porque cresceu nos destroços de um. O homem que planejou um futuro e trabalhou para ele com uma dedicação singular, sem nunca se questionar se esse futuro se concretizaria um dia, mesmo que seu objetivo estivesse sempre a um ano, um mês, uma semana de distância. O homem que se afastou da maioria das conexões intrínsecas à vida, que se isolou voluntariamente em salas limpas modulares e vastos céus vazios. Não sei o que eu estava esperando para viver, mas a morte despontando depressa no horizonte sem dúvida me despertou.

Isso e conhecer Vita.

Preciso tomar muito cuidado para não transformar tudo isso em um conto de fadas. Para não cair na fantasia depois de uma vida de praticidade pragmática. Não posso associar meu impulso de vir a Londres com o fato de ter encontrado o cartaz que me levou até Vita, que talvez seja a única pessoa no mundo que acredita que pode mesmo haver um jeito de evitar a morte, e criar uma história de ficção na qual sou salvo.

Desesperado como estou para que tudo isso seja verdade, pronto para mergulhar de cabeça e me tornar um cidadão do País das Maravilhas, preciso me afastar da beira do abismo e me lembrar de que, por mais convincente e cativante que seja a fé de Vita, nada disso pode ser verdade. Não há um salvamento milagroso de última hora para mim, e tudo bem, porque, de alguma forma, essa não é a razão pela qual estou tão pronto para seguir Vita.

Isso é o que Kitty chamou de última missão e, na minha opinião, é um jeito mais do que adequado de passar o que podem ser os últimos dias da minha vida. Uma busca esotérica, em um mundo desconhecido, onde, qualquer que seja o resultado, sei que não vou me arrepender. Porque, para ser sincero, se Vita tivesse me convidado para tentar voar até a Lua com ela em um foguete caseiro feito de rolos de papel higiênico e garrafas de detergente vazias, eu provavelmente teria dito sim.

Não posso afirmar que, se tivesse conhecido Vita há um ano, ela teria um impacto tão grande em mim quanto agora. Sei que a teria achado bonita e que poderia ter pensado em convidá-la para sair, mas o mais provável é que tivesse me afastado de qualquer conexão antes de conhecê-la mais profundamente, como sempre faço.

Sei que nunca conheci uma mulher tão destemida, e que a coragem dela parece contagiante. É como se não tivesse nada do desconforto constrangido que as pessoas sentem diante do imperfeito e do triste. Ela me olhou nos olhos e me ouviu, com empatia e sinceridade, sem fraqueza ou piedade. Ela não se abalou com nada do que eu disse, e isso me deu forças. No meio de suas afirmações loucas sobre o segredo da imortalidade, ela me ajudou a ver que a morte, mesmo a minha, não é nada. Nada mais que um componente essencial da vida.

Então, sim, vou segui-la de bom grado. Para onde ela quiser me levar, eu vou.

III

O tempo leva tudo, exceto as memórias.

—Citação tradicional encontrada em relógios de sol

III

24

Quando Jack vem para me acompanhar até o trabalho, parece ter sido feito da manhã dourada que me espera do outro lado da porta. Camisa de malha branca, calça jeans desbotada que combina perfeitamente com ele. Jack é uma daquelas pessoas que poderia viver em qualquer época da história e se encaixar perfeitamente, e mesmo assim se sobressair de tão bonito que é.

Andamos pelas ruas estreitas do Soho, parando para comprar um café e algo para comer no caminho.

— E aí, levou aquele barman pra casa? — pergunto a ele.

— Não. Depois que você foi embora, acabei perdendo o interesse — responde Jack. — É quase como se eu quisesse algo mais significativo.

— Você está doente? — Dou uma risada.

— Só meio indisposto — responde ele, me olhando de soslaio. — Você parece mais leve. O que aconteceu?

— A coisa mais estranha do mundo: fui ao Clube da Última Ceia.

— E encontrou o sentido da vida em Wapping? — indaga Jack.

— O Ben estava lá, o cara que eu te falei, o sujeito da lente. Foi tão aleatório e, de alguma forma, *não foi* aleatório.

— Ah — comenta Jack. — Hã... Ele está te seguindo?

— Não, ele não fazia a menor ideia de que eu tinha alguma coisa a ver com o clube. Só apareceu lá na mesma hora que eu, e foi estranho, porque eu tinha encontrado com ele mais cedo no mesmo dia e ele me contou...

Faço uma pausa por um instante, tentando definir, de um jeito que seja possível colocar em palavras, os sentimentos que tenho sobre o que Ben me falou.

— O quê? — questiona Jack.

— Que ele está morrendo — continuo. — Não exatamente morrendo. Ele vai morrer em breve, por causa de um problema no cérebro. Ele não sabe quando, mas pode ser a qualquer momento.

— Entendi — diz Jack. — Coitado.

— Um dia depois que ele descobriu isso, em Leeds, nós nos conhecemos em Londres, por causa de *La Belle*. Por causa do exato objeto que é a prova de que a morte pode ser vencida. Você não está vendo?

— Estou vendo — diz Jack cautelosamente. — Estou vendo você sendo seduzida pela noção de destino.

— E você não está? — pergunto.

Jack faz que não com a cabeça.

— Eu consigo enxergar a tragédia e a ironia da situação sem precisar atribuí-la a algum propósito universal maior — devolve ele. — Você se lembra de quando a gente se conheceu?

— É difícil esquecer — respondo. — Eu quase te matei.

Ele sorri.

— Você era tão feroz e genial, mais do que eu esperava que fosse ser — comenta ele. — Nossos primeiros anos juntos foram maravilhosos.

★ ★ ★

Eu já tinha morado em Londres, amado a cidade e partido dela uma meia dúzia de vezes, ou mais, na noite em que conheci Jack.

Em qualquer vida que eu construía, em qualquer campo que me destacava, sempre chegava o momento em que eu atraía o tipo errado de atenção dos homens que circulavam ao meu redor. E, uma vez que me notavam, nunca mais me perdiam de vista, até eu ter que me retirar, me recompor e voltar com um nome novo e uma história nova. Naquela época, fazia duzentos anos que eu estava descobrindo quem realmente era e do que era capaz, de um jeito que a filha de um comerciante de Milão jamais teria tido tempo ou força para fazer. Eu sabia que era forte e corajosa e, acima de tudo, inteligente.

A Londres à qual eu retornava de tempos em tempos ainda pertencia aos homens, mas, ao longo dos anos, ela e eu nos entrelaçamos como amantes secretas, nos separando apenas para depois nos aproximarmos de novo, ainda mais apaixonadas. Juntas, éramos magníficas, fazendo negócios que se espalhavam pelo mundo, comprando e construindo ruas de propriedades, enchendo nossos cofres de ouro e, o mais importante, de poder, um pouquinho mais a cada vez, até que os homens com quem eu me recusava a me casar ou a me deitar decidiam me fazer pagar por dizer não.

Conheci Jack logo após voltar para Londres depois de alguns anos na França, flertando com Paris e com todas as perigosas oportunidades que a cidade tinha a oferecer. Eu havia retornado com outra aparência, outro nome, mas, dessa vez, estava determinada a criar raízes duradouras que, de um jeito ou de outro, estivessem sempre esperando pelo meu retorno. Eu era uma viúva italiana rica, jovem e vivaz, entusiasmada com a sociedade e com um gosto impecável. Eu me chamava Madame Bianchi.

A noite estava quente e estrelada. As tochas de Vauxhall iluminavam o meu caminho, envolta em minhas sedas enquanto explorava a noite escura. Eu estava em busca de aventura, e talvez de um companheiro para ocupar as horas até o amanhecer. Porque, finalmente, eu chegara a Londres numa época em que uma mulher como eu, que sabia o que queria e era corajosa o suficiente para ir atrás do que queria, poderia até ser considerada escandalosa, mas ainda assim seria aceita, desde que fosse suficientemente elegante e interessante. Essa cidade sedutora, apaixonada e deliciosamente vaidosa tinha sido a minha encarnação preferida dela até aquele momento. Ela me chamava com seus olhos brilhantes, me desafiando a ousar um pouco mais.

Eu já havia sentido uma presença andando em silêncio atrás de mim momentos antes, então, quando ele me alcançou e tentou me puxar, eu já estava com a faca na mão. O homem congelou, a lâmina em sua garganta refletindo a luz trêmula. Lentamente, ele baixou os braços, as mãos espalmadas, fazendo de tudo para demonstrar que não pretendia me fazer mal. Eu o observei, reparando nos cachos loiro-escuros, nas rugas no canto dos olhos, na beleza plena da boca. Eu me lembro de pensar que, se ele tivesse me deixado procurá-lo, talvez o tivesse levado para a cama. Então ele falou comigo em italiano. E não foi apenas italiano, mas à moda antiga, como eu não ouvia desde que os lugares que conhecia haviam sucumbido ao passado, e a língua com a qual eu cresci se transformado em algo diferente e novo, sempre mudando. Ele falou comigo do meu passado. Eu baixei a faca.

— Até que enfim encontrei você, Agnese — disse ele, me chamando pelo meu nome verdadeiro. — Faz séculos que estou à sua procura, então seria uma pena enorme você tentar me matar depois de todo esse esforço. Além do mais, duvido que vá conseguir. Acho que você já sabe disso.

— Quem é você? — questionei, embora de algum jeito eu já soubesse quem ele era. De uma forma ou de outra, ele era meu, e eu era dele.

— Um amigo, ou, melhor, um amigo de um amigo — respondeu. — Meu amante pintou um retrato meu usando o mesmo método misterioso que usou no seu, pouco antes de me deixar. Primeiro, ele me deixou por outro homem, e depois, quando morreu. Em nenhum momento ele olhou para trás para ver o que tinha feito comigo. Eu sou como você, Agnese. Não podemos morrer, e faz muito tempo que meu querido Leonardo partiu, deixando todos os problemas dele para trás. Mas os nossos, assim como nossos retratos, nunca desaparecerão.

— Você é Salai — sussurrei o nome do amante e musa de Leonardo. Eu conhecia aquele rosto. Já o vira se repetir no trabalho do artista diversas vezes.

— Sou. — Jack sorriu, triste. — Mas, por favor, me chame de Giacometti, ou, melhor, de Jack. Depois que ele morreu, encontrei as anotações secretas dele sobre você. Eu me perguntava se realmente poderia haver outra pessoa como eu e torcia para isso. Quase desisti dessa procura. Você foi muito difícil de encontrar.

— Tive que tomar cuidado — expliquei. — As pessoas tendem a queimar ou enforcar mulheres solteiras, bem-sucedidas e que não envelhecem. Embora os tempos sejam um pouco diferentes hoje.

— E você se saiu bem, Madame Bianchi — comentou ele, saboreando meu novo nome na língua com evidente prazer. — Sua riqueza e suas conexões a ajudaram a descobrir o que meu querido Leonardo fez com a gente? Eu a procurei durante todos esses anos na esperança de adquirir algum entendimento. Visitei estudiosos e magos, estudei textos antigos e me debrucei incontáveis vezes sobre o que me restou de Leonardo. E tudo o que encontrei foram pistas que levam a outras pistas.

— Você vem nessa busca durante todo esse tempo, e mesmo assim só hoje nos conhecemos? — Balanço a cabeça. — Descobri muita coisa, mas não a resposta para esse segredo. Vou continuar procurando. Talvez, se juntarmos os fragmentos que temos, possamos montar um todo.

— E se não conseguirmos, você me deixa continuar procurando ao seu lado? — perguntou Jack, e eu senti a emoção em sua voz vibrar em meu peito. — Se tivermos um ao outro, nunca mais saberemos o que é solidão.

Só depois que ele falou aquelas últimas palavras foi que senti o fardo dos anos de solidão que vinha carregando nos ombros, tão pesado quanto o mundo.

Só então percebi o quanto queria um descanso daquilo.

— É, acredito que sim — falei, oferecendo um abraço.

— Então está feito — disse ele.

★★★

— Parece impossível imaginar que você e eu nunca teríamos tido um ao outro se não fosse por Leonardo — digo a Jack agora, enquanto dobramos a última esquina na avenida larga e arborizada a caminho da Coleção. — Se não fosse pelo retrato pintado. Ele nos uniu, embora não soubéssemos na época. Dá para negar que foi o destino?

— Não posso negar que parece ser o caso.

Jack para de andar e olha para mim.

— Não posso negar que, sem você, eu teria perdido a minha humanidade muito tempo atrás.

— Foi por isso que, quando percebi o que Ben tinha a perder — digo, hesitante —, e associei isso à expertise dele, acabei pedindo que ele me ajudasse a desvendar os segredos da pintura.

— Vita! — exclama Jack. — Por que fez isso? Você se colocou em perigo... colocou *a gente* em perigo.

— Eu não contei para ele quem a gente é, nem o que a gente é — explico. — Só disse que estou procurando o segredo e que acredito que seja real, e que, se ele quiser, pode me ajudar a procurar. Você não falou que talvez eu devesse encarar nosso encontro como uma oportunidade? É isso que estou fazendo. Estou tomando cuidado, juro. Mas ele tem alguma coisa que me faz pensar que, se...

— Se...? — insiste Jack.

— Se ele puder nos ajudar a finalmente descobrir os segredos escondidos no quadro, poderíamos salvar a vida dele e então tudo isso... teria um propósito.

— Vita, o que você está dizendo?

— O que estou dizendo é que, desde que Dominic morreu, eu só queria achar as respostas para poder morrer. E, agora que conheci o Ben, isso me fez sentir que talvez eu queira viver.

— Uma pessoa que você conheceu há dois dias a fez reavaliar completamente todo o seu senso de existência? — questiona Jack.

Há mágoa em sua expressão, e eu entendo o motivo, tarde demais.

— Não, não ele, mas o desejo dele de viver. Ben me lembrou o quanto a vida é preciosa.

Jack se vira na direção oposta à que estamos indo.

— Tem certeza de que você quer fazer isso de novo? — indaga ele.

— Como assim, *de novo*? — pergunto.

— Se apaixonar por alguém que vai morrer. Não em cinquenta anos, mas em breve. Cedo demais.

— Eu não estou apaixonada por ele! — Rio, incrédula. — Tem cinco minutos que a gente se conhece.

— E você contou a ele o seu segredo mais precioso, o *nosso* segredo, sem me consultar.

— Só por alto, e contei apenas o que estou procurando, não o que *nós* somos. E eu já tinha falado sobre o assunto antes de saber que a vida dele estava por um fio.

— Eu não sei se isso melhora ou piora as coisas — comenta Jack.

— Você ia gostar do Ben — digo. — Ele é engraçado.

Virando-se, Jack me encara profundamente.

— Você vai sofrer, Vita. Se continuar por esse caminho, a dor vai te atingir em cheio. O suficiente para te machucar, mas não para te matar. — Ele abre um sorriso bondoso, imensamente doce e triste. — Não sei se aguento te ver sofrendo tanto de novo.

— Você está vendo problema onde não tem — eu o tranquilizo.

— Você esquece que eu te conheço, melhor do que qualquer homem já conheceu qualquer mulher, e eu só vi essa expressão nos seus olhos uma vez na vida. Mesmo que você ainda não saiba como se sente, eu sei.

Olho para o rio por um bom tempo. Não tem como saber o quão frio é o Tâmisa, ou quão terrivelmente forte é a sua corrente até ter tentado se afogar em suas profundezas e fracassado. Até ter enchido os pulmões com sua água fétida e, ainda assim, continuar respirando.

Até estar fria até os ossos e meio enterrada na lama escura das margens, olhando para o céu plúmbeo e sabendo que não há saída desta existência. Que a morte não é uma opção.

Será que Jack viu mesmo algo em mim que ainda não entendi porque está longe demais para que eu possa enxergar?

— Não consigo escapar desta vida — digo. — Então, por que não vivê-la? Com todo o meu coração, como se nunca fosse haver tempo suficiente?

Jack desvia o rosto, e percebo que o magoei de alguma forma. Pouso a mão em seu braço, e ele se aproxima ligeiramente de mim.

— Nós dois quase perdemos a cabeça com esta existência. Você já pensou no que estaria fazendo com o Ben se, de alguma forma, fosse capaz de torná-lo igual a nós? Você já pensou no que significa trazer alguém para este mundo, renascido de um jeito que nunca mais poderá partir? As perdas que ele vai ter que suportar? A responsabilidade da qual você nunca vai poder se eximir? Já pensou nisso?

— Não — admito. — Eu meio que achei que ia resolver isso quando chegasse a hora.

Jack solta um suspiro exasperado.

— Como é possível a minha Vita querida, que sempre pensa em tudo nos menores detalhes, de repente ter jogado a cautela para o espaço, depois de trinta anos seguidos fazendo tudo certinho?

— E você não está nem um pouquinho feliz por eu estar assim? — pergunto. — Jack, você e eu somos a prova do impossível. Se eu sou o milagre que ele anseia e eu não tentar ao menos ajudá-lo... continuarei sendo humana? Ou serei apenas... uma aberração, que esqueceu como é sentir a mortalidade? De que adianta a nossa existência se não podemos fazer algo com ela?

— Tem que haver um propósito além de nós dois existirmos? — Jack dá um suspiro. — Você passou muito tempo achando que era uma abominação. Mesmo no começo. E, depois do Dominic, eu vi você tentar se destruir, Vita. É disso que tenho medo. O horror e a loucura que vêm com o luto do qual você nunca pode escapar. Você não pode passar por isso de novo e, honestamente, eu também não. Eu te amo. Quando você sofre, eu também sofro.

— Então você está me dizendo que eu nunca mais posso amar ninguém — retruco. — Mas, no fim das contas, o amor não é a única coisa que importa?

— Você pode me amar — argumenta Jack. Ele hesita, depois acrescenta: — Do jeito que sempre amou. Além do mais, a noção de amor romântico não passa de um espetáculo à parte. É uma distração do que a humanidade é de fato. Você ainda anseia por se sentir humana, mesmo quando sabe, melhor do que ninguém, que ser humano é ser cruel, destrutivo, egoísta e burro.

— E bom — digo. — E generoso e corajoso. Inventivo e criativo. Incansável e esperançoso. O amor não é um espetáculo à parte, é o que dá sentido a todo o resto, e é ainda mais belo porque se vai num piscar de olhos. E, se eu não puder ajudar o Ben, ele também vai sumir num piscar de olhos.

— E você vai continuar aqui — insiste Jack. — Comigo.

— Talvez — digo.

— Do contrário, então você e eu não somos mais suficientes.

Ele não diz isso como uma pergunta, mas, ainda assim, não sei como responder.

★★★

Quando chego à Coleção, Ben está sentado no jardim do pátio, entre as rosas. Ele se levanta num pulo ao me ver.

— Oi — digo, feliz por vê-lo. — A gente não combinou de se encontrar, combinou?

— Não. — Ele abre um sorriso sem graça. — Eu acordei, o sol estava brilhando, a Kitty ainda estava escondida atrás de uma placa de NÃO PERTURBE, e eu pensei em vir agradecer a você por me deixar fazer parte disso, sabe, antes de o expediente começar.

Olho para a galeria por cima do ombro dele e, de repente, desisto dos meus planos para o dia.

— Acho que vou faltar ao trabalho hoje — digo. — Quer me fazer companhia? Afinal, a nossa pesquisa tem que começar em algum momento. Vamos tentar aproveitar o dia.

25

Estamos de pé, lado a lado, na escura sala de manuscritos do museu Victoria & Albert, diante do mostruário que exibe dois cadernos de Da Vinci. Nunca estive aqui antes. Ver objetos que já estiveram nas mãos de Da Vinci me emociona mais do que eu havia previsto.

Foto nenhuma no mundo faz jus a este lugar, toda esta beleza ondulante e arqueada, construída apenas para abrigar mais beleza. É uma extravagância maravilhosa, um testemunho do que nos faz humanos: milhares de anos de pessoas criando a coisa mais magnífica de que são capazes, para então mostrar ao universo e dizer: "Viu o que eu sei fazer?"

— Quando este edifício foi inaugurado, em 1857 — conta Vita —, foi o primeiro museu do mundo a oferecer bebidas e a ficar aberto até tarde, permitindo que os trabalhadores pudessem vir depois do expediente. — Ela sorri, pensando em uma outra era. — Imagina esta sala iluminada por lampiões a gás. As pessoas caminhando por estes grandes salões, vendo todos estes tesouros brilhando no escuro, numa época em que coisas tão extravagantes assim não costumavam estar ao alcance da visão da maioria das pessoas. Mágico.

— Para elas devia ser como ter um vislumbre do futuro — comento.

— Era exatamente assim.

Quando entramos, a sala esvazia, então a temos só para nós. As vozes ecoam distantes pelos corredores, mas nossa sala está silenciosa, exceto pelo tique-taque do meu relógio e o bater do meu coração. Neste momento, parece que este lugar foi feito exclusivamente para nós dois.

No ônibus, Vita havia me dito que ia me levar para ver alguns dos cadernos de Da Vinci conhecidos como o *Códice Forster*, embora apenas um ou dois sejam exibidos de cada vez.

— Os manuscritos que temos na Coleção Bianchi são sobre natureza e arte — dissera ela. — Estudos sobre a água e os ventos. O *Códice Forster* é um pouco mais obscuro. Eu já li, é lógico, mas talvez você veja alguma coisa que eu não vi.

— Eu não sou um especialista — falei.

— E não precisa ser — devolveu Vita. — Basta ter um olhar novo. E, com o seu trabalho, é provável que você identifique alguma coisa pertinente. Vamos ter que pedir permissão para vê-los na biblioteca. Acho que eles ficam disponíveis duas semanas depois do pedido.

— O que pode ser tempo demais pra mim — completei. Ela havia sorrido com ternura e apertado brevemente a minha mão.

— Mas a coisa mais maravilhosa de se morar em Londres — continuara ela — é que alguns dos tesouros mais incríveis do mundo estão disponíveis para qualquer um ver, a hora que quiser.

Quando atravessamos Londres no segundo andar de um ônibus vermelho, Vita tinha ficado olhando pela janela, perdida em pensamentos, enquanto a paisagem urbana se refletia em seus olhos. Fiquei observando Vita e Londres lentamente se revelarem à medida que o ônibus seguia seu caminho. Senti o peso do tempo vivido por esta cidade, vestígios da história se encaixando em um quebra-cabeça caótico, cada peça um elo de uma corrente que remonta aos primórdios. Era estranho estar em um lugar onde nunca vim antes, mas que me era tão familiar. Foi como entrar num palco que estava à minha espera há longos, vazios e incontáveis anos. Agora, finalmente, a vida começa.

— Pelo jeito como o texto desaparece na encadernação, dá para ver que os papéis estavam soltos originalmente. — Vita me traz de volta ao presente, quebrando o silêncio enquanto observamos os cadernos. — E que depois alguém, talvez o próprio Leonardo, talvez outra pessoa, juntou tudo e encadernou. — Ela dá um suspiro.

Olho para a caligrafia de Da Vinci, maravilhando-me com a maneira como parece que ele acabou de largar a caneta e apenas saiu da sala por um instante, deixando o caderno aberto. Conceitos milagrosos parecem surgir na página na velocidade do pensamento, desde as ideias e ilustrações rápidas até a impressão digital de tinta em uma orelha do manuscrito. E, no entanto, ele não passava de um ser humano que amava e sofria.

— Você acha que o segredo de *La Belle* está escondido em algum lugar nesses cadernos? — indago, sussurrando.

— Não nestes — responde ela, os olhos fixos nos artefatos, tão pequenos que caberiam na palma da mão —, nem nos que temos na Coleção... não em nenhum dos cadernos de Da Vinci conhecidos no mundo. Já examinei todos eles. Ele escrevia de trás pra frente, para dificultar a leitura e evitar que as pessoas roubassem suas ideias.

— Você leu todos os cadernos dele? — pergunto, impressionado. — Você com certeza deve ser a maior especialista em Leonardo no mundo.

— Pode-se dizer que sim. Examinei todos pessoalmente, mas você pode comprar uma tradução completa dos cadernos dele em praticamente qualquer livraria decente, se tiver vontade e tempo para ler. Ele também escrevia em pictogramas e quebra-cabeças, está vendo? — Vita aponta para uma página que parece feita de hieróglifos. — Sabemos que ele escondia camadas de informação dentro de camadas de anotações sobre coisas completamente diferentes. Ele era muito bom em guardar segredos.

Um pensamento me ocorre. Olho para Vita e estudo seu perfil — o nariz reto e as sobrancelhas franzidas —, e vejo sua expressão se alterar quando ela percebe o que acabou de dizer, mordendo o lábio. Ela revelou mais do que pretendia.

— Tem muito tempo que você está procurando o segredo de *La Belle*, não é? — pergunto. — Por que isso é tão importante pra você?

A iluminação fraca da sala ressalta o rosto dela em um contraste gritante. Há uma expressão de preocupação gravada ali, presa entre a confissão e o que ela está escondendo.

— É difícil de explicar. — Antes que Vita possa acrescentar mais alguma coisa, um grupo de crianças de uma escola de arte surge, enchendo a sala de barulho.

Vita sai da galeria, olhando para mim por cima do ombro e apontando a saída. Eu a sigo pelos corredores iluminados, descendo por uma escadaria curva, contornando pessoas e exposições, até sairmos para o sol quente do pátio central, um jardim que mais parece um oásis escondido no coração do enorme edifício.

No meio do pátio retangular, há uma piscina rasa de águas transparentes, onde crianças pequenas estão tirando as meias e os sapatos para correr na água, os braços abertos, se divertindo com o choque do frio.

Sentamos nos degraus que cercam a piscina. Vita tira os sapatos e coloca os pés na água. Com a palma das mãos nos joelhos, ela ergue o rosto para o sol e respira fundo.

— Eu e *La Belle* temos uma história longa e uma curta — diz ela. Voltando-se para mim, ela estuda o meu rosto por um bom tempo, procurando algo ali antes de continuar. — Um dia eu te conto a longa. A curta é que, quando eu ainda era muito nova e estava longe das pessoas que amava e que achava que me amavam, descobri que Leonardo havia encontrado sem querer o segredo da vida eterna. Algo nessa história me deu um propósito, um objetivo a seguir, acho, quando tudo e todos em quem eu acreditava me decepcionaram. Eu não conseguia parar de recontar aquela história para mim mesma, nem de procurar a verdade por trás dela. — Vita se levanta e dá alguns passos na água. Pequenas ondas se formam ao redor de seus tornozelos enquanto ela levanta a saia acima dos joelhos. — Minha vida tem sido extraordinária em muitos aspectos. Muita coisa mudou à minha volta e, no entanto, ainda sou a mesma menina perdida. A curiosidade salvou a minha sanidade. Ler e aprender se tornaram o meu lar e o meu guia, revelando meu futuro em parágrafos, virando as páginas da minha vida uma a uma. Quanto mais eu lia, mais entendia. Mas o enigma de Leonardo é o único que nunca consegui resolver. Só que agora tenho que seguir com isso. Não tenho escolha.

Levo um instante para entender o que ela está dizendo. Tenho mil perguntas a fazer sobre o que ela falou, sobre a vida extraordinária a que está se referindo, mas algo no vinco em sua testa me diz que, igual a quando ela não quis falar sobre Dominic na noite anterior, não estaria disposta a responder a todas as minhas perguntas ainda.

— Mas como você descobriu que o segredo existia? — pergunto.

— Ah. — Ela me olha. — Isso tem muito tempo. Não lembro exatamente quando ou como. Só que, uma vez que eu soube, tive que seguir procurando.

— Peraí, você não se lembra de como descobriu uma lenda pela qual é tão fascinada a ponto de trazer todos os retratos pintados por Da Vinci que existem *no mundo* para Londres?

Justamente nessa hora, uma menininha pisa na água com tanta força que encharca a bermuda, para seu total deleite. Vita ri enquanto a criança marcha espirrando água ao redor, e eu fico perfeitamente parado, tentando entender o que ela está dizendo. Não pode ser verdade, nem mesmo se alguém tão inteligente quanto Vita acredita nisso. Não pode ser real, mas que importância tem? O que pode e o que não pode ser real? Que diferença isso faz para mim quando, neste momento, posso sentir meu coração batendo e a água fria nos tornozelos? Quando quase consigo ver a esperança saltando sobre nós no céu azul-claro?

— Está muito quente hoje, né? Você está com calor? — pergunta Vita, de repente, com um brilho provocante no olhar.

— Está um pouco quente sim — respondo, fascinado.

Fico olhando para ela, incapaz de me mexer, enquanto, com um sorriso lento de pura travessura, ela chuta um pouco de água em mim.

— Ei! — Dou uma risada.

— Vem — chama ela, pegando a minha mão. — Vem se refrescar comigo.

Sinto as outras pessoas no pátio nos olhando, dois adultos se comportando feito crianças, mas o mundo ao nosso redor desaparece sob o som e a sensação da água fria batendo em nossos tornozelos e o toque da mão de Vita na minha.

26

Depois de deixar o pátio e de passear pelas galerias do museu, acabamos saindo para o sol da tarde, piscando os olhos e nos espreguiçando como se estivéssemos acordando de um sonho.

— Bem — digo, comedida —, você já viu os cadernos de Da Vinci. Acho que o próximo passo é compartilhar com você a pesquisa que eu já fiz. Tenho uma sala cheia lá na Coleção.

— Hum... — Ben semicerra os olhos para o céu, hesitante.

— Acho que cansei você — comento. — Posso chamar um táxi.

— Não, não é isso. — Ele ri. — Eu só não quero que *isso* acabe. A gente pode continuar andando por Londres? — pergunta ele. — Estou tendo um ótimo dia.

É difícil saber quanto tempo mais vou conseguir me equilibrar nesta corda bamba. Tive sorte hoje, por Ben ter se distraído e não insistido nas perguntas. Eu me descuido quando estou com ele, liberando fragmentos da verdade por livre e espontânea vontade. Preciso tomar mais cuidado com as esperanças dele e com as minhas.

— O que você quer fazer agora?

Ben franze o cenho por um instante, como um menino pensando em doces.

— Ah, eu sei aonde quero ir!

Mas, antes que possa me dizer que lugar o deixou tão animado, seu celular toca no bolso.

— Oi, Kits! — atende ele, afastando-se ligeiramente de mim. — Como assim, onde *eu* andei? Onde *você* andou? — Ele faz uma cara de nojo. — Tudo bem, não preciso dos detalhes. — Balançando a cabeça, ele dá de ombros para mim. — Ah, entendi. Então, agora que ele foi trabalhar, de repente você ficou preocupada e com saudade de mim? Entendi. Sim, eu saí. — Ele se afasta mais alguns passos. — Sim, eu falei com a mamãe. Sim. Isso. Isso mesmo. Está bem. Vê se lembra que você se preocupa comigo da próxima vez que sumir por horas e horas. — Ele me fita, revirando os olhos. — Enfim, a Vita está me esperando... É, é, eu sei. Eu vou, juro. Tudo bem. Até mais tarde!

Ele desliga e diz com carinho:

— Irmãs...

— Então, aonde você quer ir? — Sorrio, contendo o nervosismo. Ele inspira, abrindo as mãos com as palmas para cima.

— Eu sei que é muito cafona e é exatamente o tipo de coisa que um turista iria querer fazer, mas, desde que fomos ao Clube da Última Ceia, andei pensando que ia adorar ir...

— À Torre — completo.

— De Londres, é — concorda Ben. — Quero ver os entalhes na Torre do Sal; aqueles que o seu Clube da Última Ceia usa no cartaz. — Ele percebe que não dou pulinhos de alegria com a proposta. — É uma ideia tão ruim assim?

Foi como se pequenas sombras saltassem de seus esconderijos na rua ensolarada. Estou tremendo, apesar do calor.

— Não, de jeito nenhum. Faz anos que não vou lá. Seria ótimo!

Seus olhos brilham, e eu afasto as minhas hesitações enquanto descemos os degraus da longa e fria passagem subterrânea.

— Quando eu era criança — conta ele enquanto seguimos para o metrô —, nunca queria ir a lugar nenhum. Minha mãe estava sempre arrastando a gente para tudo que era canto, e nós sempre reclamávamos. Todo fim de semana, ou sempre que tinha um dia de folga durante as férias escolares, ela preparava um lanche, e aí vinha: "Vamos, crianças, vamos visitar um castelo!" E nós ficávamos, tipo: "Mas a gente quer ficar vendo televisão com a cortina fechada!" Eu nunca agradeci a ela por isso, por me mostrar quanta coisa interessante tem por aí, mesmo contra a minha vontade. Nunca valorizei isso nela até agora.

— Você deveria falar isso para ela — digo. — Minha mãe era o oposto. Ela se esforçou tanto para me proteger do mundo exterior que me deixou totalmente despreparada.

— Despreparada pra quê? — pergunta ele.

— Pra tudo — respondo. — Se eu tivesse uma filha ou um filho, ia fazer o possível para incentivá-los a descobrir tudo e mais um pouco.

— E a não deixar tudo pra depois, como se a vida pudesse te esperar... como se não houvesse nada a temer.

— Há muito o que temer — digo.

— Há muito o que temer — repete ele. Nossos olhares se encontram.

— Mas o medo é uma das coisas que nos mantêm vivos. O medo é algo pelo qual temos de ser gratos.

Um trem da Circle Line entra lentamente na estação de metrô e uma multidão de turistas avança em direção às portas. Ficamos de pé no vagão, lado a lado, as mãos segurando as alças presas na barra do teto, balançando para a frente e para trás.

— Houve uma época em que eu não tinha medo de nada — digo a ele. — Corri riscos, cometi erros, levei uma vida caótica e perigosa por um período.

— Você levou uma vida perigosa? — pergunta Ben, parecendo achar graça.

— Muito.

— Desculpa dizer isso — acrescenta ele —, mas você não parece muito perigosa com essa saia esvoaçante e esses sapatos verdes.

— Nunca julgue um livro pela capa — digo. — Enquanto você estava ocupado inventando a sua lente, eu estava ocupada viajando o mundo, o mais longe que podia. Foi assim que conheci o Dominic. Foi quando soube que temos muito a temer. Que, quando você se importa com alguma coisa ou com alguém, quando ama essa coisa ou essa pessoa do fundo do coração e da alma, você está sempre com medo. É assim que sabe que está vivo.

27

Vita me conduz entre turistas, excursões escolares e visitas guiadas com uma espécie de obstinação eficiente, porém menos romântica do que eu esperava. Os membros da guarda cerimonial da Torre, robustos e bigodudos, desaparecem em um borrão carmesim enquanto ela caminha apressada, passando pelas torres, pela pedra de execução, pelas armaduras, pela sala do tesouro, e seguindo direto até uma escada moderna de metal na parte externa que leva à Torre do Sal. Eu a sigo enquanto ela sobe depressa, parando de repente diante da estreita porta da torre, com toda a Londres às suas costas.

— O que foi? — pergunto, quase esbarrando nela. Seu cabelo perfumado toca meu rosto por um segundo.

— Estou esperando para ter o espaço só para nós. — Vita olha para mim, e sinto uma tensão nela que não estava presente antes.

— Está tudo bem? — indago enquanto os últimos estudantes saem, xingando e se batendo aleatoriamente.

— Sim, está tudo bem — responde ela, embora não pareça muito certa disso. — Aqui estamos.

Entramos e nos vemos sozinhos por alguns preciosos instantes no pequeno cômodo. Fico no meio do espaço circular e giro 360 graus lentamente, absorvendo tudo. Uma boa parte das paredes está gravada com registros dos antigos prisioneiros mantidos naquele lugar: nomes arcaicos, datas remotas, tudo executado com um cuidado preciso e uma tristeza palpável. Grafite não é a palavra certa para descrever — são *memento mori*, o testamento dos homens que morreram aqui ou no cadafalso que eles viram sendo construído da janela. Eram homens que sabiam que a morte estava se aproximando, de um jeito ou de outro, e que estavam determinados a deixar um último vestígio de que tinham vivido. Consigo compreender esse desejo.

Eu me agacho e vejo o entalhe místico deixado por Hew Draper na base da parede, a uns trinta centímetros do chão.

— Queria que não estivessem cobertos com esse plástico — comento, tocando a superfície de proteção.

— Acho que muita gente ia querer fazer isso. — Vita faz um gesto indicando meus dedos e se abaixa ao meu lado. — Tantos dedos... ia acabar danificando o desenho.

— Por que ele esculpiu tão perto do chão? — pergunto enquanto examino o trabalho extraordinário, a cuidadosa tabela de símbolos astrológicos, a representação tridimensional do globo que me lembro de ver Dev usando para argumentar que aquele humilde camponês tinha um grande conhecimento da ciência e da física da época.

— Porque não era só um nome ou um poema — responde Vita. — Se Hew tivesse sido pego esculpindo isso, teria sido executado na hora. Ele usou o espaço atrás da cama para não ser visto. Foi exatamente por causa desse tipo de heresia que ele foi preso.

— Feitiçaria — digo baixinho, saboreando a dramaticidade da palavra.

— Não, *muito* pior que isso — devolve Vita. — Ele era um homem pobre, de origem humilde, que ousou estudar, ser curioso. Ele queria melhorar tanto a sua vida quanto a das pessoas com quem vivia. Apesar de não ser ninguém, ele incomodou o suficiente para chamar atenção. Ele era uma ameaça ao establishment porque era o tipo de homem que as pessoas ouviam, o tipo de homem capaz de fazer os outros pararem e se perguntarem por que as coisas eram como eram, por que passavam fome, eram pobres e viviam na imundície e com medo. O tipo de homem capaz de incitar uma rebelião, e ele quase fez isso.

— Você é uma historiadora incrível — comento. — Parece saber tudo a respeito de *tudo*.

— Tem tantos textos antigos na Coleção que ainda não foram digitalizados... Acabei de trabalhar em um sobre Hew; poderia passar cem anos lá dentro e ainda não teria terminado tudo. Ele era um homem fascinante.

— Você fala dele como se vocês fossem amigos — digo, provocativo.

— Essa é a questão, né? — devolve ela, olhando ao redor do cômodo mais uma vez. Lá fora, as nuvens cobrem o sol. De repente, a sala parece fria e úmida. — Um dia, todos esses nomes pertenceram a um coração que batia. Eles eram como você e eu, parados aqui, imaginando o que o amanhã traria. Acho que sempre penso neles como se ainda estivessem vivendo em algum lugar no tempo. — Ela estremece. — Ou, pior ainda, presos em momentos de tortura e tormento.

— É difícil pensar nisso como algo real — comento, olhando pela porta da torre para os gramados bem-cuidados, o burburinho dos turistas com suas roupas coloridas de verão, espalhados pela muralha antiga como confetes. — Tanto assassinato e tortura...

— Ah, foi real — diz ela, com uma expressão tensa e preocupada. — Quando trouxeram Anne Askey para cá, em 1546, eles a ameaçaram com o cavalete para convencê-la a renunciar à fé protestante e a dedurar qualquer outra mulher com quem estivesse conspirando. Anne se recusou, então eles a puseram no cavalete e a esticaram, lentamente, sem parar. Depois trouxeram a ama dela como testemunha, na esperança de que isso a forçasse a trair a patroa, sua amiga. Anne era tão corajosa, determinada e inteligente... Inteligente demais para que os homens que a temiam permitissem que ela vivesse. Anne suportou tudo isso e nunca revelou um único nome. Um mês depois, eles a queimaram viva. Ela estava com vinte e cinco anos.

Uma lágrima lenta e solitária desce por seu rosto.

— Tem certeza de que você está bem? — pergunto, meio perplexo.

— Tenho — responde ela, enxugando a lágrima. — Acho que sou mais sensível que as outras pessoas, porque penso nisso mais do que a maioria.

— Pensa em quê? — pergunto.

— No curto espaço de tempo entre a morte de Anne, seus gritos ecoando pelas paredes, e nós aqui, agora. A sequência de vidas entre aquela época e o agora é muito mais curta do que você imagina. Anne está logo ali.

Um vento bate de repente e, por um segundo, parece que estamos sozinhos nesta grande criatura de pedra, como se tivéssemos dado um passo para fora do tempo e o mundo estivesse parado só para nós. Um arrepio percorre a minha espinha enquanto um lamento corta o ar, e uma gaivota paira sobre nós, mergulhando em busca de algo que os corvos deixaram para trás.

Nossos olhares se encontram e Vita ri, nos conduzindo de volta para o barulho e a confusão. O segundo passa, mas ainda posso sentir — todos aqueles que se foram, de pé ao meu lado, observando o que vou fazer em seguida.

Logo serei um deles.

— Você me surpreendeu — falo para ela, e Vita me dá um soquinho de brincadeira no braço.

— Vamos sair daqui — diz ela. — É triste demais. O ar chega a ficar pesado.

Uma vez nos baluartes, a brisa torna tudo fresco e leve novamente.

— E aí, a gente pode dar uma volta? — pergunto. — O ingresso foi o olho da cara... por esse preço, era para eu poder ficar um mês aqui!

— Perdão. — Sua expressão traz arrependimento. — Eu meio que apressei você, né?

— Foi por causa do que você falou lá dentro, da tristeza? Você é sensitiva ou alguma coisa assim? Você vê gente morta?

— Não. — Ela ri. — Não, eu não vejo gente morta. Eu olho para este lugar e vejo todas as pessoas vivas que passaram por estes portões. Ou penso nelas, pelo menos. Tem muita história dentro destes muros. Tanta gente para lembrar...

Percebo, com surpresa, que ela está muito triste. Vita de fato pensa nessas pessoas, mais do que lamenta por elas. Ela abre o coração para tudo o que já existiu e sente tudo.

— Você vai lembrar de mim também? — pergunto de repente, me atrevendo a pegar sua mão e levá-la ao meu peito.

Seu sorriso desaparece. Com a outra mão, ela toca levemente o meu rosto.

— Vou — responde ela.

28

Não posso fingir que não me sinto aliviada por estar fora dos muros da Torre, de volta ao burburinho e tumulto da cidade no verão, onde as longas sombras das memórias que mais me esforcei para esquecer não podem me alcançar. Caminhamos até o rio e fitamos a silhueta dos prédios de Londres, uma paisagem que se expande em todas as direções, pontilhada aqui e ali por guindastes despontando no céu azul-claro. Esta cidade sempre vai estar num ciclo interminável de decadência e renovação. Coisas desmoronam, outras nascem. E eu talvez ainda esteja por aqui para acompanhar isso eternamente.

— Você acha que o Hew conhecia os segredos da vida eterna? — pergunta Ben, como quem não quer nada.

Fito o rio, largo e potente. A luz do início da tarde reflete nos arranha-céus enquanto os edifícios mais antigos recebem o brilho dourado do dia.

— Acho que ele chegou *perto* — respondo. — Acho que ele *quase* entendeu a totalidade do universo, talvez até tenha vislumbrado isso de leve e tropeçado em alguma coisa concreta. Ao longo da história, houve homens e mulheres com essa capacidade de conceber um todo que é muito maior que a soma de todas as nossas partes, mesmo que só por um segundo, antes de o conceito escapar deles de novo. Temos uma compreensão muito maior das engrenagens do universo hoje do que já tivemos, mas muito menos intuição... ou pelo menos perdemos a capacidade de canalizar a nossa intuição. Imagine se a sociedade contemporânea tivesse a mesma disposição de abraçar o desconhecido que seus antepassados... Que milagres não poderíamos encontrar?

— Se eu tivesse mais tempo — comenta Ben —, tentaria descobrir tudo. Ontem à noite, depois que nos despedimos, não consegui dormir, então fui ler sobre os alquimistas, quem eram e quais eram os seus métodos. Eles eram muito barra-pesada.

— E também havia as mulheres alquimistas — lembro. — A gente só ouve falar dos homens.

— Malditos homens — brinca Ben com um sorriso irônico.

— A história esquece de Hipátia de Alexandria, Cristina da Suécia, Sophie Brahe, Isabella Cortese... nossa, que mulher interessante! A minha alquimista preferida.

— Confesso que nunca ouvi falar dela — diz Ben.

— Foi uma alquimista do século dezesseis. Viajou pelo mundo em busca da pedra filosofal e achava a maioria dos alquimistas homens uns idiotas e um desperdício de seu tempo e dinheiro. Ela escreveu o livro *Os segredos da senhora Isabella Cortese*. Colecionou todos os tipos de artefatos e documentos em sua busca pelo segredo, mas ninguém sabe o que aconteceu com eles.

Isso não é bem verdade. *Eu* sei o que aconteceu com eles.

Lá no fundo, tem alguma coisa me incomodando: um pensamento ainda indistinto. Olho para o rio por um instante, esperando que ele se assente como uma borboleta que se decide por uma flor.

— Leonardo pintou o quadro, então, se ele realmente o usou para testar algumas teorias da alquimia, ele as teria ocultado na pintura do mesmo jeito que fez com *tudo* o que era interessante e misterioso para ele. Então, tem que estar lá, a resposta tem que estar lá em algum lugar. Já olhei mil vezes para ela com o olhar de uma alquimista e de uma historiadora da arte e não consigo encontrar.

Um pensamento paira quase ao meu alcance, mas ele se recusa a se formar.

— Conheço tudo o que há para conhecer sobre Da Vinci e sobre alquimia, *tudo*, mas sei que tem alguma coisa que não estou vendo, tem que ter.

— Pode ser... — começa Ben, hesitante — ...que não tenha nada no quadro. Quer dizer, esse não foi um retrato encomendado pela nobreza? O ganha-pão dele, e não uma obra mística particular?

Mordendo o lábio, eu me pergunto se agora é o momento de explicar a Ben que, se eu fosse qualquer outra pessoa, e não quem sou, concordaria com ele. Mas o medo que se aninha em meu estômago me diz para não fazer isso.

— Se não fosse pela lenda — argumento —, você estaria certo. Mas a lenda em torno da pintura ainda persiste, silenciosa, misteriosa. Ninguém escreveu um best-seller baseado nela, e certamente a maioria dos historiadores da arte diria que não passa de um conto de fadas, mas a história perdura de um jeito que boatos sem fundamento simplesmente... não perduram.

— Talvez seja como quando estou trabalhando num projeto — comenta Ben. — Quando estava desenvolvendo minha lente, tinha horas em que parecia que eu estava numa rua sem saída, só via o problema, e nada da solução. A chave, para mim, era dar um passo atrás e olhar de um novo ponto de vista. Por que você não me explica melhor a simbologia, as técnicas e tudo mais, como se estivesse explicando isso pela primeira vez? Talvez eu veja alguma coisa que você não viu antes.

Concordo, pensativa.

— A razão pela qual os acadêmicos mais sensatos descartam a lenda como pura ficção é saberem que, quando Da Vinci tem a *intenção* de fazer mistério, ele infunde isso na obra — explico. — É só olhar *A Última Ceia*, a *Mona Lisa* ou o *Salvator Mundi*: os três pontos na esfera de cristal na mão de Cristo formam exatamente a constelação de Orion. Ele está dizendo: "Aqui tem um enigma para você resolver" ou "Aqui tem um mistério para você contemplar. Contemple a existência e o seu lugar nela". Mas não tem nada disso em *La Belle*, só o simbolismo corriqueiro das roupas e das joias. É tão pouco, na verdade, que ninguém sabe ao certo quem ela era. — Um anonimato pelo qual sempre fui grata. Talvez essa tenha sido a intenção dele também. — Acho que você pode ter razão. Preciso de um novo olhar. Se a gente voltar aos outros alquimistas e aos primeiros cientistas, ao trabalho e aos artefatos deles, talvez encontre alguma coisa que sirva como inspiração.

— E o Newton? — sugere Ben. — Ontem à noite eu li que ele também passou muito tempo pesquisando alquimia.

— Não quero me gabar, mas tenho certeza de que não existe ninguém vivo que conheça Newton tão bem quanto eu — digo com sinceridade. — Mas sei de outro alquimista famoso que foi sempre muito difícil de desvendar, cujos objetos mágicos podemos ver no Museu Britânico agora mesmo, se pegarmos um táxi.

— Ótimo. — Ben sorri. — O que a gente vai ver?

— O espelho profético de obsidiana do Dr. John Dee — anuncio. — Se corrermos, temos mais ou menos uma hora até o museu fechar.

— Maravilha — diz ele, animado.

Eu me aproximo do meio-fio e chamo um táxi.

— Ontem à noite, li sobre uma mulher alquimista, na verdade — comenta ele enquanto entramos no táxi. — Mary Herbert, que também era da corte da Elizabeth I.

— Muito bem, Ben Church — digo. — Muito bem.

★★★

— O *speculum* — anuncio, diante do mostruário com o artefato de previsão do futuro do Dr. John Dee.

— Um espelho para ver além dos reinos normais — diz Ben, lendo a descrição que acompanha o item.

Estamos de pé, lado a lado, olhando para o pequeno espelho de obsidiana com cerca de quinze centímetros de diâmetro que repousa placidamente sob o tampo de vidro juntamente com uma coleção de selos de cera que Dee usava para proteger sua mesa de vidência, onde colocava o espelho para tentar adivinhar o futuro, um amuleto de ouro e uma pequena bola de cristal. O espelho brilha, sombrio, diante de nós, parecendo estranhamente deslocado entre os objetos que o cercam.

— Ele realmente esperava descobrir as verdades do universo através deste espelho e de seus cristais — explico. — O espelho foi usado primeiro pelos astecas. É de se perguntar por que ele achou que o espelho lhe mostraria anjos quando os astecas o utilizavam como um portal para fazer contato com os mortos. Ele realmente acreditava que a ciência tornaria possível falar com anjos. — Olho para Ben. — Ele precisava acreditar. A esperança é uma espécie de loucura, acho. É um motor para as descobertas.

Ben inclina-se para a frente, a testa quase tocando o vidro enquanto fita o objeto, e vejo nele a expressão que vi em mil rostos que conheci. O olhar que espera o impossível e que teme a verdade.

— Só de persistir neste universo insondável no qual existimos contra todas as probabilidades... precisamos ser um pouco loucos para sobreviver. Para pensar além das nossas vidas e mortes e tentar alcançar o desconhecido, temos que ter muita esperança. Foi o que Dee tentou fazer, e Leonardo também, com diferentes graus de sucesso. Para Dee não havia diferença entre estudar matemática e o reino espiritual. Ambos eram ciências a serem exploradas.

— Quando comecei esta viagem, prometi a mim mesmo que iria me aventurar, então por que não perguntar ao espelho, como Dee faria? Você sabe como fazer previsões? Consegue olhar para o espelho e pedir o conselho de um anjo?

— Não, já tentei, mas não tenho talento para isso — respondo, olhando de soslaio para Ben. Vejo nele a necessidade de acreditar naquilo.

— Por que você não tenta? Olhe no espelho e veja o que ele mostra.

Ben parece cogitar a ideia por um instante e, então, depois de me afastar com delicadeza para o lado, se põe diante do espelho e olha com intensidade para a superfície escura e reflexiva. Eu o observo discretamente: o cenho franzido de concentração, unindo as sobrancelhas, a boca ligeiramente enviesada, os dedos compridos apoiados no vidro como se ele estivesse se preparando para uma descoberta. Vários segundos se passam, e sua expressão se altera. Ele arregala os olhos, aproxima o rosto do espelho com os olhos vidrados, a boca contraída. Vejo algo em sua expressão que pode ser alegria ou tristeza, mas não sei distinguir qual. Ele se levanta de repente, esfregando o dorso da mão nos olhos, e dá um passo atrás, virando-se para mim.

— Nada — anuncia ele. — Não vi nada.

— Você pareceu meio fora de si por um instante — comento. — Está tudo bem?

— Ah, é? — Ele engole em seco. — Posso ter tido uma "crise de ausência", como eles chamam. — Ben dá um tapa na testa. — Significa que meu amigo aqui em cima está em movimento.

— Ai, Ben! — exclamo, pegando sua mão, sem poder me controlar. — O que a gente faz? Será que é melhor ir a um hospital?

— Não, está tudo bem — responde ele. — Isso já aconteceu algumas vezes nos últimos meses, e eu ainda estou aqui. Não precisa entrar em pânico. Além do mais, acho que tive um pensamento místico-iluminista.

— Prossiga — digo a ele, sem conseguir descartar com a mesma facilidade que ele o peso que o episódio de ausência teve. Faço o possível para refletir seu otimismo. — Afinal, de onde vem a inspiração, se não dos deuses?

— Na Torre, você falou que já cansou de olhar o quadro e não viu nada.

— E...? — indago.

— Isso pode parecer bobagem, mas é o fundo, atrás de *La Belle*, que é cheio de profundidades indistinguíveis, que mudam dependendo da perspectiva e da luz. Aquele fundo *poderia* ser descrito como algo semelhante à obsidiana. Talvez a resposta não resida no que está na pintura. Talvez resida no que não está.

Eu o fito por vários segundos.

— Acho que você pode estar no caminho certo — digo. — Você me deu uma ideia.

29

—E agora? — pergunta ela enquanto caminhamos até a Great Russell Street.

O ar parece cheio de estática e é como se o mundo estivesse brilhando e reluzindo, mas parte de mim ficou para trás, no museu, de pé na frente daquele objeto escuro e sem brilho que fitei, e no qual vi tudo o que sempre quis.

No início, havia só o zumbido silencioso da iluminação do museu e a emoção sempre elétrica de estar ao lado de Vita. Fiquei olhando pelo vidro do mostruário até sentir como se fôssemos só eu e o espelho místico. Então as sombras se moveram, e foi como se a sala, Vita e o próprio tempo sumissem. Eu me vi, não como sou hoje, mas anos no futuro, olhando para mim. Cabelo grisalho com entradas na testa, rugas fundas marcadas ao redor dos olhos e da boca. Meus olhos azuis me encaravam dessa versão do meu rosto, alterada pela vida, e vi contentamento ali. Vi amor e paz e um mundo onde envelheci no meu próprio tempo e descobri por mim mesmo que a beleza da vida é a própria vida.

Quando o presente voltou de súbito, fiquei sem fôlego. Inventei a desculpa da ausência e, quando vi o olhar de preocupação no rosto de Vita, me arrependi.

Desde então, não consigo parar de me perguntar se olhei no espelho de John Dee e vi o futuro. Uma versão do tempo em que sobrevivo. Não importa o quanto eu tente, não consigo exorcizar essa certeza repentina de que, de alguma forma, tudo vai ficar bem.

— Acho que você não comeu direito o dia inteiro — comenta Vita, interrompendo meu devaneio. — Jante comigo.

— Eu adoraria — respondo.

Em poucos minutos, estamos a uma mesa de canto num restaurante que parece saído dos anos 1970, de paredes grossas de estuque com vigas falsas e várias plantas de plástico verde cobertas de poeira pendendo do teto a poucos centímetros da nossa cabeça. Mas a comida é deliciosa — simples e fresquinha —, e Vita pediu um vinho leve e suave.

— Obrigada pelo dia — diz ela, me olhando de trás de uma vela vermelha encravada em uma garrafa, com a cera escorrida e endurecida de velas passadas cobrindo o vidro em lágrimas espessas. — Por me ouvir tagarelando sobre meus passatempos nerds. — Duas versões em miniatura da chama dançam e cintilam em seus olhos, e eu também estou lá, refletido nas piscinas escuras de suas íris. Ela continua: — Fazia tempo que eu não me divertia tanto.

— Adorei cada minuto — digo. — Também fazia muito tempo que eu não me divertia assim.

— Nem vem — retruca Vita, rindo ostensivamente alto, fazendo as pessoas nas outras mesas se virarem para olhar para ela. — Você deve ter tido dias mais divertidos do que só andar por Londres comigo falando sobre história.

— Não consigo lembrar de nenhum agora — digo, dando de ombros. — Passei a maior parte da vida adulta focado no trabalho. Sempre quis ter meu próprio negócio, queria criar e inventar coisas. E dá pra fazer isso e se divertir muito ao mesmo tempo, o que me deixa triste, pois antes eu não sabia disso. Mas o mais triste é que eu gosto de verdade do que faço. Será que teria feito as coisas de um jeito diferente se soubesse que tinha pouco tempo? Acho que gostaria de ter viajado mais, ficado acordado até tarde nos fins de semana, experimentado várias substâncias ilegais, esse tipo de coisa...

— E quanto a... sabe, namoradas, namorados, sei lá...? — pergunta ela, girando o canudo em um copo de água com gelo.

— Tive umas poucas — respondo, meio sem jeito. — Literalmente poucas. Sou um sujeito bem entediante. Não curto romance, nem gestos românticos. Pra mim, não faz diferença sair ou ficar em casa, nunca teve ninguém por quem... — Olho para ela e, de repente, as palavras parecem se grudar à minha boca seca: — Por quem eu me apaixonasse.

— E quanto ao primeiro beijo? — indaga ela com um sorriso.

— Não. — Faço uma careta. — Ai, meu Deus, foi tão constrangedor! Tento nunca pensar nele.

— Realização profissional? — pergunta ela.

— Estou patenteando meu sistema de lentes. Adoraria ver isso acontecer e começar a ganhar algum dinheiro, se não pra mim, pra mamãe e pra Kitty — respondo. — É legal eu ter um interesse genuíno no meu trabalho e meus clientes estarem satisfeitos, mas engenharia óptica não é a carreira *mais* empolgante do mundo. Pra começo de conversa, eu não saio por aí todo dia tentando desvendar mistérios centenários.

— Deve ter havido pelo menos um dia que foi extremamente feliz para você — insiste Vita.

— Não um dia específico — digo —, mas uma série de dias com a minha mãe e a Kitty. Meu pai nos deixou quando éramos pequenos. Acho que foi difícil para a minha mãe, mas ela nos protegeu de tudo o máximo que pôde. Hoje eu percebo que foram anos felizes, mesmo que não parecesse na época. Éramos muito unidos, sempre livres para ser exatamente quem queríamos ser, seja lá o que fosse. Quando tento pensar num só dia, me vem um monte: nós pintando juntos na mesa de jantar numa noite escura, ou os longos piqueniques de verão, os dias na praia. Se você fosse para o espaço e olhasse para a minha vida por um telescópio poderoso, esses seriam os dias que iriam se destacar.

Vita não diz nada, apenas me observa através da chama dançante.

— Pesei o clima? — indago.

— De jeito nenhum — responde ela com gentileza. — Adoraria ter tido esse tipo de vida em família.

— Sei que é difícil de imaginar, ainda mais depois de ter perdido o Dominic — digo com todo o tato —, mas você ainda é tão jovem. Ainda pode se apaixonar e ter uma família.

Ela se recosta de repente, o rosto mergulhando em sombras.

— Eu não posso ter filhos — revela ela.

— Ah, Vita. — Baixo a cabeça, morto de vergonha. — Sinto muito, não quis ser tão insensível.

— Tudo bem. Estou em paz com isso agora — diz ela. — Tem momentos em que anseio por essa sensação de novo, sentir o peso do meu filho junto do coração. Mas não era para ser.

— De novo? — pergunto.

— Eu perdi um filho — explica ela com os olhos voltados para baixo. — Sinto saudade dele.

Lentamente, deslizo a mão pela mesa até onde está a dela. Sua mão se move na direção da minha até que as pontas dos nossos dedos se tocam. Nossos olhares, cheios de solidariedade e compaixão, se encontram.

— Agora fui eu que pesei o clima — diz ela por fim, me fitando com uma cara que é como um soco no estômago.

— Sabe de uma coisa? — começo, dando de ombros de um jeito cuidadosamente teatral. — É bom não ser o mais trágico do pedaço, para variar um pouco.

Seus lábios se abrem em um sorriso.

Ergo a minha taça, e ela segue o exemplo. Nós nos entreolhamos através da luz da vela. Eu poderia passar uma vida inteira nas profundezas estreladas do olhar dela.

— Você me disse para me apegar aos momentos perfeitos — digo. — Estar aqui olhando para você é um deles.

Vita baixa os olhos com um rubor se espalhando pelo rosto e, quando me dou conta, ela está ocupada procurando o cartão de crédito na bolsa.

— Não quis te deixar desconfortável — acrescento depressa.

— Não foi isso — afirma ela com a cortina de cabelos e os cílios encobrindo sua expressão. — Só não estou acostumada a me sentir assim.

Depois de pagar a conta, que dividimos meio a meio por insistência de Vita, seguimos pelo Bleeding Heart Yard em direção à Great Russell Street. É uma noite quente, com música vindo de alguma janela aberta no alto. O ar tem o cheiro das árvores e do trânsito.

— Sabe, o Bleeding Heart Yard tem uma história maravilhosa que a minha vizinha idosa, Mariah, adora que eu conte quando ela não consegue dormir — diz Vita quando paramos na esquina.

— Você conta histórias para sua vizinha dormir? — indago.

— A gente se conhece há muito tempo — explica ela. — Eu cuido dela, e ela cuida de mim. A Mariah é como se fosse da minha família.

— Isso é lindo — digo. — E qual é a história?

— Então — ela sorri, já antecipando o prazer de contar uma boa história —, reza a lenda que, num baile importante e glamouroso na Hatton House, a jovem e bela Lady Hatton causou um impacto tão grande nos cavalheiros que eles fizeram fila para ter a chance de dançar com ela.

— Sei como é — interrompo. — As mulheres me perseguem aonde quer que eu vá.

— Mas então apareceu no salão um jovem diabolicamente lindo, todo de preto. Ele furou a fila, tirou Lady Hatton de seu par e dançou com ela pelo resto da noite, até que a levou dançando para o jardim. As fofocas estavam correndo soltas naquela noite. O que ela havia feito? Onde tinha se metido? Aquilo ia acabar com sua reputação!

— E acabou? — pergunto, adorando o brilho nos olhos dela ao contar a história, como se estivesse revisitando uma memória.

— Não. Curiosamente, foi aí que ela construiu sua reputação — responde Vita —, porque, na manhã seguinte, Lady Hatton foi encontrada atrás dos estábulos com o peito dilacerado, os membros arrancados do corpo, mas o coração ainda pulsando, jorrando sangue. Dizem que ela havia dançado com o diabo em pessoa.

— Incrível! — exclamo, sentindo um calafrio na espinha. — E é verdade? Quer dizer, que ela foi assassinada?

— Todos os livros de história vão dizer que não, e que ela morreu muitos anos depois de causas naturais na própria cama — responde Vita. — Mas você não acha estranho que uma rua de Londres tenha ganhado esse nome por algo que *não* aconteceu?

— É — concordo. — Daqui a pouco vão dizer que não tinha carneiro na Lamb's Conduit Street.

Nós rimos até o exato momento de dizer tchau mais uma vez.

— É melhor eu ir trabalhar amanhã — diz Vita. — Mas que tal me visitar na hora do almoço? Talvez a gente possa falar com nosso restaurador. Ele sabe muito da química da arte renascentista. O comentário sobre o fundo de *La Belle* ser um pouco como um espelho de obsidiana me fez pensar nisso. Talvez o segredo não esteja no retrato dela, mas naquilo de que ela é feita.

— Boa ideia — concordo, feliz por termos um plano para nos encontrar. — Então te vejo amanhã, por volta do meio-dia, certo?

— Sim — responde ela. — Por volta do meio-dia está ótimo.

A hora em que voltarei a vê-la tem um nome.

★★★

— Sou eu — digo, quando Kitty atende à minha ligação enquanto caminho em direção ao hotel. — Estou voltando. Como você está?

— Estou me sentindo uma péssima irmã. Eu deveria estar cuidando de você, mas você fugiu de mim. Está tudo bem?

— Sim, tudo certo. E você não é uma péssima irmã, você é uma ótima irmã. Daqui a pouco chego aí. Quer ver um filme?

— Quero, e quero pedir comida no quarto e ficar acordada até tarde, analisando sem parar a mensagem que o Dev me mandou. Não sei se significa que ele gosta de mim ou que me odeia.

— O que ele mandou?

— Carinha feliz, carinha feliz — conta Kitty.

— Acho que significa que ele gosta de você — afirmo.

— Tudo bem. Se você passar perto de algum mercado, traz chocolate e gim. Bate na minha porta quando chegar. E vou querer saber tudo o que você fez hoje, até as partes chatas.

— Beleza. Te vejo daqui a dez minutos — digo a ela.

A noite está quente, os prédios brilham com a luz dos postes, a Lua está alta no céu, e a sensação estranha que faz os meus passos parecerem tão leves se chama otimismo. Não sei quanto tempo eu tenho, mas sinto que, qualquer que seja, vai ser bom.

30

— A diferença de Leonardo para seus contemporâneos era que, para ele, não era bem a cor que importava, mas o efeito — explica Fabrizio quando nos reunimos à mesa alta de sua sala de restauração.

O lugar tem a iluminação e a temperatura perfeitamente controladas, mas de alguma forma Fabrizio faz parecer que estamos em sua sala de estar banhada pelo sol. Há plantas viçosas por todos os lados, ele tem um tapete velho sobre o piso de mármore e, a um canto, uma poltrona grande de braços largos soterrada de livros. A um lado da porta há um cabideiro eduardiano de madeira escura com uma cartola surrada e um chapéu de veludo verde. E fotos da esposa e dos filhos em todas as superfícies disponíveis.

— Ele sem dúvida segue algumas regras: o azul verdadeiramente duradouro era feito de lápis-lazúli importado do Afeganistão a um custo altíssimo e, portanto, muito raro. Por isso, era reservado apenas para a Virgem. O vermelho era feito com cascas de besouro: muito trabalhoso e caro. Enquanto o azul simbolizava paz e serenidade, o vermelho simbolizava vitalidade e poder, e você vai encontrar essa cor em retratos da realeza ou da aristocracia.

— E as fitas douradas no vestido? — pergunta Ben enquanto me sento no banco segurando meu café. Ele está com uma expressão animada no rosto, os olhos brilhando de entusiasmo. — O ouro significa o quê?

— Em igrejas, você encontra muita folha de ouro ou de prata, porque esses eram os espaços sagrados onde se usavam os melhores materiais. Contemplar uma obra de arte, de joelhos, numa igreja à luz de velas, com a luz refletindo nas superfícies metálicas, era para ser uma experiência intensamente profunda: a arte ressuscitando Cristo, por assim dizer. Mas, neste retrato, Da Vinci criou a *ilusão* do ouro, já que não tem ouro de verdade na pintura. Ele rejeitava o trabalho dos alquimistas, mas era um mestre em transformar materiais básicos em ouro, não era?

— Mas *La Belle* está de vermelho — diz Ben. — O que isso significa? Pode ser que ela mesma seja um símbolo de vitalidade ou imortalidade?

Muitos historiadores zombariam dessa pergunta ou a ignorariam, mas não Fabrizio.

— Muito provavelmente significa que ela pertencia a um homem rico e poderoso — explica ele, encantado com o interesse de Ben. — Ter uma bela amante era um símbolo de status, como um Porsche ou uma Ferrari podem ser hoje em dia. Usar uma grande quantidade de um pigmento caro numa pintura indicava um homem de grande riqueza, como sabemos ser o caso do duque de Milão da época em que se imagina que esse retrato foi pintado.

Fabrizio pensa por um instante, fitando a imagem do quadro.

— Dito isso, não seria novidade se Leonardo tivesse acrescentado o próprio significado aos pigmentos que usou. Ele era um homem que exigia uma conexão pessoal com tudo o que fazia, e há algo bastante irregular na escolha de pigmentos desta pintura.

— Ah, é? — digo, me perguntando o que esta obra de arte poderia conter que eu ainda não saiba.

— Talvez não seja nada de mais — continua Fabrizio. — Vita, você deve saber que, na década de 1930, apareceu uma outra versão de *La Belle* em Nova York. Os proprietários, os Hahn, tentaram vender como se fosse um Da Vinci original, e chegaram a dizer que a versão do Louvre era falsa. A coisa toda acabou num julgamento de autenticidade de ambos os quadros que durou um mês.

— Você está dizendo que este retrato não foi pintado por Leonardo? — pergunta Ben, com os olhos arregalados.

— Não, não, com certeza foi, e pode até ser que o outro também tenha sido. Mas o julgamento levantou alguns fatos interessantes, descobertas que na época exigiram tecnologia de ponta. O principal é que a versão dos Hahn foi pintada com todos os pigmentos mais caros, aqueles que você esperaria ver num Da Vinci encomendado pelo duque de Milão. No entanto, a do Louvre não. Ela foi feita com tons e pigmentos muito mais baratos, já disponíveis na natureza, e o vermelho em particular é... *indefinível*. Quanto ao porquê de *La Belle* não conter os pigmentos que imaginávamos, eu não sei. Mas deve ter algo a ver com o seu mito. Talvez ele estivesse usando materiais atribuídos pelos alquimistas. Realmente não sei.

— Mas é possível — diz Ben, levantando-se.

— Tudo é possível — concorda Fabrizio. — Só quem estava lá no estúdio com ele saberia a verdade com certeza.

★★★

— E agora? — pergunta Ben enquanto eu o levo até o saguão.
— Preciso rever todas as pesquisas sobre pigmentação — respondo. — Eu não tinha levado em consideração os resultados do julgamento dos Hahn porque, depois da primeira análise, eles foram refeitos com uma tecnologia melhor, mas às vezes nossos antecessores notam coisas que nós deixamos passar. Vale a pena dar uma olhada.
— Sabe, se eu pudesse colocar a minha tecnologia na frente do quadro, isso responderia a todas as suas perguntas — comenta Ben. — Você acha que isso pode ser viável?
— Estou tentando arranjar um jeito — respondo. — Ainda não consegui.

★★★

Kitty está esperando Ben no saguão, cutucando os ladrilhos com a ponta dos sapatos, as mãos enfiadas nos bolsos.
— Não quis dar uma olhada na galeria enquanto esperava? — pergunta Ben a ela.
— Não — responde ela. — Um monte de velharia que foi de gente que já morreu não é bem a minha praia.
— Sinto muito. Minha irmã é uma filisteia — provoca Ben.
— Na certa é muito mais sábio viver no presente do que no passado. — Sorrio para Kitty, que me responde com um dar de ombros.
— Enfim — diz ela para Ben —, o Dev me chamou pra ir a uma festa hoje. Acontece que é o noivado do primo dele, que é podre de rico. E estou meio "faz vinte minutos que te conheci, meu bem, está meio cedo pra conhecer seus pais". Mas também estou meio "uma festa à fantasia com tema da década de 1920 no Ritz? Vou nessa!". É lógico que eu falei que não podia ir porque vim a Londres pra ficar com meu irmão, e não posso te abandonar assim, e aí ele falou pra eu te chamar também. Então achei que, mesmo não gostando muito de festa, talvez você pudesse ir comigo nessa... tipo, só por uns dez minutos.

— Pode ir, vai se divertir — diz Ben. — Acho que não quero ficar de vela para você e o Dev. — Ele olha para mim. — A não ser que você queira ir também, Vita.

— Não vai ser a mesma coisa sem você — insiste Kitty, abraçando-o pelos ombros. — Só achei que talvez uma festa bem chique pudesse vir a calhar. Quer dizer, quando foi a última vez que você foi a uma festa chique *de verdade*? Você não foi nem à sua formatura!

— Eu não estou num filme adolescente americano, então não ligo para formatura — devolve Ben. — Eu vou, mas só se a Vita for — diz ele, olhando para mim.

Sinto as minhas entranhas se revirando só de pensar nisso.

— Não sei... — desconverso. — Não sou muito de festa. — Não posso deixar de olhar para o meu retrato no alto da escada e de pensar em Madame Bianchi, a mulher que viveu a minha vida mais hedonista até hoje. *Ela* jamais teria recusado um convite. Mal me lembro de como era ser ela. — Mas tenho guarda-roupas cheios de peças vintage. Se você quiser, Kitty, posso levar umas opções no hotel para você depois do trabalho. Que tal?

— Sério?! — pergunta Kitty com os olhos arregalados. — Isso seria incrível. Obrigada, Vita.

— Não posso ajudar com roupas masculinas — digo a Ben —, mas acho que não vai ser difícil achar um smoking.

— Por favor, vem com a gente, Vita — chama Kitty. — Só pelo tempo suficiente para eu passar pela porta e decidir se cometi um erro terrível. O Ben precisa muito de alguém com quem não tenha vergonha de conversar, e acho que vocês dois não têm esse problema. — Ben cora um pouco diante do comentário. — E, por incrível que pareça, ele fica lindo todo arrumado.

Há muitas razões pelas quais eu gostaria de recusar. Uma sala cheia de estranhos e o barulho são algumas delas. Mas as razões pelas quais devo recusar são as mesmas pelas quais quero aceitar. A ideia de me arrumar e passar um tempo com Ben, sem conversar sobre pinturas ou milagres, e quem sabe até dançar, é algo que me agrada talvez um pouco demais. Quem sabe ainda reste um pouco de Madame Bianchi em mim, mesmo agora.

No entanto, quanto mais tempo eu passar com Ben sem contar a ele quem sou, mais perigoso isso pode se tornar.

— Eu não deveria... — começo.

— Vamos. Viva um pouco — pede Ben com um sorriso gentil, e toda a minha frágil resistência cai por terra.

— Faz muito tempo que não coloco penas no cabelo — digo.

— Oba! — comemora Kitty, dando um pulinho e batendo palmas. — Que tipo de vestido você tem? É que gostei muito desse nerd que acabei de conhecer e não quero parecer desleixada.

— Não se preocupe — digo a ela. — Não tinha nada de desleixado na década de 1920.

31

Vita chega ao meu quarto de hotel com uma braçada de vestidos, que joga na cama em uma cascata de cores e tecidos sedosos e cintilantes. Há uma estranha intimidade no fato de ela estar usando a cama do meu quarto. Racionalmente, sei que isso não tem nada a ver com uma peça de mobília, mas me sinto nervoso como uma criança.

— Uau! — exclama Kitty ao sair do banheiro e se deparar com o arco-íris de roupas na cama. — Por que você tem tantos vestidos de festa vintage?

— É uma longa história, mas, de certa forma, eu herdei. Eles estavam na minha casa quando me mudei — conta Vita. — Tudo o que pertencia à minha tia-avó ainda estava lá, e pareceu errado me desfazer das coisas. — Vita corre os dedos pela bainha de um vestido macio verde-claro. — Acho que tem coisa aqui que deveria estar num museu.

— Eles são incríveis — diz Kitty, animada. — Mas qual deles eu uso...?

— Você ia ficar linda com este, Kitty, não acha? — Vita ergue um vestido azul-celeste cheio de contas num padrão intrincado e que combina com os olhos da minha irmã.

Kitty aprova, rindo e batendo palmas, seu lado feminino profundamente escondido vindo à tona com uma alegria indisfarçável. De repente, fico feliz de ter concordado em ir à festa.

— Adorei! — exclama Kitty, pegando o vestido e segurando-o junto de si.

— Também trouxe isto. — Vita esvazia uma sacola de sapatos no chão. — Tudo tamanho 37.

— Eu calço 37 — diz Kitty, animada, pegando um par de sapatos prateados. — Parece até Natal. Vou me arrumar no meu quarto. Batam à porta quando terminarem de fazer sei lá o que vocês dois fazem.

— Ah... — digo enquanto Kitty desaparece do quarto, me lançando uma piscadela teatral da porta. Vita fica ali, de calça xadrez marrom e camisa cor de creme, o cabelo ondulado caindo sobre um dos ombros.

— Eu meio que achei que ela ia te levar pra vocês se arrumarem e fazerem a maquiagem juntas, já que vocês duas são... hã... *mulheres*.

— Acho que sua irmã tem planos não muito sutis para nós — comenta Vita com um sorriso.

Não faço ideia do que dizer nem para onde olhar. A noção de que sou um homem adulto, dono de mim e articulado desaparece por completo.

— Gostei disso nela — continua Vita em meio ao silêncio. — Ela te ama muito.

— E eu também a amo — admito, a força do sentimento por trás dessa frase dando um nó na minha garganta ao pensar que um dia não vai mais existir a dupla Kitty e eu. Não vai mais existir Vita e eu... ou nem mesmo *eu*. Isso é um motivo para agir de acordo com o que Vita me faz sentir, ou um motivo para não o fazer?

Vita olha os vestidos, franzindo a testa.

— Talvez eu não devesse me intrometer no momento de vocês. Posso ir para casa e deixar vocês em paz.

— Por favor, não — peço na mesma hora, dando um passo em direção a ela e depois me contendo. — Eu realmente gostaria de ir a uma festa com você, bonita desse jeito.

— Mas eu ainda nem botei um vestido! — exclama ela.

— Não precisa, você ilumina o ambiente de qualquer maneira — digo. — E eu sei que isso é a coisa mais brega que um homem já falou para uma mulher, mas é tudo o que eu tenho agora. Vamos, Vita, por favor. Afinal de contas, eu não fui ao meu baile de formatura.

— Achei que você tinha dito que não ligava... — Vita sorri.

— Só estou apostando tudo na chantagem emocional, na esperança de te convencer a ir — admito. — Não sou muito bom nisso.

— Eu vou — diz ela, encostando a ponta dos dedos na minha bochecha. É um toque breve, dura menos de um segundo, mas me sacode de um jeito que me deixa sem fôlego.

— Eu tenho uma sugestão — falo, imaginando que colocar uma porta fechada entre nós vá ser o mais sensato a se fazer no momento. — Você usa o banheiro. É daqueles grandes e chiques, com espelho que acende e tudo mais. Eu só tenho que botar o terno, amarrar uma gravata-borboleta e pronto. Posso ficar vendo televisão enquanto você se arruma.

— Qual deles eu escolho? — pergunta ela, voltando-se para os vestidos.

Isso me dá uma desculpa para olhar para ela, para pensar no jeito como seus cabelos escuros emolduram a sua pele de marfim, como seus olhos parecem conter todo o universo, como suas curvas parecem fluir como a curva de um rio, dos seios até os quadris. Olhando para o amontoado de cores, penso em *La Belle*.

— Não entendo nada de moda — digo —, mas que tal este? — Levanto da pilha um vestido laranja-escuro de veludo, com franja na barra e várias fileiras de contas escuras vermelho-rubi.

— Acho que concordo — diz ela, pegando o vestido sedoso e segurando-o junto ao corpo. — Vou pegar uns acessórios e me arrumar. Obrigada, Ben.

— Eu que agradeço — respondo, esperando que ela feche a porta antes de eu pegar dois gins-tônicas já prontos no frigobar e virar um depois do outro.

★★★

Acho que falei umas três palavras desde que saímos do hotel, o que é bom, porque Kitty está falando por nós quatro. Minha irmã está linda, com uma grande pena no cabelo e a maquiagem nos olhos igual à das mulheres do cinema mudo. Deu para ver como Dev ficou encantado quando saímos do elevador. Seus olhos brilharam ao vê-la, e devo dizer que ele não estava nada mal de smoking. Ele cumprimentou Vita com um abraço e andou de mãos dadas com Kitty como se os dois fossem namorados desde sempre.

A festa é em um belo salão *art déco*: preto, branco e dourado de cima a baixo, com balões e serpentinas. Palmeiras altas servem de pano de fundo para as mesas dispostas ao redor da pista de dança encerada, iluminada por um candelabro. No palco, uma banda de jazz toca músicas pop com arranjos retrô enquanto garçons de fraque distribuem coquetéis e canapés deliciosos em bandejas de prata.

Eu estava me saindo muito bem em fingir que não achava Vita tão devastadoramente linda até hoje, mas agora perdi todas as esperanças.

Quer dizer, eu sempre a achei bonita — não é como se eu não tivesse percebido como ela fica bem com seus vestidos de verão e com calças largas, além de um lápis no cabelo. Mas hoje esse vestido revela a curva perfeita de suas costas até lá embaixo, e eu me sinto como um mortal na presença de uma deusa.

Enquanto Kitty e Dev dançam ao som da banda de jazz tocando covers de músicas que estão no topo das paradas, Vita e eu permanecemos de pé, um de cada lado de um grande vaso de palmeira, como um par de enfeites de parede. Só que os homens no salão não param de olhar para ela, e tenho certeza de que daqui a pouco um deles vai convidá-la para dançar. Eu quero fazer isso, mas, mesmo agora, não tendo nada a perder, não consigo encontrar as palavras.

— A gente não está se saindo muito bem, né? — Vita tira uma folha de palmeira da frente e se aproxima de mim, para falar ao meu ouvido. — Quer dizer, em participar da festa.

— Você está — digo, me esforçando muito para não demonstrar o quão aflito estou de olhar em seus olhos. — Você está incrível, Vita. Merece ter o mundo inteiro aos seus pés. Você deveria ir falar com as pessoas, se divertir.

— Sinceramente, prefiro furar os olhos com um prego enferrujado — devolve ela com um sorriso. — E obrigada, Ben. Você também está muito bonito.

Eu a encaro, para ver se ela está me provocando. Acho que não está. Não sei se isso é algo bom ou ruim para o meu plano geral de não me apaixonar por ela, mas suspeito que, de alguma forma, sejam as duas coisas ao mesmo tempo.

— Eu não tenho nada de especial — digo, tímido. — Sou muito estranho.

— Você não acha isso, acha? — Vita examina meu rosto. — Quando olho para você, penso num dançarino: você se move e fala de um jeito tão eloquente, expressivo e cheio de sentimento. Você... — Ela desvia o olhar por um instante, me oferecendo uma visão de seus ombros e pescoço. — Você é... — Ela pigarreia, sem jeito. — ...fisicamente atraente.

— Obrigado. — Eu enrubesço, percebendo como a conversa aproximou a minha cabeça da dela. — Você também não é de se jogar fora.

— Obrigada. — Ela sorri.

— Quando digo que você "não é de se jogar fora", quero dizer que te acho linda, por dentro e por fora — acrescento.

Vita ergue o olhar para mim, e eu pego sua mão, trazendo-a lentamente para onde meu coração bate rápido e desenfreado. Ela entreabre os lábios, e sei com uma certeza súbita e emocionante que estamos prestes a nos beijar.

Isso até minha irmã decidir que é hora de intervir.

— Anda, gente. — Kitty se aproxima. — Vem dançar!

O instante se esvai, e Vita estende a mão para mim.

— Vamos ser corajosos? — pergunta ela.

— Como eu sempre digo, é agora ou nunca. — Pego a mão dela e a deixo me levar para a pista de dança.

Mais alguns martínis e parece que eu realmente não me importo com a forma como sacudo os braços feito um moinho de vento descontrolado. Tudo o que vejo é a risada no rosto da minha irmã e o prazer no de Vita enquanto ela tenta ensinar os passos do charleston para mim e Dev. Ambos somos péssimos, mas rimos, girando e chutando assim mesmo, e, de alguma forma, encontramos um ritmo que funciona. Os olhos de Vita brilham, e sua pele rosada e quente reluz, o corpo em perfeita sintonia com a música sincopada. Pela primeira vez, me sinto parte de tudo: desta multidão, desta festa, deste mundo. Pela primeira vez, estou exatamente onde deveria estar.

Então a música fica mais lenta, as luzes diminuem. Corpos se aproximam, encontrando seus pares. Kitty abraça Dev, e eles se perdem para as amígdalas um do outro antes que eu consiga desviar o olhar. Encontro os olhos de Vita e dou de ombros de leve, como quem faz uma pergunta. Ela assente e se aproxima de mim. Pegando uma das minhas mãos, ela a apoia na curva de sua cintura, passa o braço ao redor do meu pescoço e segura a minha outra mão. Antes que eu me dê conta, estamos dançando à moda antiga.

— O que é isso? Uma valsa? — pergunto, tentando ignorar a sensação do corpo dela tão perto do meu.

— Está mais para bolero — responde ela com a voz baixa, os olhos voltados para o chão. — Você é muito bom nisso.

— Bolero é a minha especialidade — digo.

A música se intensifica, e o corpo dela se ajusta ao meu. Aperto sua cintura, e ela acomoda a cabeça sob meu queixo. Fechando os olhos, me apego a este momento lindo, a noite em que eu, Ben Church, segurei Vita Ambrose nos braços e dancei com ela. Mais que isso, dancei bolero.

A música termina e o ritmo acelera — não que Kitty e Dev tenham notado.

— Ben — diz Vita com a expressão de repente muito séria —, acho que bebi um pouco além da conta. Mas não é por isso que eu estou...

— Quer tomar um pouco de ar? — indago antes que ela diga qualquer coisa.

— Quero. — Ela assente.

Sinto como se estivesse sendo atravessado por um raio. De braços dados, vamos para a rua, onde Piccadilly nos envolve com o seu xale de seda e lantejoulas em uma cortina de brilho e glamour.

— Eu quero que você saiba — diz Vita, depois de um tempo —, que achei você maravilhoso desde o primeiro instante em que nos conhecemos, e muito atraente.

— Obrigado — digo. A realidade me esmaga com o ar frio, e eu lembro.

— Depois do Dominic, não estive com ninguém, nem cheguei perto de ninguém — continua ela. — E... é muito difícil. Me sinto uma idiota. Você provavelmente não está sentindo nada disso.

— Eu estou sentindo muitas coisas — revelo. — Cerca de oito milhões por segundo, para arredondar. Mas é complicado. Não quero de jeito nenhum te fazer sofrer.

Achei que optar pelo gesto nobre ia fazer eu me sentir melhor. Acabei de olhar a última e mais bela chance na cara e disse não. E dói tanto quanto arrancar lentamente uma camada de pele.

Vita fala antes que eu possa dizer qualquer coisa.

— Acho que não ia ser sensato — concorda ela, respirando fundo. — Não ia ser sensato você e eu nos envolvermos em algo que não seja puramente platônico. Nem para mim nem para você.

— Certo — digo, tomando fôlego e dando um passo para longe dela. — Então nós concordamos. Existe um sentimento entre nós. Mas não vai ser nada além disso.

Vita diminui o espaço que estabeleci entre nós e pega a minha mão, levando-a aos lábios.

— Isso. — Ela assente, me perscrutando com o olhar. A cidade parece arder em luz. Seus olhos brilham como se galáxias girassem neles e, em um único golpe, ela derruba todas as nossas resoluções. — Ou você poderia me levar para casa.

32

— Ou você poderia me levar para casa — digo.
Até o segundo em que pego a mão dele, trata-se de uma simples sugestão, um pedido para ser acompanhada por um amigo de confiança tarde da noite. Mas, no exato instante em que tomo essa decisão, abandono-a novamente e me apoio nele para tirar o salto alto e caminhar pela rua só de meia-calça.

— E se você pisar num caco de vidro? — questiona Ben, preocupado. — Ou numa agulha?

— Vou ficar bem — respondo.

Subimos a Golden Square e percebo que quero convidar Ben para a minha casa. Nunca convido as pessoas a entrarem, mas quero que Ben a veja, que ele conheça mais uns pedacinhos de mim até poder finalmente entender o quadro completo.

De braço dado com ele, deito a cabeça em seu ombro enquanto caminhamos lado a lado, em um passo deliciosamente lento. O ar está agradável, as ruas movimentadas e animadas. Eu me sinto *feliz*.

Preciso de um segundo para realmente entender isso, para acreditar.

Já faz muito tempo que não sinto como se cada inspiração minha estivesse carregada de uma melancolia pesada como chumbo. Esta sensação leve de alegria é inebriante. Neste momento, é *verdade*, é *real*.

— Estou feliz — digo a Ben, olhando para ele. — Estou muito feliz agora, com você, voltando para casa pelas ruas de Londres. Conhecer você melhor nesses últimos dias me fez feliz, Ben.

— Eu também estou feliz — diz ele. — Você me faz sentir a mesma coisa.

Parece que a cidade está contente por nós. Todas as pessoas que passam estão sorrindo. O rádio dos carros nos oferece uma serenata pelas janelas abertas, as bandeiras tremulam ao vento e a brisa quente faz as folhas das árvores girarem como confetes.

Quando finalmente entramos nas ruas abarrotadas do Soho, as pessoas de short, camisa de malha e óculos escuros no meio da noite, sinto uma onda de prazer diante da perspectiva de levar Ben para o meu oásis privado em toda essa intimidade pulsante. Bares lotados com as janelas abertas ressoam intensamente com o som de risos. O cheiro de cerveja e perfume invade o ar, misturando-se com o de suor e sexo. A noite vai esquentando à medida que o dia esfria, e hoje as ruas de Londres parecem pavimentadas de paixão.

Vemos um casal se beijando enlouquecidamente, pressionados contra uma parede, os corpos se fundindo. Outro par de amantes jaz enroscado na grama da Soho Square, tão perdidos um no outro que é como se as pessoas ao redor tivessem desaparecido. Eles criaram o próprio universo dentro de um abraço. Fazemos uma curva e depois outra, e encontramos dois amantes emaranhados na mesa externa de um café, mãos e dedos enfiados nos cabelos, pernas entrelaçadas, na necessidade urgente de se encaixarem um no outro.

Hoje é como se toda a cidade estivesse apaixonada, ou pelo menos lasciva. O desejo parece palpável no ar, e está aqui também nos espaços negativos entre os nossos corpos, aumentando entre nós como energia estática. A cada toque do meu quadril em sua coxa, a cada pincelada da sua mão nas minhas costas, a eletricidade aumenta.

Enfim, mergulhamos no beco estreito e escuro e emergimos no meu pátio sombrio, iluminado por um único poste de rua em estilo vitoriano.

— Chegamos. — Aponto para a minha casa estreita, que nos fita, gentil.

— Parece Nárnia — comenta Ben, olhando ao redor. O relógio de sol atrai a sua atenção. — Nossa. Sua casa é de 1770? E por que você tem um relógio de sol aqui?

— Acho que estava na moda quando as casas foram construídas — respondo.

— "Se quiseres, as sombras podes buscar. O tempo estanca neste lugar." — Ele lê a frase esculpida na base do mostrador, quase invisível à luz do lampião. — O que significa?

— Sei lá — respondo.

Ben arregala os olhos para mim, e o ar parece ficar rarefeito.

— Eu nunca ia imaginar que há duas casas escondidas aqui — diz ele, aparentemente determinado a jogar conversa fora. — Em que andar você mora?

— Na casa inteira — respondo. — A minha é a da esquerda, e a minha vizinha, Mariah, mora na da direita.

— Vita, você é uma milionária disfarçada? — Ben ri, meio surpreso.

— Acho que um pouco — admito, como um pedido de desculpas. — Mas é dinheiro antigo. A casa é da minha família desde que foi construída.

— Rica *e* linda — observa ele. — Eu deveria me casar com você agora mesmo.

Nós nos entreolhamos. Os olhos dele combinam com a cor do céu e estão cheios de estrelas. Sinto a pele formigando de vontade de ser tocada.

Eu me apaixonei, e não há nada que eu possa fazer em relação a isso agora.

— Quer entrar, Ben? — convido-o.

— Quero — aceita ele. — Mas tem um problema.

— O quê? — pergunto.

— O problema é o quanto eu quero te tocar. — Sua voz sai muito baixa, quase um sussurro. Ele se inclina levemente e encosta a testa na minha. — O quanto eu quero te abraçar e te beijar. E isso pode ser um pouco estranho, já que faz meia hora que decidimos não seguir por esse caminho.

— Só se eu não quisesse que você fizesse todas essas coisas comigo — digo de uma vez só.

— E qual é a sua opinião sobre o assunto? — devolve ele com a voz tensa.

Levo as mãos ao rosto dele. Sinto a barba por fazer sob a palma e o puxo para mim pressionando os lábios nos dele.

— Eu sou totalmente a favor — respondo, deslizando a bochecha na dele.

— O que está acontecendo aqui? — Mariah abre a porta da frente e olha para nós. — Quem é esse pedaço de mau caminho, Evie?

Ben se afasta de mim, ajeitando o cabelo para baixo, feito um garoto pego no flagra dando uns amassos atrás de um galpão.

— É o Ben, meu amigo — apresento-o, pegando a mão dele. — Ele vai passar a noite aqui hoje.

— Você é que está certa, menina — devolve Mariah. — Se o meu Len não fosse ciumento, o bonitão aí era meu!

— Venha, Mariah. — Marta aparece atrás dela. — Deixe os pombinhos em paz.

Mariah ri ao fechar a porta. Cubro meu sorriso com a palma da mão e olho para Ben.

— Aquela é a Mariah — explico. — Nunca sei em que década a cabeça dela está, mas acho que ela gostou de você.

— Ela obviamente tem muito bom gosto — diz Ben.

— Venha. Vou preparar uma bebida — chamo, conduzindo-o até os degraus.

Ben para de repente.

— Eu quero — aceita ele. — Mas, Vita, você sabe que isso não é um caso passageiro para mim. Faz poucos dias, mas... Acho que estou me apaixonando por você. E acho justo que você saiba.

Eu hesito por um instante. Agora é a hora de contar a ele quem eu realmente sou. Mas e se toda essa alegria for apagada pela verdade? E se nunca mais tivermos um momento como este?

— Então acho que estamos na mesma — digo, estendendo a mão para ele e puxando o seu corpo para junto do meu. Levo os dedos do peito dele ao meu, pousando os lábios de leve em seu rosto. — Meu corpo está louco por você.

Pegando a mão dele, eu o levo para dentro da minha casa.

IV

Logo é noite.

—Citação tradicional encontrada em relógios de sol

33

Assim que Vita fecha a porta, somos envolvidos por sombras frescas e balsâmicas que acalmam minhas bochechas quentes. Virando-se para mim, ela me empurra contra a porta fechada, os olhos fixos nos meus.

— Posso te beijar? Por favor — pede ela.

Eu faço que sim, atônito.

Apoiando as mãos na porta, de cada lado da minha cabeça, Vita fica na ponta dos pés para trazer a boca até a minha. Seus lábios são macios e quentes, e sinto o tremor de seus cílios na minha bochecha, seu peito macio junto ao meu. Meu coração bate acelerado quando envolvo sua cintura e a puxo com força para mim. Somos só nós dois, os membros entrelaçados, as bocas coladas, como se recebêssemos uma bênção.

Vita se afasta um pouco, uma mecha de cabelo caindo sobre a testa.

Seus dedos caminham pelo meu pescoço até o primeiro botão da camisa. Um após o outro, ela os desabotoa, correndo os dedos pelo meu peito até o umbigo. Dando um passo atrás, Vita abre o vestido e desliza as alças pelos ombros, deixando-o cair no chão, ao redor dos tornozelos. Estou diante de uma deusa: curvas generosas e suaves, dos ombros ao quadril arredondado e ao lindo branco leitoso das coxas. Minha vontade é me ajoelhar aos seus pés e adorá-la centímetro por centímetro, beijo a beijo.

— Vem.

Ela pega minhas mãos, e mal reparo na escada íngreme e estreita, nas paredes cheias de obras de arte e fotos antigas e no cheiro de poeira e livros antigos. As luzes elétricas piscam e se acendem quando passamos sob elas, e Vita me leva até um grande quarto. No meio dele há uma cama de dossel de mogno e aparência muito antiga, iluminada pelas luzes neon do Soho.

— Vita — sussurro —, você me deixa louco.

Ela para de costas para mim na beirada da cama, os cabelos escuros pairando como uma sombra em constante movimento, a mão procurando a minha.

Eu a abraço, e nós caímos no colchão, uma confusão de beijos e toques cuidadosos.

— Não acredito que te encontrei — murmuro em seus cabelos.

— Não acredito que você me encontrou. — Ela suspira.

Tudo que se segue é felicidade.

★★★

Vita está enrolada nos lençóis, com os cabelos caindo pelo rosto, dormindo profundamente. As luzes do Soho que iluminam o quarto pelas cortinas abertas o tornam dourado, branco e cor-de-rosa.

Queria poder dormir assim agora igual a ela, um sono tão profundo. Mas minha cabeça está totalmente acordada e alerta. Não quero que este dia acabe.

Levanto para buscar um copo de água.

A casa dela é pouco iluminada. Suspeito que a fiação não tenha sido trocada desde a invenção da eletricidade, mas os poucos pontos de luz que quebram a escuridão e dão rédea livre às sombras combinam com esta casa. Combinam com ela, acho. Vita também é como uma esfera de luz na escuridão milenar.

Um lustre de franjas grossas pisca, estoico, no topo da escada íngreme e estreita — a mesma escada que me lembro de ter subido no que agora parece um sonho impossível. Desço devagar, observando as várias obras de arte e fotos antigas que revestem a parede: um esboço de uma menina séria e de olhos escuros, desenhada ao estilo de Leonardo, em giz vermelho e branco; uma fotografia grande, da virada do século, de um grupo de cerca de vinte mulheres com enormes chapéus redondos e faixas, segurando um cartaz que pede pelo *Voto Feminino*. Estudo cada um dos rostos granulados, procurando vestígios de Vita, imaginando se uma delas poderia ser uma parente distante ou a sua tia-avó, mas o tempo desgastou muitos detalhes de seus rostos desafiadores.

Cada degrau que desço traz alguém novo para olhar. Quando estou no meio do caminho, percebo que cada imagem é algum tipo de retrato: alguns são pinturas a óleo antigas, craqueladas pela idade, de rostos pálidos com golas de renda; há um par de miniaturas de um casal com perucas brancas e trajes de seda; retratos de diversas épocas dos últimos quinhentos anos, incluindo fotografias do tempo do mais antigo daguerreótipo.

O rosto sério de uma jovem me faz parar de repente, sentada com uma postura perfeita, as mãos cruzadas no colo, e o mais impressionante par de olhos luminescentes que parecem me espiar no escuro. Fico olhando para ela por muito tempo. Tem que ser uma parente direta de Vita. Tem os cabelos divididos ao meio e puxados bem rentes para trás, em um coque severo, as sobrancelhas franzidas e a boca arqueada para baixo, mas, se abrisse um sorriso e soltasse o cabelo, seria a imagem da mulher dormindo lá em cima.

Eu me pergunto se existe uma fotografia antiga em algum lugar nas caixas da minha mãe de alguém que se pareça exatamente comigo. Espero que um dia, nos anos que virão, possa haver um rosto futuro que ecoe o meu, um sobrinho-neto ou um primo distante — uma evidência de que vivi, codificada em DNA.

Moças deslumbrantes com casacos de pele e chapéus cloche levantam os calcanhares para a câmera. Um cavalheiro extremamente elegante, de chapéu e terno risca de giz, posa diante de um pilar de pedra. Por fim, há uma polaroide de um homem negro usando óculos de armação grossa, rindo e erguendo uma taça de vinho para o fotógrafo. A imagem é difusa e está borrada, mas, a julgar pela gola da camisa, eu diria que é da década de 1970. Quem será *ele* então?

Ao pé da escada, demoro um instante para achar o caminho até a cozinha. De formato estranho, ela fica nos fundos da casa, é coberta de azulejos de um horrível tom de rosa, com armários modulados que devem ser dos anos 1930, acho, puramente baseado no fato de que a cozinha da minha bisavó era meio assim. Pelo menos a geladeira e o fogão parecem ter sido feitos neste século, embora a primeira esteja vazia. Abro uma porta de vidro corrugado de um dos armários e sorrio ao me deparar com fileiras ordenadas de copos coloridos e taças de champanhe em estilo antigo. Há uma fileira organizada de tacinhas de licor com aro dourado e algumas taças de vinho de cristal vermelho. Escolho um copo azul e o levo até a torneira, que, depois de engasgar por um instante, solta um filete vacilante de água.

Lá embaixo, o Soho está mais silencioso que nunca, as ruas quase vazias, exceto por algumas figuras voltando para casa lentamente.

A calma da noite na cidade parece se infiltrar em meus ossos. Sinto-a percorrer minhas veias exaustas e ainda efervescentes de sentimentos. Pela primeira vez, todas as partes do meu corpo e da minha mente parecem ser uma só. Todas as minhas terminações nervosas estão atentas a cada sensação, e me sinto vivo. Então isso é que é estar apaixonado.

Levando o copo de água comigo, sigo pelo corredor até a sala de estar, que dá para o pátio escuro. Vejo meu reflexo me olhando na janela. Nós podíamos muito bem ter sido arrancados da Terra. Esta casa poderia ser nossa nave flutuando no espaço, em meio às estrelas.

A sala de estar de Vita é exatamente o que eu esperaria desta cápsula do tempo. O toque de um interruptor dá vida a um lustre no teto, revelando um cômodo que já deve ter sido grandioso, mas que de alguma forma ficou mais bonito por ter sucumbido à deterioração. Um grande sofá vitoriano de veludo azul se acomoda, majestoso, na janela em alcova, o estofado outrora opulento desbotado pelo sol em manchas quadradas. De cada lado da lareira, que vai do chão ao teto, há dois grandes armários. Cada um retrata uma floresta intrincada feita de lâminas de madeira e madrepérola. Os dois têm uma chave na fechadura, da qual pende uma borla de seda azul. Há uma enorme pintura de um mar tempestuoso ocupando a maior parte da parede de frente para o sofá, acima de duas poltronas que parecem exaustas. No meio da sala há um enorme baú sobre o qual vejo a caixa que Vita levou para o Clube da Última Ceia. Estou prestes a pegá-la quando noto uma fotografia em preto e branco sobre a lareira, em um porta-retratos pesado de prata. É a foto de um casamento, uma noiva risonha, o véu varrido de lado por causa do vento, o noivo segurando a mão dela como se ambos estivessem prestes a sair correndo.

Embora seja de partir meu coração de cem maneiras diferentes, não consigo parar de olhar para a imagem. Vita, como uma noiva radiante, os cabelos presos para trás, revelando o pescoço comprido, seus olhos cintilando de alegria. Um vestido simples, logo abaixo do joelho. Dominic, com um terno comum e sem gravata, os cabelos escuros cacheados sobre a testa, sorrindo triunfante. Uma chuva de pontos brancos de confetes sobre eles. É um momento de felicidade perfeita. Pegando o porta-retratos, sinto uma pontada de arrependimento e ciúme, mas, acima de tudo, de tristeza por Vita ter perdido esse amor e, caso a gente se aproxime, pelo fato de que também me perderá em breve.

Eu me sento no grande sofá azul empoeirado e dou mais uma olhada no misterioso dispositivo de Vita.

E decido viver cada momento de agora até o fim como se fosse uma vida inteira.

34

Abro os olhos e me deparo com um quarto banhado em luz azul e sem Ben.

O pânico comprime as minhas entranhas. Sentando-me, afasto o cabelo dos olhos e procuro evidências dele. Sinto um alívio me inundar ao ver sua camisa no chão, no mesmo lugar onde estava ontem à noite. A porta do quarto está entreaberta, e tem luz lá embaixo. Os luminosos ponteiros verdes do antigo relógio de Evelyn me dizem que passa pouco das três da manhã.

Pego o roupão pendurado atrás da porta e desço a escada à procura dele. O que Ben deve estar achando deste meu estranho museu, todos esses rostos há muito perdidos e salas cheias de artefatos que não significam mais nada para ninguém vivo?

Não tenho um jeito original de dizer que meu coração se infla de felicidade ao vê-lo — simplesmente acontece. Ben está ajoelhado no chão da sala de estar, com aquela elegância angular muito específica que ele tem, o torso iluminado diante da lareira prestes a se apagar. Está sentado na frente do meu misterioso dispositivo óptico, olhando tão atentamente para ele que não me nota parada ali.

— Oi — digo depois de um instante. Ele olha para cima, meio assustado. Sorrimos um para o outro. — Por um segundo achei que você tivesse voltado para o hotel — confesso, sentando-me atrás dele no sofá. — Ainda bem que não.

— Achei melhor deixar você dormir um pouco — diz ele, virando-se para ficar de joelhos diante de mim.

— Obrigada — respondo.

Quero dizer muito mais. Quero agarrar o rosto dele e beijá-lo até derrubá-lo no chão e nos perdermos um no outro novamente, mas, de repente, me sinto tímida.

— Vita — diz ele —, a noite de ontem...

— Ainda está de noite — digo, olhando pela janela escura.

— De hoje, então, foi... você é... — Ele titubeia.

— Termine essa frase, por favor — peço. — Meu coração não aguenta tanto suspense.

— Estou muito apaixonado por você — diz Ben, pegando minhas mãos. — Cem por cento, na real, perdidamente apaixonado por você... Aquele projeto "Apenas Bons Amigos" foi por água abaixo. Sei que está muito cedo para dizer isso. Você não tem que fazer nada nem me dizer nada, mas eu preciso botar isso para fora. Sei que é complicado.

— Não tem nada de complicado — digo. — Muito pelo contrário. Também estou apaixonada por você.

— Jura? — pergunta ele, hesitante. — Mesmo sabendo que eu posso morrer a qualquer momento?

— A gente não precisa pensar nisso — respondo, empurrando essa escuridão para a noite lá fora. — O que quer que aconteça em seguida não importa. Este momento, agora, com você, é tudo o que eu quero.

— Meu Deus, Vita. — Sua voz falha enquanto ele me abraça, ajoelhado entre as minhas pernas. Aprofundamos o abraço na maior intensidade. Nossas almas se fundem.

Ao se afastar, Ben me beija brevemente antes de voltar a atenção para a máquina no baú. Deixo minhas mãos correrem sobre seus ombros, subindo pela nuca e passando pelos cabelos escuros.

— Melhor não me distrair — diz ele. — Acho que posso ter descoberto o que é isso enquanto você estava roncando.

— Em primeiro lugar, eu não ronco — digo. — Em segundo, é sério?

— É. Por acaso você tem alguma vela? — Ele me olha como se fosse uma pergunta idiota.

— Só umas mil. Já volto.

Corro até a cozinha e busco três ou quatro velas de tamanhos diferentes e uma caixa de fósforos que guardo ao lado do fogão. Em seguida, pego um velho castiçal de estanho que mantenho no parapeito da janela e volto com os braços carregados.

— Ótimo. — Ele ergue o olhar para a paisagem marítima pendurada na sala desde sempre. — Podemos tirar esse quadro da parede por um minuto?

— Não sei — respondo, mas me encaminho para remover a pintura. — Acho que isso nunca saiu daí em duzentos anos. Pode ser que esteja sustentando a casa.

Mesmo assim, tiro o quadro. Uma nuvem de poeira fina cai da moldura quando eu o inclino e apoio em um dos armários chineses.

— Certo. — Ben acende uma vela e a coloca no castiçal. — Aliás, isto aqui é muito vitoriano.

— É bom ter tecnologias antigas à mão nesta casa — digo. — A fiação funciona do além-túmulo, praticamente.

— Então — começa Ben —, enquanto você estava dormindo, peguei o meu prático kit de ferramentas de bolso. — Ele me mostra o que parece ser um grande canivete suíço, exibindo uma expressão de orgulho digna de um escoteiro. — E desmontei tudo.

— Você desmontou? Isso tem trezentos anos! — Sento-me ao lado dele. — E se você tiver quebrado tudo?

— Acho que não quebrei — diz ele. — Mas é que só ficar olhando para ele não estava me levando a lugar nenhum, então desmontei, e ainda bem que fiz isso, porque aí deu para ver qual era o problema.

— E qual era?

Eu me sento ao lado dele, observando a linha dos ombros, a inclinação da cabeça. Ben está com o rosto iluminado pela emoção da descoberta. Enrolo meus braços no dele enquanto trabalha, os músculos se movendo sob as minhas palmas, e apoio a cabeça em seu ombro. Faz tanto tempo que não consigo estar tão perto de alguém que quase dói encostar a minha pele na dele.

— Alguém, provavelmente há muito tempo, a julgar pela sujeira nos encaixes — explica ele —, já tinha desmontado e remontado o aparelho. — Ben me olha de soslaio. — Mas montou errado.

— Montou errado? — Solto o braço dele e me inclino para a frente a fim de encarar a coisa. — Errado como?

— Esta peça estava de cabeça para baixo. — Ele me mostra um pequeno componente que parece um bercinho de latão ou a base de um cavalo de balanço, e que sustenta um retângulo de metal do tamanho de um selo postal. — Puseram de cabeça para baixo. Quer saber como eu sei disso?

— Não vejo a hora — digo com sinceridade.

— Porque, quando você vira de cabeça para cima, isto aqui aparece. — Ele o transfere de uma das mãos para a outra, para revelar seu segredo.

— Um espelho minúsculo — constato, tirando o cabelo do rosto para ver melhor. — Então isso significa que essa coisa não é para ser um microscópio.

— Não, ele é parte telescópio — completa Ben, inserindo a peça de volta no dispositivo. — As lentes foram projetadas para capturar e magnificar a luz. O espelho a conduz através do prisma, que então a divide... em tese.

— Hum — murmuro. — Mas usar um prisma para dividir o espectro de luz era algo que já vinha sendo feito naquela época, ainda que não de forma tão elegante. Então para que serve isso?

— Não sou um nerd de história, então não sei se era algo raro — diz Ben —, mas isto aqui não é só um prisma... é um prisma duplo, e muito bem-feito. Está vendo? Dois pedaços de vidro foram unidos.

Ele segura o cristal com os dedos elegantes, virando-o lentamente para que eu possa ver.

Ben acende a vela e faz alguns ajustes no dispositivo. De repente, um arco-íris é projetado na parede nua.

— Funciona — diz ele, feliz. — Que coisa mais maravilhosa. Quem quer que tenha feito isto era muito inteligente e meticuloso. Gostei dessa pessoa. De qualquer forma, alguém estava tentando fazer uma análise de amplo espectro de *alguma coisa*... só não sabemos o que nem para quê. É lógico que, nos séculos seguintes, isso foi resolvido milhares de vezes com um poder de análise um milhão de vezes mais alto, então é meio obsoleto. Interessante, mas obsoleto.

— Então não guarda grandes segredos científicos — afirmo, olhando para ele.

— Depende — diz Ben, olhando para mim. — Se você o encontrou numa feira aleatória de antiguidades, como diz ter encontrado, então é uma curiosidade genial, mas é só isso. — Sei aonde ele quer chegar. — Mas digamos que você tivesse passado a vida inteira fascinada por uma pintura em especial e, durante a sua pesquisa aparentemente exaustiva sobre ela, tivesse de alguma forma sido levada a este estranho e pequeno objeto, *então* isso poderia nos dizer algo importante.

Eu me sento sobre os meus calcanhares.

— Vamos, Vita — pede ele. — Pode me contar tudo.

— Não sei se consigo — digo. — Ainda não.

— Teve algum roubo envolvido? — pergunta ele com um sorrisinho.

Hesito antes de me contentar com uma meia-verdade, não exatamente uma mentira.

— Isso pertencia a um homem genial que conheci em Cambridge — começo.

— Um namorado? — indaga ele.

— Não, só amigo. Mas ele era brilhante, talvez a pessoa mais inteligente que já conheci. Por um tempo, ele compartilhou comigo a minha obsessão por descobrir os segredos de *La Belle*. Isso estava no laboratório dele, e ele achava, como você falou no Clube da Última Ceia, que talvez servisse para tentar ver o que não está lá. Mais do que isso, havia uma possibilidade, uma possibilidade muito boa, de que tivesse pertencido a um alquimista que vinha investigando a lenda da pintura.

— Quem? — pergunta Ben. — Talvez eu tenha lido sobre ele.

Eu poderia dizer que o meu velho amigo em Cambridge era Isaac Newton, e que ele não só tinha fabricado o instrumento como também era o alquimista obcecado que eu persuadi a me ajudar. Mas estamos felizes, e este é um momento perfeito. Não quero acabar com tudo.

— Ah, não lembro agora. Isaac... o meu amigo... desencavou todo tipo de histórias obscuras. Vou ter que verificar as minhas anotações quando voltar ao escritório.

— Quer dizer que tem algo na história obscura de *La Belle* que você não sabe de cor?

— Deve ser você — digo, sorrindo. — Você me deixa toda agitada.

— Então sofremos do mesmo problema — devolve Ben.

Ele me beija, e, por um segundo, corremos o risco de perder o fio da meada. Mas, por fim, ele se recompõe.

— A questão é que descobrir isso nos leva à estaca zero.

— Ah — murmuro.

— O que é bom — continua ele. — Se tinha alguém no século dezessete tentando inventar um jeito de dividir a luz e ver o invisível em *La Belle*, então talvez estivesse seguindo alguma informação que se perdeu com o tempo. Não é uma grande pista, mas significa que podemos fazer o que o dispositivo não conseguiu.

— A sua lente — digo.

— É. A lente que descobriu a primeira versão da *Mona Lisa* sob a pintura atual era a lente de amplo espectro mais sofisticada que já existiu, e ela não encontrou nada de novo em *La Belle*, certo?

— Certo — confirmo.

— Só que ela *era* a lente de amplo espectro mais sofisticada que já existiu... até a minha — anuncia ele, recostando-se com um sorriso. — Minha lente consegue olhar para a escuridão e enxergar o que não está visível. Se tiver alguma coisa ali, *qualquer coisa*, ela vai ver.

— Lógico — digo, ponderando.

— Passei a maior parte da vida adulta trabalhando nisso. Sei que, quando for lançada, essa lente vai transformar a indústria. Do jeito que as coisas estão agora, tenho minhas dúvidas se isso seria positivo. — Ele franze a testa brevemente. — Mas, se pode ajudar você, e se, talvez, puder me ajudar a ficar vivo, então talvez tenha sido coisa do destino. Talvez eu não estivesse perdendo meu tempo, trabalhando tanto. Talvez estivesse salvando minha vida, só não sabia disso.

É tão tentador querer acreditar que tudo isso é o destino trabalhando no longo prazo, esperando exatamente a hora certa para revelar suas razões. Mas eu conheço o destino, e sei que ele mente.

— Se de alguma forma conseguirmos colocar a lente diante da pintura, talvez... pelo menos vamos saber se algum dia houve alguma coisa ali para ser encontrada. Só temos que ir buscar a lente em Yorkshire.

— Isso é fácil. Eu posso nos levar de carro até lá. — Afastando minhas dúvidas, passo os braços em volta do pescoço dele.

— Você sabe dirigir e tem carro? — pergunta Ben.

— Lógico. — Dou uma risada. — E andei pensando. Ainda que a diretoria e o Louvre nunca fossem concordar com isso, a pintura está comigo... de certa forma. Acho que posso dar um jeito de tirar o quadro da exposição por uma noite. Quem sabe. Só para você.

— Parece arriscado — murmura ele. — Não quero que você coloque seu emprego em risco por minha causa.

— Não seria responsabilidade sua, mas minha. — Sinto um arrepio, esta casa sempre fica muito fria logo antes do amanhecer. — Além do mais, por enquanto é só um meio plano. Vamos pegar a sua lente primeiro enquanto eu penso em como fazer isso.

Ben boceja, esfregando o rosto com as mãos.

— Você está exausto — digo, tocando a bochecha dele com o dorso da mão.

— Estou bem — responde ele, desviando o olhar.

— Vamos voltar para a cama, e a gente pode se abraçar e dormir até o alarme tocar.

— Eu... não gosto de dormir — confessa ele, meio sem jeito. — Desde que me disseram que tenho esta coisa na cabeça, fico com medo de que, se eu dormir de verdade... nunca vou acordar.

Ele me olha de novo, e eu pego sua mão.

— Vamos para a cama — repito. — Venha se deitar comigo. Pode dormir. Eu fico de guarda até você acordar. Eu te protejo.

— Eu me sinto seguro com você — diz ele, passando os braços ao meu redor enquanto o puxo para se levantar.

Um tempinho depois ele dorme, os braços jogados sobre a cabeça, o rosto levemente voltado para mim. Descanso a mão em seu peito para senti-lo subindo e descendo com a respiração. Se existe um jeito de manter Ben vivo, preciso encontrá-lo, para o bem dele e o meu.

V

Envelheça comigo!
O melhor ainda está por vir.

—Robert Browning

35

Vita está preparando ovos em uma panela antiga de ovo poché. Ela está diante do fogão, concentrada na água fervendo, duas fatias de torrada no grill. Descobri o motivo pelo qual a geladeira está vazia: ela guarda queijo e manteiga na despensa. E leite, segundo ela, é para os fracos.

Observá-la com o roupão de seda meio frouxo na cintura é como assistir a uma obra de arte em movimento. Eu nunca me cansaria de ficar aqui à mesa da cozinha admirando-a, mas quase posso sentir minha mãe me dando um tapa na nuca e me mandando fazer algo útil.

— Vou fazer um chá — digo, ficando de pé. — Cadê a sua chaleira elétrica?

— Ah, minha chaleira é daquelas velhas, que assobiam. — Ela aponta para uma coisa cinza, de metal opaco, abandonada a um canto. — Tem que colocar na boca do fogão para ferver. Leva uns cem anos.

— Você nunca teve vontade de modernizar sua casa? — indago, contornando-a para encher a chaleira.

Vita tira a torrada levemente tostada do grill.

— O Wi-Fi é muito bom — comenta ela, largando as torradas em dois pratos e assoprando os dedos. — Tirando isso? Não. Eu me sinto em casa aqui. É um lugar cheio de memórias.

— Mesmo que nem todas pertençam a você? — pergunto.

Ela dá de ombros.

— Não pude deixar de ver sua foto com Dominic, a do casamento.

Ela para no meio do movimento de tirar um dos ovos da panela, com a água leitosa escorrendo da colher, e reflete por um instante.

— Tem muito de mim nesta casa — diz ela por fim. — Eu achava que ia me sentir estranha em relação a isso, mas, sabe, ele teria gostado de você. Isso é esquisito?

— Um pouco. — Eu me ajeito na cadeira enquanto ela coloca dois ovos em cima da minha torrada.

— Não se acostuma não — avisa ela. — A Anna não se importa de eu tirar umas folgas agora, mas logo vou ter que voltar para o trabalho.

— Não é culpa sua você estar exausta — provoco enquanto ela se senta do outro lado da mesa, a frente do roupão abrindo um pouco. De repente, penso em um monte de coisas mais interessantes para fazer do que tomar café da manhã. — Nossa, você é incrível — admiro. — Nunca vi nada tão perfeito.

Vita congela, cabisbaixa. Então ajeita o roupão para se cobrir mais.

— Perdão — digo. — De verdade. Não quis te deixar constrangida.

— Você não me deixou constrangida — diz ela, franzindo a testa, os ombros erguidos como uma barreira entre nós. — Não, não é isso. A questão é que eu deixei você se envolver comigo quando você só me conhece pela metade. Eu devia ter contado tudo sobre mim antes de deixar a noite rolar. Estou preocupada de ter te vendido gato por lebre.

— Você é um ser humano, não uma casa à venda. Não preciso da sua biografia completa para saber que você é incrivelmente maravilhosa.

— Você sabe que eu fui casada.

— Sei e respeito isso — digo. — Na verdade, saber o quanto você amou o Dominic e como sente saudade dele torna o que a gente tem ainda mais precioso. Sei que você não escolheria outra pessoa assim, do nada.

Ela assente.

— Mas tem coisas que eu não te contei.

— Você não precisa me contar nada que não te deixe confortável — insisto. — Ou você pode me contar tudo. Não vai mudar o que eu sinto por você, Vita. Nada vai conseguir fazer isso.

Ela franze a testa mais uma vez.

— O que estou tentando dizer é que... há rachaduras em mim. E dá para ver essas rachaduras sem precisar chegar muito perto.

— Tudo o que eu vejo é uma mulher incrível — afirmo —, que me mostrou que sempre existirá algo pelo qual ser grato. Sou muito grato a você, Vita. Não vejo nenhuma rachadura em você. Vejo uma pessoa forte, perfeita.

Vita vira o rosto para a janela.

— Ben, eu não sou perfeita. Mas não quero mentir para você, então...

— Vita. — Pego a mão dela, saindo da cadeira para ficar de joelhos à sua frente. Eu não sou bobo. Sei que ela está escondendo alguma coisa de mim. Mas não quero saber o que é. Tudo o que quero é esta perfeição, pelo tempo que eu puder tê-la nas mãos. Nada mais me importa. — Não preciso da sua confissão. Não é por isso que estou aqui aos seus pés. Você passou por tudo do seu jeito. Se você não fosse exatamente quem é, nunca teria feito eu me sentir assim: como um homem que pode ser amado e desejado. Somos iguais nisso, você e eu.

Estico a mão, tiro o cabelo dela do rosto e, ao ver uma lágrima escorrendo por sua bochecha, enxugo-a com o polegar. Ela fecha os olhos enquanto meus dedos percorrem lentamente seu pescoço até o lugar onde o roupão se abre um pouco. Prendendo a respiração, puxo o nó na cintura. O roupão desliza silenciosamente dos ombros. Vita me puxa para ela, enfiando a mão sob a minha camisa, correndo-a pelas minhas costelas, enquanto suas pernas envolvem minha cintura.

Enroscados, caímos no piso de linóleo em uma massa de seda escorregadia e cabelos escuros e macios. Nossos olhares se encontram e tudo o mais desaparece, pois aqui, no chão da cozinha de Vita, reconstruímos o universo só para nós.

36

A cabeça de Ben repousa em meu peito, meus braços ao redor dele, segurando-o bem perto. Não parece importar o fato de o chão ser frio e duro quando ele é tão quente e cheio de vida. Nunca imaginei que o lugar onde me sentiria mais contente viria a ser o chão da minha cozinha. Ele diz que nada pode mudar o que sente por mim. Talvez esteja dizendo a verdade.

No mesmo instante em que o celular dele começa a vibrar na mesa, alguém bate à minha porta.

— Ninguém nunca bate à minha porta — digo, sem me mexer. — Até o carteiro entrega minha correspondência no restaurante italiano.

— Então não pode ser coisa boa — diz Ben, aconchegando-se mais em mim. — Podemos só esperar eles desistirem e irem embora?

— Não, perdão. — Eu o afasto com carinho, beijando sua testa. Então levanto e ajeito o roupão. — Pode ser a Mariah.

— Tomara que sim. Ela é o máximo — diz ele. Sorrio ao ver sua mão tateando a mesa em busca do celular. Ben também parece surpreendentemente confortável no chão da cozinha.

Quando abro a porta, Jack está à minha espera.

— Jack?! — exclamo, me sentindo uma adolescente pega no flagra pelo pai. — Você nunca vem aqui.

— Foi mal — diz ele, apontando para a minha quase nudez. Ele parece afobado, ofegante e hesitante. Nada como o Jack de sempre. — Mas você não atendeu o celular. Achei que estaria saindo para o trabalho e que eu poderia acompanhar você de novo. Não quis te assustar.

— Eu faltei ao trabalho hoje — digo, levando a mão aos cabelos emaranhados, ciente de que estou com o rosto corado e arranhado pela barba por fazer de Ben, me sentindo culpada por estar escondendo um homem em casa.

— Está tudo bem? — Jack franze a testa. — Você nunca falta.

— Só preciso de uma folga, depois de montar a exposição — desconverso, olhando para dentro de casa, onde Ben está conversando baixinho com a irmã pelo telefone.

Não sei por que não conto para Jack que Ben está aqui, afinal ele vai descobrir isso no próximo minuto de qualquer maneira, mas pelo menos tenho quarenta e cinco segundos preciosos em que nada disso é um problema.

— Olha, Vita, andei pensando na nossa última conversa. Eu compliquei as coisas entre nós. Você deve estar se perguntando por que eu estou tentando te dizer como viver a sua vida e com quem se envolver. — Ele para abruptamente, dá dois passos para longe de mim, passando as mãos pelos longos cachos, antes de dar meia-volta e me encarar. — A verdade é que... e eu não sei bem como dizer isso... deveria ser fácil, depois de tudo o que passamos juntos, mas...

— Oi. — Ben aparece atrás de mim na porta e pousa a mão no meu ombro. Ele ainda está com a camisa desabotoada. — Tudo bem? Meu nome é Ben.

Jack fica boquiaberto, olhando de Ben para mim e de volta para Ben.

— Oi — cumprimenta ele, por fim. — Perdão. Eu não achei... Quer dizer, não queria... Não percebi...

— Está tudo bem, Jack — digo, despreocupada. — Ben, este é o Jack, meu melhor amigo. Jack, este é o Ben. Já falei dele para você. Nós... estamos juntos agora.

Olho para Ben, e seu sorriso confirma minhas palavras. Fixo o olhar em Jack, transmitindo uma mensagem que espero que ele capte: *Por favor, não torne isso estranho agora. Ainda há tempo de colocar os pingos nos is com o Ben. Vou dar um jeito, juro.*

Ele me responde com um olhar que não consigo interpretar.

— Certo... o que eu ia falar pode esperar, lógico — diz Jack, voltando à sua persona diabólica num piscar de olhos. — Não era nada de mais.

— Finja que não estou aqui — pede Ben. — Sério, por favor.

Mas é lógico que Jack não consegue fingir que Ben não está ali. Ele não consegue parar de encará-lo, quase como se não conseguisse acreditar que ele é real. Jack sorri para Ben sem a menor simpatia.

— Certo, obrigado. Neste caso, Vita, podemos conversar rapidinho?

— Beleza — diz Ben e beija o topo da minha cabeça. — Vou passar mais um chá e ver qual é o caminho mais rápido para Hebden Bridge. Kits vai pegar uma carona com a gente. Espero que você não se importe.

— Lógico que não — respondo, saindo de casa e fechando a porta.

— Vai viajar? — questiona Jack, já sem o sorriso.

— Vou a Yorkshire. O Ben criou uma lente que acha que pode conseguir enxergar *La Belle* com mais detalhes que nunca. Parece coisa do destino, você não acha? Conhecer o Ben logo depois que ele descobriu que tem pouco tempo de vida. Ben, a única pessoa no mundo com a tecnologia que vai ser capaz de enxergar *La Belle* como nunca antes, e no exato momento em que tenho o quadro ao meu alcance? Tudo parece estar convergindo exatamente na hora certa. É mais do que coincidência. Tem que ser.

— Vita, o que você está fazendo?

— É meio tarde para um sermão — afirmo, irritada. — Olha, Jack, estou finalmente feliz e esperançosa. Tenho direito a isso, não tenho? Você quer isso para mim, não quer?

— Eu queria. Eu *quero* — responde Jack. — Mas só existe sofrimento para você nessa situação, Vita. Pelo jeito, você vai perdê-lo em breve. Você vai contar a verdade sobre nós para ele?

— Acho que vou. Não consigo parar de pensar nisso. Tenho que contar para ele, Jack — digo. — Preciso que ele me conheça de verdade. O Dominic acabou aceitando. O Ben também vai aceitar.

— Talvez — murmura Jack em um tom baixo e tenso. — Mas...

— Mas o quê, Jack? Não entendo. Outro dia, era você que estava me dizendo que eu precisava me lançar de novo nos prazeres da vida! Você sabe melhor que ninguém que amor não é uma coisa fácil para mim. Por que eu deveria me afastar agora, quando eu o encontrei?

— Você acha que pra mim é fácil? — diz ele, amargo. — Acha que não sei o que é amar alguém e saber que nunca poderei ter essa pessoa?

— Jack. — Pouso a mão em seu ombro. — Sinto muito. Eu não tenho apoiado você. Sei que tem sido difícil, ter a pintura aqui e toda essa conversa sobre o Leonardo.

— Não é isso — diz ele, balançando a cabeça.

— Então o que é? — pergunto, frustrada.

— Você não sabe mesmo? — devolve ele em tom desafiador.

— Não, não sei — respondo, tentando ler as entrelinhas. — Você não era assim com o Dominic.

— O Dominic era diferente — diz Jack com a voz embargada.

— Por quê? — questiono. — Por que o Dominic era diferente?

— Porque eu sabia que, mesmo que vocês passassem o resto da vida dele juntos, você ia acabar voltando pra mim. Que íamos ficar juntos de novo. Mas com o Ben? Se você conseguir o que quer, vai ser você e ele pra sempre.

— E você não quer isso — concluo, devagar. — Você quer que sejamos só você e eu.

— É tão errado assim? — rebate Jack. — Eu esperei enquanto você estava com o Dominic. Na noite em que te encontrei, nós fizemos uma promessa um para o outro: que sempre estaríamos presentes na vida do outro. Eu deixei você ir, para ficar com o Dominic.

— Me deixou ir?! — exclamo.

— Você nunca precisou esperar tanto tempo assim por mim — continua Jack. — Sempre que precisou de mim, eu estive ao seu lado. Nunca te deixei por sessenta anos para me dedicar a outra pessoa.

— Porque você dedica o seu tempo a *todo mundo*! — retruco. — Somos diferentes, Jack. A única coisa que temos em comum é o que o Leonardo fez com a gente. Se não fosse por isso, nossos caminhos jamais teriam se cruzado. Você sempre foi capaz de abraçar toda essa vida que flui pelos seus dedos feito água de maneiras que eu nunca consegui. Eu sempre quis algo a que pudesse me agarrar. Alguém.

Jack franze a testa enquanto olha para mim.

— Esse tempo todo e você realmente não me conhece nem um pouco — comenta ele, triste.

— Não é verdade. — Pego a sua mão. — Não quis dizer que você não liga, que você não ama, mas... — Ele dá uma risada amarga, puxando a mão da minha. — Você nunca quis nada duradouro.

— Porque nada dura mais do que nós — argumenta Jack. — A menos que você mude isso.

— Eu me apaixonei por ele, Jack. Eu não procurei por isso, não imaginei que fosse acontecer, mas aconteceu, e agora, graças ao Ben, estou mais perto do que nunca de desvendar a verdade sobre como nos tornamos o que somos. Se eu puder salvar a vida dele, vou fazer isso. E, mesmo que eu não consiga, não quero dar as costas para ele. — Hesito. — Nem mesmo por você.

— Então é melhor você ter certeza de que o Ben realmente sabe o custo de viver o tanto que vivemos, Vita, porque é uma sentença muito longa e sem volta.

Algo se partiu entre nós e, pela primeira vez, não sei se pode ser consertado.

— Tudo bem? — Ben abre a porta e vê Jack e a mim de frente um para o outro, as cabeças abaixadas se tocando, minha mão apertando o braço dele com força.

— Tudo ótimo — respondo, dando um passo atrás e sorrindo para Jack. — Velhos amigos brigando, só isso.

— Eu não te conheço, mas acho que, se você se importa com a Vita, então deve estar preocupado que ela esteja se aproximando de alguém com quem não vai poder ficar muito tempo — diz Ben, olhando para Jack. — É compreensível. Eu me sentiria da mesma forma se fosse amigo dela. Mas ela já pensou nisso. Ela está entrando nessa ciente do que vai acontecer, não está, Vita?

Confirmo, pegando a mão dele e lançando um olhar para Jack que lhe diz que está na hora de ir embora.

— Desde que todo mundo saiba exatamente quais são os riscos... — conclui Jack enfaticamente. Ele sorri para Ben, oferecendo-lhe a mão. — Você é um bom homem, Ben. Dá para ver por que a Vita gosta tanto de você. Estou aqui, se precisarem de mim.

Jack sai, mas fica uma estranha tensão flutuando entre mim e Ben.

— A Kitty vai chegar com as minhas coisas daqui a meia hora — anuncia ele.

— Este lugar está virando o Piccadilly Circus — brinco, sem graça.

— Qual é o problema dele? — pergunta Ben enquanto fecho a porta. — Ele gosta de você?

— Meu Deus, não — respondo. — O Jack gosta de *todo mundo*, *menos* de mim. Não, ele só está tentando me proteger. Mas não tem nada a ver com você. Não se preocupe com ele.

Ben assente e vai buscar as coisas dele no quarto, me deixando ao pé da escada, com a mão ainda na maçaneta. Jack disse que eu não o conhecia de verdade. O medo que não consigo afastar é que, se isso for verdade, eu realmente não conheço Jack; que, mesmo depois de viver todas essas vidas, não sei absolutamente nada.

37

— Uau, você descolou uma namorada rica, hein?! — exclama Kitty quando abro a porta. Ela está de óculos escuros e batom vermelho, e me entrega minha mochila. — Será que ela me adota?

— Ela tem uma casa — digo. — Que deve valer um bom dinheiro, acho. Mas, tirando isso, ela é basicamente como você e eu.

— Tirando a propriedade que ela tem no centro de Londres e todas essas antiguidades inestimáveis dentro dela — comenta Kitty, apontando para tudo à nossa volta.

— Eram coisas de uma parente. Ela só herdou.

— Que fardo. — Kitty entra na cozinha, dando um tapinha no meu peito. — Sua camisa está abotoada errado.

— Ah. — Olho para baixo e vejo que está faltando um botão. — Deve ter caído quando... — Decido não terminar a frase. — Enfim — continuo —, como está o Dev?

— Ele está bem. — Ela quase sorri. — Está ótimo, na verdade.

— Ai, meu Deus, você se apaixonou por ele — eu a provoco.

— Eu não! — devolve ela, rindo e balançando a cabeça. — Mas eu gosto dele. E acho que ele gosta de mim. E ele vai me visitar no fim de semana que vem, então...

— A Kitty está namorando — cantarolo.

— Vira esse olho-grande pra lá — pede ela. — Enfim, olha quem fala, dando um sumiço acompanhado de uma aristocrata. Ela deixa mesmo você transar com ela, é? Quem diria...

— Kits, não seja estranha com ela, tudo bem? — imploro. — Sei que não foi o melhor momento, mas ela é legal. E ela é... real.

— É *mesmo* uma novidade, para você, sair com uma pessoa de verdade — comenta Kitty, sorrindo. — Lógico que eu não vou ser estranha com ela, seu bobinho. Estou muito feliz que você tenha achado alguém que consegue te aguentar. Eu diria que está um pouco cedo para apresentar para a mamãe, mas acho que não tem outro jeito.

Ela abre os braços para mim e nos abraçamos, Kitty me apertando com tanta força que faz minhas costelas doerem.

— É sério. — Ela me dá um soco de leve no braço. — Você parece tão feliz. Mesmo que ela fosse uma filha da puta, eu ia fingir que gosto dela por você.

— Espero que não seja necessário — diz Vita, entrando na cozinha. — Oi, Kitty. Perdão, demorei um pouco para achar a chave do carro.

— Trouxe o seu vestido de volta — avisa Kitty. — Mandei lavar a seco.

— Pode ficar com ele — oferece Vita, sorrindo. — Caiu tão bem em você.

— É sério? — Kitty abre um sorriso imenso. — Obrigada. Vou deixar você me comprar com um vestido. — Ela o dobra e guarda na bolsa.

— Onde você deixa o seu carro? — pergunto. — Não tem onde estacionar aqui.

— Na garagem — responde Vita, apontando o pátio com a cabeça.

— Você tem um carro numa garagem só sua no centro de Londres? — indago, impressionado.

— Onde mais eu ia estacionar? — Vita olha de mim para Kitty, genuinamente perplexa.

— Sei lá... mas você no mínimo poderia vender a garagem para uma construtora por algumas centenas de milhares de libras — comento, sorrindo para Kitty.

— Mas aí onde é que eu ia estacionar meu carro? — pergunta Vita, e Kitty cai na risada.

— Eu te amo, Vita — diz Kitty. E isso valeu meu dia.

★★★

Vita enfiou algumas coisas na minha mochila, um ato que me deixa extremamente feliz. Somos um casal saindo para uma viagem de carro — uma daquelas bobeiras que achei que nunca mais faria, e agora aqui estou eu, fazendo isso. Mesmo sem querer, o fato de que esse desejo inalcançável pôde se tornar realidade me faz sentir como se talvez todas as outras esperanças e sonhos também pudessem se realizar. Estou me sentindo inclinado a acreditar em milagres agora.

Vita está com aquela calça laranja larga que parece uma saia, uma camisa de seda de um verde vivo e tênis amarelos, a coisa mais linda que eu já vi. Ela nos leva até as portas de madeira pintadas de preto da garagem, que presumi pertencer a uma das lojas da região, e começa a mexer no cadeado.

— O carro é meio temperamental — avisa ela, abrindo um cadeado pesado. — Mas eu rodo com ele a cada duas semanas, para garantir que ainda dá conta.

Ela abre uma das portas pesadas, e Kitty abre a outra e acende a luz.

— *Esse* é o seu carro? — pergunto, olhando para ele.

Vita parece um pouco preocupada.

— É, eu sei que é meio velho, mas ainda funciona... na maioria das vezes. — Vita dá um tapinha no capô. — Não é, meu amor?

— Isso é um Jaguar Mark 2 — digo —, fabricado entre 1959 e 1967, motor de 3,8 litros e velocidade máxima de 200 km por hora.

— O Ben é um poço de informação inútil — comenta Kitty para Vita, balançando a cabeça. — Para de querer saber mais que a dona, Ben. O carro é dela.

— É, ele é um ancião, mas eu amo esse carro — conclui Vita.

— *Eu* amo esse carro — digo, deslizando as mãos pela lataria. — Você sabia que, nos anos 1960, era o carro preferido dos bandidos para fugir da polícia, porque dava para dirigir a toda com cinco homens no banco traseiro? Ai, meu Deus, Vita, você também tem um Aston Martin escondido aqui em algum lugar?

— Infelizmente, não — responde Vita, me oferecendo a chave. — Quer dirigir?

— Se eu já não te amasse, me apaixonaria agora mesmo — digo, pegando a chave e beijando-a tão intensamente que Kitty faz barulho de vômito até a gente parar.

— Você tem noção de que agora nós vamos ser bombardeadas com horas de nerdice a viagem inteira, né? — pergunta Kitty a Vita ao colocar a mala no banco traseiro. — Mas acho que tudo bem. Ele ainda é uma novidade para você.

— Só de ver o sorriso no rosto dele já vale — responde Vita, e do nada Kitty a abraça.

Sento ao volante, com Vita ao meu lado. Viro a chave, e o motor faz um ronronar perfeito.

E então, algo que tenho evitado ressurge no pensamento, recusando-se a continuar sendo ignorado.

— Quando a gente chegar, vou precisar de um tempo a sós com a mamãe — digo a elas. — Não posso mais esconder isto dela.

Vita pega minha mão, e Kitty assente para mim pelo retrovisor.

— Certo. — Faço um gesto afirmativo com a cabeça. — Vamos ver se conseguimos uma multa por excesso de velocidade.

38

Em uma parada na estrada, Kitty se aproxima de mim.
— Espero que não esteja muito desconfortável para você no banco traseiro — digo a ela, assim que começa a andar ao meu lado.
— De jeito nenhum. A verdade é que estou meio com medo de voltar pra casa. Estou preocupada, pensando em como isso vai ser pra minha mãe. Nada do que aconteceu nos últimos dias parece verdade. É como se nada tivesse mudado.
— E nada mudou — digo. — Vocês continuam sendo as mesmas pessoas.

Ela reflete por um segundo e me segura pelo braço, olhando ao redor para se certificar de que Ben não está por perto.
— Vita, posso te perguntar uma coisa?
— Lógico — concordo.
— O Ben te ama, paixão à primeira vista. Se as coisas estivessem normais, eu diria a ele pra não se precipitar, mas estou feliz que vocês tenham se encontrado.
— Eu também — digo. — E ele está feliz que você esteja aceitando tudo tão bem.
— Você não tem medo de... de quando acontecer?
— Tenho verdadeiro pavor — respondo. — Mas não posso mudar as coisas. Escolhi o amor, só isso.
— Eu quero que ele seja extremamente feliz durante todos os segundos que tiver — diz Kitty, hesitante —, mas posso te pedir uma coisa? É bem egoísta, só que eu preciso falar, porque a minha mãe é uma pessoa boa demais pra pedir isso.
— Vá em frente — digo, já sabendo o que ela vai falar.
— É só... por favor, não fica com ele só pra você. — Kitty parece ao mesmo tempo sem jeito e muito triste. — Eu, minha mãe e meu filho, Elliot, também precisamos dele, sabe? Também precisamos ficar perto dele enquanto podemos. Porque depois... bem, vai ser tempo demais sem ele aqui.

O amor em suas palavras e o leve tremor em sua voz me pegam desprevenida. Eu a abraço brevemente, mas num abraço muito apertado.

— Eu sei, e não vou fazer isso — prometo. — Ele também precisa de vocês. Ele não pode ser feliz sem vocês.

Kitty assente, enxugando apressadamente as lágrimas com a manga da camisa.

— Lá vem ele. — Ela vê Ben e abre um sorriso determinado, acenando para o irmão. — Finge que a gente estava falando bobagem.

Dentro do carro, passamos a última hora da viagem em silêncio, embalados pelo barulho do motor — todos, imagino, pensando nas horas difíceis que temos pela frente. Aos poucos, as usinas siderúrgicas e os centros comerciais de Sheffield vão dando lugar às cidades e aos anéis rodoviários complicados de Leeds e Bradford, até que enfim estamos atravessando colinas e vales. Vamos subindo sem parar, até o topo dos montes. O suave sol da tarde doura as urzes roxas com bordas brilhantes. O céu azul se estende até as estrelas. O ar é limpo e fresco, a estrada, tranquila e vazia. As colinas se estendem ao infinito.

Nos aproximamos do nosso destino já no fim da tarde, e me pergunto por que demorei tanto tempo para voltar a Yorkshire. Londres é minha paixão e meu lar, mas esta paisagem é como poesia em comparação à prosa londrina.

Ben enfim desce por estradas escarpadas, sinuosas e arborizadas, e entra em Hebden Bridge, uma cidadezinha bonita e alegre, composta por fileiras de casas simples flanqueando ladeiras íngremes. Passamos por um centro movimentado, repleto de cafés e lojas, e saímos pelo outro lado até uma rua numa encosta alta, com cerca de oito casas geminadas com vista para a cidade e para a floresta mais adiante.

— Esta aqui é a minha casa — diz Ben, parando o carro diante de uma delas. Ele permanece com as mãos no volante, olhando para a casinha escura. — Muita coisa mudou desde a última vez que saí por aquela porta.

— E aquela é a da nossa mãe — informa Kitty, apontando outra casa, duas portas adiante, com as luzes acesas na janela e uma coroa de girassóis na porta. — Ela está esperando a gente lá dentro, com o Elliot e o cachorro do Ben, o Pablo. — Então, com a voz embargada, ela pergunta: — Será que é melhor eu buscar o Elliot e levar a Vita pra sua casa enquanto você conversa com a mamãe?

Ben reflete por um instante, sua expressão envolta em sombras.

— Não — responde ele. — Vocês são a minha família. Todos. Eu amo vocês. Se não se importarem, acho que temos que estar juntos.

— Claro — digo, pousando a mão na dele, no volante.

Ben se vira para mim, e eu vejo medo em seu olhar.

★★★

A porta com os girassóis se abre. Um cachorro, que parece um collie, sai correndo e pula direto nos braços abertos de Ben, o corpo inteiro se sacudindo de alegria ao lamber o rosto amassado do dono. Deve ser o Pablo.

O cachorro é seguido de perto por um garotinho de uns quatro anos que envolve Kitty pela cintura, enfiando o rosto na barriga dela. Rindo, ela o pega e gira no ar.

Na porta está a mãe de Ben, uma mulher bonita, alta e elegante como o filho. Ela tem o cabelo castanho-avermelhado e longo, com fios grisalhos. Está com um vestido azul e os pés descalços, e tem tinta nos dedos e na bainha do vestido.

— Ora, ora, quem é essa? — Ela sorri para mim, estendendo a mão como quem quer segurar a minha, em vez de apertá-la.

— Mãe, essa é a Vita. Nos conhecemos há alguns dias — conta Ben.

— Interessante — diz Sarah. — Ele não costuma trazer moças para casa. Deve gostar muito de você.

A porta da frente se fecha, e somos envolvidos pelo calor e pela luz da casa pequena e estreita.

— Mãe — anuncia Ben, pegando a mão dela. — Eu preciso te contar uma coisa.

★★★

As paredes estão cobertas com as pinturas de Sarah: obras de todos os tamanhos, sempre paisagens, feitas com pinceladas abstratas e líricas.

No piso, tapetes feitos por ela cobrem o chão de pedra, e Kitty me diz que a cozinha foi projetada especialmente para ela por um marceneiro conhecido, com madeira de demolição que ela pegou no lixo.

Sarah ouve enquanto Ben fala com o braço ao redor de Elliot, que está encostado nele. À medida que começa a entender, os músculos do rosto se tensionam. Em nenhum momento ela solta a mão do filho, sempre o observando. Lenta e repentinamente, a angústia se insinua em cada sombra e ângulo de seu corpo, mas, ainda assim, de alguma forma, ela a reprime com uma força contida.

— Meu filho — diz ela por fim.

— Sinto muito, mãe. — Ben deixa a cabeça pender. — Talvez eu devesse ter voltado direto.

Sarah olha para mim e balança a cabeça.

— Não — diz ela. — Você está aqui agora. Você fez o que era certo para você.

Ela se levanta da cadeira, se aproxima dele e o aperta junto ao peito em um abraço de mãe, daqueles com força. Elliot vai até Kitty, sobe em seu colo e enfia a cabeça na curva de seu pescoço. A mãe estica a mão para a da filha e a aperta com tanta força que seus dedos ficam esbranquiçados. Pablo se move aos meus pés, e eu pouso a palma da mão em sua cabeça.

— Acho que um chá vai cair bem — diz Sarah por fim, e Ben a segue até a cozinha.

Não faço ideia do que acontece entre eles lá, e nem preciso saber. Há alguns momentos entre mãe e filho que devem ser só deles — os momentos em que precisam se abraçar mais apertado, os momentos logo antes de precisarem se largar.

Espero com Kitty, e ela segura o filho em um abraço que ele instintivamente entende que é o que ambos querem.

— Vita, este é o Pablo — diz Ben, afagando as orelhas do cachorro, que me encara com os olhos arregalados enquanto morde de leve a ponta do meu tênis. Ainda é possível ver um vestígio de lágrimas no rosto de Ben, mas ele se recusa a dar bola para elas. Em vez disso, sorri, determinado, olhando para Pablo. — Kitty diz que ele é meu cachorro de apoio emocional.

— O Pablo *é* o seu cachorro de apoio emocional — retruca Kitty, fungando e seguindo o exemplo do irmão. — A quantidade de rock deprê anos 1990 que o coitadinho já teve que ouvir...

— E eu sou o Elliot — o menininho se apresenta, sentando no meu colo como se fôssemos parentes que não se veem há muito tempo. — Quer um abraço também?

— Quero — respondo, e ele passa os braços ao redor do meu pescoço, pressionando a bochecha macia na minha por um instante.

Kitty sorri com carinho para o menino e brinca com seu cabelo.

— Perdão, ele ainda não respeita muito os limites pessoais — comenta Kitty enquanto Sarah sai da cozinha e pousa um prato de biscoitos recém-saídos do forno no centro da mesa, e eu vejo que é assim que essa família lida com os problemas. Eles se mantêm unidos, em silêncio e sem estardalhaço, com canecas de chá e biscoitos, juntos e transbordando amor.

Elliot pega um biscoito em cada mão e dá uma mordida em cada um.

— Vem cá, garoto — chama Ben, dando uma palmadinha no próprio colo para tentar atrair Elliot. — Deixa eu ver se você está pesado.

— Não se atreva. — Sorrio para Ben, para deixar evidente que estou bem com ele no colo. — É muito bom isso. Quase nunca vejo crianças, nem uma família tão maravilhosa quanto esta.

— Você é da família agora — afirma Sarah, servindo mais chá. — Então é melhor ir se acostumando.

Depois de um segundo, ela acrescenta:

— Só queria que vocês não tivessem que ir embora amanhã. Poderiam ficar mais um pouquinho, deixar eu cuidar de vocês.

— Tem uma coisa de trabalho — digo, olhando para Ben. — Um jeito de testar a lente do Ben.

— Ah, é? Então tudo bem, mas voltem depois disso — diz Sarah. Penso no que Kitty pediu no posto, na estrada.

— Não vou ficar com o Ben só para mim — prometo.

— Olha o jeito como ele olha para você. — Sarah sorri, fazendo Ben corar. — Quando ele era criança...

— Ai, meu Deus! Não vamos começar com essa coisa de quando eu era criança — interrompe Ben, pegando um livro da estante. —

Olha, este é o livro que me levou até você, Vita. O livro da minha mãe sobre Da Vinci.

— Uau — digo, um tanto surpresa de ver meu rosto de novo, aqui nesta pequena casa.

— Você se parece com ela, sabia? — comenta a mãe de Ben. — É impressionante.

— É, a gente devia fazer um daqueles memes de museu com você — concorda Kitty.

— É verdade, né? — diz Ben, olhando da capa do livro para mim. — Eu não tinha percebido. Que estranho!

— Nunca pensei nisso — digo, sentindo o coração disparar com a mentira. — Deve ser porque nós duas temos cabelos castanhos.

— Alguém quer mais chá? — oferece Sarah, sorrindo.

★★★

Ben sai para comprar peixe frito com batata frita, que comemos vendo televisão, com o prato no colo. Sinto como se tivesse me deparado com uma vida inédita — a de uma família comum. Nem o tempo que passei com Dominic foi assim: líamos livros e comíamos à mesa de jantar. Nossa vida era cheia de amor, só nós dois, mas nunca houve esse ambiente relaxado e simples. De tempos em tempos, Ben joga uma batata para Pablo, que sempre a pega no ar. Quando terminamos, Ben recolhe as embalagens e leva para a cozinha, e eu pego canecas e copos e começo a lavar na pia.

— Não precisa disso — diz Sarah. — Eu tenho uma lava-louças.

— Ah, lógico. — Rio. — Eu devo ser a única pessoa na face da Terra que ainda não tem uma.

— Mas é muita gentileza sua — agradece Sarah, recostando-se na bancada para me avaliar enquanto lavo uma caneca mesmo assim. — Sua mãe deve ter te educado bem.

— Minha mãe me ensinou muito sobre como me comportar — digo, pensando naquela figura pequena e distante, envolta em infelicidade. Aos trinta, já estava velha e cansada. Seu principal objetivo era transformar as filhas em mercadorias obedientes. Eu não a culpo; era só o que sabia ou entendia. Ainda assim, gostaria de tê-la conhecido como

Ben e Kitty conhecem a mãe. Queria que tivesse havido carinho. — A ficar em silêncio, a sempre estar bem-arrumada e fazer o que me mandam; a me submeter ao meu pai, a obedecer a todos os homens. No fim, acabei fugindo, e minha disposição para lavar panelas me garantiu meu primeiro emprego.

Eu me interrompo, preparando-me para uma sequência de perguntas curiosas, mas tudo o que ela diz é:

— Meu Deus, coitadinha. — E me abraça. — Como deve ter sido difícil. Que coragem a sua de se libertar! Vocês ainda mantêm contato?

— Ela morreu — respondo, e Sarah me solta, mas continua segurando a minha mão.

— E o Ben disse que você é viúva...

Faço que sim com a cabeça.

Falando assim, parece que minha vida é só tragédia; e seria, se esses acontecimentos estivessem reunidos nas cerca de três décadas que as pessoas em geral me atribuem. Mas a verdade é que a tragédia e a perda se estendem por tantos anos que se tornam quase transparentes. Quase. É como se não tivesse passado praticamente tempo nenhum desde que Dominic morreu nos meus braços, embora isso tenha sido há mais de trinta anos.

— Coitada, tanta perda... — comenta ela com ternura. — E agora você se apaixonou pelo meu menino, e vai perdê-lo também. Tem certeza de que está preparada para isso?

Olhando por cima do ombro dela, vejo Ben sentado no tapete da sala com Elliot nos ombros, brincando com Pablo.

— Para ser sincera, não sei — respondo. — Mas não vou pensar nisso. Agora o que tenho que fazer é amá-lo, e isso é fácil.

— Ele é um bom menino — diz Sarah, desviando o olhar de repente.

Pouso a mão em seu ombro com delicadeza.

— Você é tão forte — digo baixinho. — Como ainda está de pé?

— É quase demais para suportar — admite ela. — Minha vontade é só abraçá-lo e mantê-lo junto a mim, mas não posso fazer isso. Por mais que o segure, não vou conseguir impedi-lo de escapar e isso é... é difícil.

— É difícil — repito. — Mas vou estar com vocês também, se me quiserem por perto.

— Você é uma dádiva divina — diz ela. — Eu não acredito em Deus, porque, se ele existe, é um cretino, mas vou te falar uma coisa, Vita: *você* é uma dádiva divina.

Ela me beija na bochecha e vai se juntar ao filho e ao neto no chão, fingindo gritar quando Pablo a lambe. É tudo tão precioso, essa vida familiar complicada, difícil e imperfeita. Mesmo que esta, ou alguma combinação dela, se repita em todas as outras casas da rua, da cidade ou do país e pelo mundo afora, cada uma delas é preciosa e importante. Cada uma delas é linda.

39

Já é quase meia-noite quando levo Vita até a porta da minha casa, que se abre direto para a sala de estar. Pablo corre em círculos, latindo para cumprimentar suas coisas favoritas, como o sofá e o peso de porta em formato de cobra. Vita caminha direto para a lareira, em cima da qual, pendurado na parede, fica um pôster emoldurado de *A noite estrelada*.

— Adoro esse quadro — comenta ela, olhando para mim.

— Ah, é? Sempre achei meio cafona ter um quadro tão popular em casa.

— De jeito nenhum! — Os olhos de Vita brilham brevemente com esse comentário. — Só porque muita gente gosta de uma obra de arte não significa que ela seja menos digna. — Ela me vê sorrindo. — Perdão, assunto delicado.

— Então, esta é a minha casa — digo, apontando para a sala à minha volta, que agora, pensando bem, tem uma cara meio de casa de homem solteiro. Um sofá de couro surrado que resgatei do lixo, quatro videogames, uma televisão grande, e é basicamente isso. — Ali é a cozinha. — Aponto o cômodo comprido anexo à sala de estar. — O banheiro é ali atrás. Lá em cima tem dois quartos: um deles é meu escritório. Essa é a extensão do meu portfólio de propriedades.

— Gostei — declara ela, andando lentamente enquanto absorve tudo. — É a sua cara.

— Está chamando minha casa de sem graça e meio acabada? — brinco. — Mas, olha, eu tenho uma coisa muito legal para mostrar.

Pego a mão dela e a levo pela cozinha, passando pela louça suja que não cheguei a lavar antes de ir para Londres, e seguindo até o quintal.

— Seu galpão! — exclama Vita, apontando para as laterais corrugadas levemente luminosas da minha sala limpa modular que fica nos fundos do quintal comprido, estreito e inclinado. — Isso é o máximo!

— Obrigado. — De pé atrás dela, eu a abraço. — Mas não estava falando disso, estava falando *daquilo*. — Indico o céu claro e estrelado com o queixo.

— Ah, sim — sussurra ela. — Faz séculos que não vejo estrelas tão brilhantes. As luzes de Londres sempre encobrem.

— Quando estou meio triste, gosto de vir aqui e olhar lá para cima — conto. — Gosto de pensar que é para onde eu vou quando chegar a hora. Não para o céu, mas lá para cima, serpenteando em poeira cósmica com as estrelas por aí. Acho que eu ia gostar disso.

— Somos todos feitos de poeira de estrela — murmura Vita.

— Você está cansada? — pergunto.

— Por quê? O que você tem em mente? — indaga ela, virando-se dentro dos meus braços.

— Eu sei que já está tarde, mas você topa um passeio, tipo uma peregrinação pela minha adolescência gótica?

— Vamos lá, Macduff — diz Vita.

Essa mulher não deixa de me encantar.

***

A Lua cheia nos acompanha enquanto nós três caminhamos pela cidade, subindo a estrada íngreme e em zigue-zague que leva a Heptonstall.

— Às vezes, quando estou dirigindo de manhã cedo, voltando de algum lugar, os vales ficam cobertos pela neblina — conto a ela enquanto nos esforçamos para subir a ladeira. — É como se eu estivesse dirigindo nas nuvens, sem nenhuma referência, exceto pela cidade de Heptonstall, que se ergue como se fosse uma Brigadoon... um lugar mágico e visível a cada cem anos apenas.

— Adoraria ver isso — diz Vita ao chegarmos à rua principal de paralelepípedos ladeada de casinhas adormecidas, as janelas ainda iluminadas com o brilho das brasas se apagando nas lareiras.

Vez ou outra, Pablo dispara em direção a um gato parado junto a uma parede ou deitado em um parapeito, e todos eles se limitam a observá-lo com desdém.

— Espero que você não seja do tipo que se assusta com qualquer coisa. Estou te levando a um cemitério — explico a Vita enquanto nos aproximamos da velha igreja, estendendo-se na escuridão como se estivesse tentando se libertar da terra.

— Por sorte, tenho nervos de aço — sussurra ela, pegando minha mão, enquanto a conduzo pelas ruínas. — Que lugar lindo — diz, olhando para o que resta da igreja contrastada com o céu estrelado. — Sinistro, é verdade, mas lindo. O que aconteceu com a igreja?

— Foi derrubada durante um vendaval, na década de 1840 — respondo. — Depois construíram uma nova, que foi atingida por um raio. Pessoalmente, acho que foi a maldição das Bruxas de Heptonstall, em vingança contra a paróquia por causa do julgamento de 1646.

— Ah, não. O que aconteceu com elas? — pergunta Vita com a mesma preocupação que poderia demonstrar caso o julgamento tivesse ocorrido na semana passada.

— Não foi tão ruim. Elas foram consideradas culpadas por uma doença, como muitas mulheres naquela época, e foram espancadas até quase a morte pelos aldeões. No fim, o juiz decidiu que já tinham sofrido o bastante e arquivou o caso, dizendo para nunca mais fazerem aquilo. O que, de uma forma geral, foi bastante notável para a época.

— Tanta gente sofrendo por causa de um medo tão ridículo... — murmura Vita, pousando as mãos em uma parede escurecida da velha igreja. — Tantos inocentes assassinados por serem inteligentes demais, bonitos demais, diferentes demais...

— É, não sei se teríamos nos safado naquele tempo — comento.

— Não mesmo — concorda ela. — Dá para ver por que a sua versão gótica adolescente gostava tanto daqui... parece cenário de filme de terror.

— Pensei muito sobre a morte aqui — digo. — De repente, tive que refletir sobre o que significava existir, para que eu servia. Se bem que, agora que estou perto do fim, queria ter passado menos tempo tentando adivinhar como ia ser e mais tempo só vivendo. Como agora.

Vita me abraça, e nos beijamos ao luar. É quase como se a poeira das estrelas estivesse caindo à nossa volta, cobrindo nossos corpos com os céus. O cheiro das árvores, o som dos animais noturnos, senti-la quente e viva sob a palma das minhas mãos... Isso é vida, isso é *aqua vitae*. Eu poderia beber um galão disso e continuar de pé.

— Ei — digo, recuando quando um pensamento me vem à cabeça. — Seu nome significa vida!

— Eu sei. — Ela sorri.

— Acho que você é o Santo Graal — continuo. — Você é a cura para todos os males. Pelo menos, por enquanto.

Vita afasta o corpo do meu, e uma onda de ar frio nos separa. Será que eu falei demais?

— Tem um outro lugar que eu queria te mostrar, tudo bem? — pergunto, e fico aliviado ao vê-la relaxar e assentir.

Ela estende a mão para mim.

— Sylvia Plath. — Vita se ajoelha na grama úmida diante da pequena sepultura. — Não é maravilhoso que uma vida tão curta como a dela possa ter sido tão significativa? — Assim que fala isso, ela se vira e pega a minha mão. — Perdão, eu não quis dizer...

— Não, tudo bem. Minha vida não foi tão brilhante... eu entendo.

— Não é verdade — afirma Vita, ficando de pé e me puxando para um abraço. — Todas as vidas são importantes. Algumas vão um pouco mais longe que outras, é verdade. Mas cada pessoa que já viveu foi amada por alguém, amou alguém. Elas se lembraram daqueles que perderam e foram lembradas quando chegou a sua vez. É isso que somos, nós, humanos. Somos uma grande tapeçaria de conexões finamente tecidas, cada uma entrelaçada e constante. Mesmo quando não há mais ninguém vivo para lembrar nosso nome, ainda permanecemos na história da humanidade de alguma forma.

— Você nunca esquece ninguém, né? — indago.

— Não — responde ela. — Não posso fazer muito com a minha vida, mas lembrar dos que passaram por ela parece valer a pena.

É bom saber que, mesmo quando eu partir, ela vai carregar os traços de quem eu fui em seu coração enquanto viver.

VI

O tempo, como um córrego sempre em movimento,
Leva todos os seus filhos embora.

—Isaac Watts

IV

40

— De volta ao lar — diz Vita com um suspiro contente quando passamos pela porta. Ela anda pela casa acendendo algumas luzes, que piscam de leve.

Pablo passa correndo por mim, entrando e saindo dos cômodos e subindo a escada, fazendo uma vistoria completa do perímetro na qualidade de chefe da segurança enquanto também procura comida. Ao voltar, ele dança ao redor das minhas pernas, com medo de que eu possa tentar sair sem ele. Eu me sento à mesa da cozinha e deixo Pablo subir no meu colo, mesmo ele sendo grande demais para isso.

— Se seus parceiros caninos pudessem te ver agora, meu amigo... — digo, esfregando suas orelhas, e ele encosta a cabeça no meu peito e suspira, feliz.

Eu não sabia que queria trazê-lo comigo para Londres até ele pular no banco do carona lá em Yorkshire e me olhar com cara de: "Aonde a gente vai, papai?"

— Nossa, eu sou um pai terrível — murmurei em voz alta quando isso aconteceu. — Desculpa, camarada. Você vai ter que dormir com a vovó de novo, tá? Ela vai te mimar muito.

— Ou a gente podia levar o Pablo — sugeriu Vita na mesma hora. — Olha essa carinha. E aposto que a Mariah também vai se apaixonar por ele. Vamos? Toda aventura que se preze precisa de um cachorro.

Naquele instante eu me apaixonei um pouco mais por Vita — se é que isso é possível.

— Será que eu entro no carro e tento a sorte também? — Minha mãe estava só meio que brincando, com a tristeza pela minha partida estampada no rosto.

— Por que não? — perguntou Vita sem titubear. — Vai ficar apertado, mas pode vir todo mundo, se vocês quiserem. Tenho quartos sobrando, e *acho* que tem camas debaixo daquele monte de coisas entulhadas.

Minha mãe trocou um olhar com Kitty, que estava com as mãos nos ombros de Elliot. As duas pensaram na possibilidade por um segundo, mas minha mãe balançou a cabeça

— Não, acho que não — respondeu ela. — Vão vocês. E, quando terminarem sei lá o que têm que fazer com essa lente, vocês voltam daqui a alguns dias. Os dois, ouviram?

Vita abraçou minha mãe com força e entrou no carro ao lado de Pablo para nos dar privacidade.

— Te vejo daqui a pouco, otário — disse Kitty.

— Não se eu te vir primeiro — respondi, e nos cumprimentamos batendo os punhos cerrados, como sempre.

— Mas, falando sério — murmurou ela enquanto Elliot corria para dentro de casa. — Eu te amo e essas merdas todas.

— Eu também te amo e essas merdas todas — falei. — E obrigado por ter ido me buscar.

— Sempre às ordens. — Ela me abraçou com força e foi atrás do filho, me dando uma olhadela, um último e discreto tchauzinho.

— Cuide dessa moça, hein? — disse minha mãe quando ficamos a sós, ela abotoando meu casaco como se fosse meu primeiro dia de aula. — Tem algo especial nela. E se cuide também, ouviu?

— Pode deixar, mãe. Prometo. Vou ficar uns poucos dias fora e depois volto.

Ela colocou as mãos nas minhas bochechas e examinou meu rosto como se o estivesse gravando na memória.

— Tenho tanto orgulho de você — disse ela.

— Eu literalmente não fiz nada — falei com um sorriso.

— Fez, sim — devolveu ela. — Mas, mesmo que não tivesse feito, você é o meu filho querido, e tenho orgulho de você, quer goste ou não. E eu te amo. Nunca se esqueça disso. Mesmo quando a gente não puder mais estar juntos neste mundo. Onde quer que você esteja no universo, eu vou estar lá.

— Você está fazendo isso parecer um último adeus — comentei, tentando desesperadamente manter o clima descontraído. — E não é, juro. Faz dias que não sinto nada. Estou me sentindo muito bem. Está tudo bem.

— Lógico que está tudo bem. Mas não precisa ser um último adeus para que eu te diga o quanto te amo, né? — devolveu ela com a voz mais animada.

— Não, mãe. E eu também te amo — falei.

Ela beijou minhas bochechas, minha testa e minhas pálpebras como costumava fazer quando me colocava para dormir.
— Vejo você em breve, filho — disse ela.
— Pode contar com isso — falei.

★★★

— Vocês precisam de privacidade? — pergunta Vita ao entrar na cozinha e encontrar Pablo em meus braços. — Querem que eu volte mais tarde?
— Ele só está com medo de ser deixado com uma mulher estranha que parece não ter em casa uma lata de biscoitos sequer — respondo.
— O que você tem contra guloseimas?
— Nada. É por isso que não tem mais nenhuma em casa. Nunca faço compras — explica Vita. — Perdão, Pablo. — Ela se aproxima e beija a cabeça dele. — Tenho uns bombons de licor em algum lugar.
— Melhor não — digo. — Cachorro e chocolate são duas coisas que não dão muito certo. Além do mais, acho que ele ia ser um daqueles bêbados deprimidos. Mas obrigado por me deixar trazer o Pablo.
— Sempre quis ter um cachorro — comenta ela, apoiando o queixo na mão enquanto nos observa com ternura.
— Por que você não tem um? — indago.
— Porque eles vivem pouco — responde ela. — Decidi não me apaixonar por ninguém que não fosse viver mais que eu. — Assim que a última palavra sai de sua boca, ela se dá conta do que falou. — Desculpa, eu não quis...
— Não, eu que peço desculpa — interrompo enquanto Pablo pula do meu colo. — Também me pegou de surpresa isso de a gente ter se apaixonado assim tão depressa. Não posso ficar triste por você me amar, mas fico muito triste com o preço que vai ter que pagar por isso. A última coisa que eu quero é te causar dor.
— Te conhecer foi exatamente o contrário disso. Você alivia a minha dor — diz ela, pegando a minha mão, com a expressão calma e séria. — É só a sua ausência que vai me causar dor, e eu suportaria cem anos disso, e mais outros cem de bom grado, para viver tudo isso aqui e agora.

Nós nos beijamos até que Pablo tenta participar e começa a lamber as orelhas de Vita.

— E, nunca se sabe... — continua ela cautelosamente, esfregando o peito de Pablo. — Talvez a gente encontre os segredos que as pessoas alegam que Leonardo ocultou no quadro. E, se conseguirmos... então talvez tenhamos todo o tempo de que precisamos. Você consegue imaginar como seria isso?

— Não — respondo. — Decidi pensar só no agora. Parece mais seguro. Eu te olho e meio que penso que já tive mais sorte na vida do que merecia.

— Não teve não — diz ela, como se tivesse certeza. — A resposta está na pintura, eu sei que está. Amanhã, vamos ter uma chance de descobrir. No mínimo, vai ser uma aventura. Mesmo que eu possa acabar na cadeia por causa disso. — Ela me fita, orgulhosa. — Arrumei um jeito de tirar *La Belle* da exposição por uma noite — sussurra ela, como se alguém pudesse nos ouvir.

— Estou com medo — confesso.

— Acho que sua mãe recomendaria tomar um chá — diz Vita. — Tudo o que posso oferecer é vinho e uma pizza do restaurante do outro lado da rua. Mas não precisa ter medo; *eu* sou a criminosa, você é só um cúmplice, quase nem chega a ser um comparsa.

Ela volta da adega alguns minutos depois e eu pego as taças, me deleitando em cada pequeno momento doméstico. A maneira como nos movemos um ao redor do outro com desenvoltura, meu cachorro deitado embaixo da mesa. Ah, queria tanto ter uma vida inteira desta familiaridade pela frente. Mas tudo pode acabar a qualquer momento.

Vita sente o meu temor.

— É empolgante, não assustador — diz ela, puxando a cadeira para junto da minha e encostando a cabeça em mim —, e eu acho que vai dar certo. Faz tempo que não faço nada tão ousado. Estou até ansiosa.

— Não consigo imaginar — digo. — Quer dizer, não você conseguindo roubar esse quadro... isso dá para imaginar facilmente. Eu falo da realidade que vamos ter que enfrentar de uma forma ou de outra, e cedo demais. Não consigo imaginar não existir, não estar neste corpo, não te ver nem nunca mais te segurar, e isso já é aterrorizante o suficiente. Mas aí não consigo me imaginar existindo para sempre.

Sei que quero isso agora. Mais do que tudo, quero mais tempo. Quero o tempo que é meu por direito. Mas aí não consigo me imaginar querendo viver sem a minha mãe e a Kitty, o Elliot e... sem você. Ou me sentir cada vez mais deslocado no tempo até não reconhecer mais nada. Acho que, se fosse o caso, eu poderia simplesmente pular de uma ponte ou algo assim.

Vita fica quieta por um tempo, seu rosto encoberto pelo cabelo.

— Primeiro vamos ver se conseguimos encontrar o segredo — diz ela por fim. — Não vamos nos preocupar com nada que ainda não seja real. Combinado?

— Combinado — concordo, feliz de poder afastar o medo por algumas horas preciosas. — Então, me conta, quando foi a última vez que você fez uma coisa arriscada? — pergunto, de alguma forma encorajado diante da perspectiva de ela ter feito coisas realmente estúpidas com grandes chances de dar errado.

— Ah, foi antes do Dominic — responde ela, balançando a cabeça.

— Você não fala muito do passado — comento. — Quer dizer, fala... você me contou coisas importantes e difíceis, mas... sei lá. E a sua época de faculdade? Me conta o que você aprontava.

— Ah, não muito — responde ela, sorrindo. — Nós, alunos mais velhos, somos muito sensatos, sabe?

— Antes da faculdade, então — continuo. — Antes do Dominic, como você era?

Ela pensa por um instante.

— Eu tinha medo de tudo, e tudo me empolgava. — Ela sorri. — Eu era um pouco louca e imprudente. Viajei um pouco, experimentei várias versões diferentes de mim mesma até encontrar uma que combinava comigo. Nada durava até eu conhecer o Dominic, e aí tudo o que eu queria era que nada nunca mais mudasse. Acho que eu queria sossego.

— Eu ia gostar disso — digo, refletindo. — E, se essa coisa funcionar, eu ia querer dar a volta ao mundo com você, vivendo aventuras.

— A gente vai fazer as duas coisas — afirma ela. — Posso te levar para ver a aurora boreal, no Ártico, ou o brilho rosado do pôr do sol no Taj Mahal. Ou talvez possamos ir a Florença e a Milão, revisitar as obras dos Velhos Mestres. Adoraria te mostrar todas as coisas que já vi.

— E você iria morar comigo em Yorkshire? — pergunto. — Não sei se Londres é pra mim.

— Londres é pra todo mundo — responde ela. — E é a minha companheira fiel. Mas talvez eu possa ir com você, ou quem sabe não podemos dividir nosso tempo entre uma série de casas grandiosas e excêntricas espalhadas pelo mundo?

— Enchendo todas elas de crianças — concordo, rindo, então mordo o lábio ao notar meu erro. — Perdão.

— Não tem problema — diz Vita. — Você seria um pai maravilhoso, Ben.

— Em vez disso, eu posso ser um tio maravilhoso — digo. — Queria ter feito todas as coisas que você fez antes dos trinta — comento, balançando a cabeça.

— Eu não te falei a minha idade — devolve Vita, rindo.

— Você não parece ter nem trinta anos — afirmo. — Não que eu me importe com quantos anos você tem.

— Sou mais velha que você — diz ela, franzindo um pouquinho as sobrancelhas.

— É só um número — argumento, beijando o espacinho entre as sobrancelhas dela. — E você já se apaixonou, antes do Dominic e antes de mim?

Ela inclina a cabeça, pensando.

— Hoje eu vejo que a resposta é não. Já pensei que estava apaixonada muitas vezes, mas o sentimento não era real. Eram ideias e sonhos... a maioria deles nem era minha. Pensando bem, só me apaixonei de verdade duas vezes — responde ela, sorrindo. — Já tive amantes, lógico. Tive alguns amantes realmente maravilhosos e alguns bem medianos. Alguns duraram muito tempo, alguns foram só por uma noite. Tinha um que queria me manter feito um passarinho numa gaiola, e outro que só me queria porque... porque me odiava. Um que teria me machucado. — Vita fica com uma expressão sombria ao terminar a frase. — E isso me tornou cautelosa.

— Você experimentou tudo o que a vida tem a oferecer — digo. — Enquanto eu estava sentado à minha mesa, trabalhando.

— Isso te incomoda? — pergunta ela.

— Não — respondo com sinceridade. — Não, você pertence apenas a si mesma. É uma das razões pelas quais eu te amo.

— Depois da minha infância, levei muito tempo para conseguir entender o que significa amar outra pessoa, para saber que eu abriria mão de tudo o que tinha por ela. — Vita faz uma pausa por um instante, dando um gole no vinho. — Fico muito feliz de ter conseguido, feliz de ter tido o Dominic e você, Ben. O amor de verdade é uma coisa rara, delicada. Ter isso uma vez na vida é uma bênção... duas é um milagre.

— Eu estava começando a achar que nunca ia acontecer comigo — digo com cuidado. — Eu vinha levando a minha vida como se o amor fosse algo que só acontecia com outras pessoas. Tentei me envolver algumas vezes, mas nunca deu certo. Eu não sabia o que estava perdendo até agora. Até você. E por isso é muito mais difícil saber que não vou ter mais tempo com você, a menos que alguma coisa fantástica aconteça, a menos que tenha algo lá para a minha lente ver. E é difícil ter essa esperança e esse medo ao mesmo tempo. Mas estou feliz por saber o que é amar você.

Nós entrelaçamos as mãos e aproximamos o rosto, e tudo o que vejo é o reflexo em seus olhos, e tudo o que sinto é a pele dela na minha.

— Eu estou com medo do amanhã — digo. — Como vai ser acordar de um sonho e descobrir que nada é real.

— Eu não tenho medo — diz ela pouco antes de me beijar. — As melhores aventuras começam com o desconhecido.

★★★

Mais tarde Vita adormece no meu peito, e Pablo fica enrolado ao pé da cama, em uma colcha velha que ela achou para ele. Tudo isso parece de alguma forma surreal, como um delírio, e o risco do fracasso é tão alto que eu não deveria ter esperanças. E se, de alguma forma, isso funcionar e eu me tornar imortal?

Eu me permito sonhar com esse futuro por um tempo. Como seria deixar para trás o medo que se entranhou em cada fibra minha, sempre presente mesmo nos momentos mais felizes? Como seria nunca mais conhecer a incerteza? E é correto reivindicar esse prêmio só para mim quando há tantas pessoas enfrentando tantas perdas? Talvez esse pudesse ser o começo, o alvorecer de uma nova era que possa ajudar toda a humanidade. Uma descoberta que poderia, de alguma forma, pôr fim às doenças, se não à morte. Nunca morrer, nunca ter um fim à vista é algo que me enche com uma espécie de pavor, mas não vou pensar nisso. Não quando o meu ponto final pode estar a apenas algumas frases de distância. Essa é a sombra que ameaça apagar tudo agora.

Isso tudo é loucura, eu sei. É tudo uma busca linda, louca, inconcebível e na qual estou fadado a fracassar, mas não importa. Não quando resta um pequeno germe de esperança de que o amanhã pode ser o dia em que a eternidade enfim vai começar.

VII

Que os outros narrem tempestades e trovoadas,
Eu só vou contar as horas ensolaradas.

—Citação tradicional encontrada em relógios de sol

41

Não existem muitas maneiras de tirar um quadro de uma exposição. Na verdade, a menos que o dono da pintura exija sua retirada, ou que haja alguma questão com a seguradora, há apenas um jeito. Só de pensar nisso, sinto um pavor enregelante, e tento lembrar quem eu era naqueles anos perigosos durante a guerra, quando me infiltrava na floresta à noite para explodir trens de suprimentos nazistas, com consequências muito mais sérias — e para muito mais pessoas — do que agora, quando só quem está correndo riscos sou eu, o meu emprego e talvez a iminente abertura de uma ficha criminal.

Vou ter que causar algum dano temporário a *La Belle*, de modo que ela tenha que ser removida para passar a noite no setor de restauração. Então, quando as salas estiverem vazias e todos tiverem ido embora, exceto pela equipe de segurança, vou liberar a entrada de Ben e do seu equipamento como um "perito da seguradora", e vamos ter até o raiar do dia para desvendar os segredos dela. Não tenho como fazer isso sem colocar a mim e ao meu emprego em risco, mas, de novo, ambas as coisas só existiram para chegarmos a esse momento, a essa esperança de descoberta. Ainda não consigo imaginar a vida depois disso.

Tive que esperar até o fim do dia.

Assim que apareci na minha mesa, pela manhã, Anna me cercou.

— Oi, e aí, está se sentindo revigorada? — perguntou ela.

— Bastante — respondi. — Aproveitei muito a folga.

Foi muito difícil não falar sobre Ben. Quando não estava com ele, eu queria dizer seu nome, pensar em seu rosto e em seu corpo, lembrar seus longos braços e pernas esticados na minha cama, seu corpo se arqueando sob minhas mãos. Em vez disso, assenti e tentei manter uma expressão neutra que não transmitisse toda a minha alegria.

— Estou sentindo cheiro de romance no ar — comentou ela com um sorriso. — Você parece diferente.

— Se eu falar que sim, você para de fazer perguntas? — indaguei.

— Está muito no começo, sabe...

— Ah, ser jovem e estar apaixonada de novo... — cantarolou ela.
— Não vou perguntar... pelo menos não hoje.

Vou sentir saudade da Anna quando tiver que deixar este lugar, o que tenho certeza que vou precisar fazer, pelo menos por algumas décadas, mas tenho estado nessa de ir e vir pela maior parte da minha vida. Desde o momento em que construí esta casa e me dei o nome de Madame Bianchi, até o dia depois de amanhã, quando alguém terá que perder o emprego e insistirei que seja eu. Mas, como eu diria quando era Madame Bianchi: "É só um *au revoir*, meu amor, não um adeus."

Muitas vezes me perguntei se alguém olharia para o retrato da minha outra encarnação pendurado no grande hall de entrada e diria: "Você se parece com ela." Mas, tirando aquele momento com a família de Ben, ninguém nunca fez isso. Nem quando estou do lado de *La Belle*, e Ben olha para ela e depois para mim, ele enxerga a verdade. Quando a verdade é tão difícil de acreditar, ela se torna invisível. É estranho como os seres humanos preferem uma mentira plausível.

Passei o restante do dia à minha mesa, finalizando relatórios e amarrando pontas soltas para a pessoa que vai herdar este emprego dos sonhos. Sempre achei que seria só uma questão de encontrar uma resposta, mas amei este trabalho. Adoro mergulhar em tanta beleza e conhecimento. Amo até meu cantinho comum na sala da curadoria; minha escrivaninha banal, diante de uma janela comprida e elegante em uma sala onde eu costumava entreter duques e príncipes, um pouco como uma camareira que se tornou rainha. Madame Bianchi foi ela mesma uma revolucionária, mas quanto orgulho e satisfação ela tem hoje por ter abandonado suas sedas e joias e traçado um caminho até poder se sentar nesta humilde cadeira giratória de escritório. A mulher que sou agora foi feita aqui, e este pequeno canto tem sido um lar para mim tanto quanto toda esta grande mansão. Agora está quase na hora de dizer adeus de novo.

Mais uma noite, e a galeria vai acabar para mim. Ela foi o meu refúgio e abrigo, um dos poucos lugares onde me senti em paz. Mas chegou a hora de seguir em frente, como sempre acontece.

★★★

Estou com uma latinha de tinta spray solúvel em água escondida no bolso. Cronometrei tudo com o máximo de cuidado possível, esperando o momento em que a exposição está mais cheia, logo depois de as pessoas saírem do trabalho. Caminho pela multidão, com as pessoas se espremendo para ver os quadros. Cumprimento o segurança de plantão ao passar e baixo a cabeça em meio à aglomeração, fazendo preces silenciosas pelo meu perdão a cada passo. Não é a primeira vez que uma pintura é atacada em uma galeria, digo a mim mesma. A sufragista Mary Richardson esfaqueou a *Vênus ao espelho* em um protesto contra o tratamento dispensado à Sra. Pankhurst. Ela nunca teve medo, nem se esquivou de violência ou controvérsias. Preciso invocar seu espírito. E depois vieram os ativistas das mudanças climáticas, jogando sopa em quadros do Van Gogh. Eu poderia pensar em alvos melhores para essa ira, mas eles sabiam desde o início que não iriam danificar uma obra-prima de forma permanente, assim como eu.

Porque o que estou planejando é muito menos destrutivo do que sopa e totalmente temporário. É uma sensação ruim — *terrível*, na verdade —, mas pode salvar uma vida.

No entanto, quando chega a hora, descubro que todos os meus argumentos desaparecem. Dou meia-volta e saio apressada da exposição, e então da galeria, mergulhando no ar quente, seco e com cheiro de fumaça de escapamento da Trafalgar Square, onde o engulo como se fosse néctar.

O que estou fazendo — arrastando Ben para dentro da minha obsessão, procurando respostas que nunca encontrei mesmo depois de tanto tempo? Se eu falhar, nada muda para mim, mas e para ele? A era em que a magia e a ciência se uniram por algumas breves décadas já passou faz tempo. A lenda já foi real, mas e se não for mais? Quando me despedi de Ben hoje de manhã, ele estava tão cheio da esperança que lhe infundi sem lhe dizer as razões. Se eu o decepcionar, não vou aguentar conviver com isso. E, no entanto, não terei escolha.

Antes de Ben aparecer na minha vida, eu não pensava no futuro, só no presente, atravessando os dias com vontade suficiente apenas para ver o dia seguinte. Se eu desistisse agora e voltasse para casa, se dissesse ao Ben que mudei de ideia e que não posso fazer isso, o que ele diria? Ele seria gentil, compreensivo. Iria se dedicar de corpo e alma ao tempo que nos resta juntos, fingindo não ouvir o tique-taque intermitente do relógio em contagem regressiva.

E, no entanto, já posso ouvir os ecos intermináveis de todo esse tempo sem ele.

De repente, percebo que não posso desistir. Eu faria qualquer coisa para tentar mantê-lo vivo, mesmo algo tão absurdo quanto danificar um quadro que significa tanto para mim. Respirando fundo, volto para as salas lotadas da exposição.

As pessoas se reúnem diante de cada retrato em pequenos grupos, determinadas a passar um tempo na frente de cada obra, a se demorar em cada uma. Esse tipo de exposição pode ser a única chance delas de ficar cara a cara com um Da Vinci. Mas também é disputada e claustrofóbica: não dá tempo de só ficar parado em pé, olhando. O movimento constante dificulta ainda mais as coisas, e, quando olho ao redor, vejo as várias câmeras do circuito interno de segurança cobrindo todos os ângulos.

Mantendo as mãos nos bolsos, deixo-me levar pelo fluxo lento da multidão, esperando o momento certo. Fico pairando atrás da aglomeração, ouvindo parcialmente a guia turística, Rita, explicar cada quadro para um grupo.

Quando as pessoas ao meu redor param na frente de *La Belle*, dou as costas para o quadro, como se estivesse observando a guia e, assim que sinto que as pessoas vão seguir adiante, dou um passo atrás e espirro um bom jato de tinta às minhas costas, depressa e com força, na altura do quadril.

Em seguida me afasto, esperando os gritos de horror, mas nada acontece. Rita segue em frente e a multidão a acompanha. Ninguém percebeu o que eu fiz. Com o coração acelerado, olho casualmente para *La Belle* e fico aliviada de ver que a tinta acertou principalmente o painel onde ela está montada e um pouco da moldura. Mas foi o suficiente — só o suficiente — para que ela seja removida da exposição por hoje.

Concluo o circuito da exposição em um ritmo muito lento e enfim chego à saída. Entro no banheiro para verificar se estou com tinta nas mãos e, depois de limpar a lata, eu a jogo no lixo. Lavo as mãos e, ao fitar meu reflexo no espelho, vejo o brilho da adrenalina em meus olhos.

— Estou fazendo isso por nós — digo à menina que se viu presa pelo tempo meio milênio atrás. — Por favor, me diga que vai funcionar!

Ela não responde.

Ainda não há nenhum alvoroço na sala de exposições, exceto pelo típico burburinho que paira sobre a multidão enquanto as pessoas caminham. Talvez tenha sido sutil demais para causar rebuliço. Afinal, a maioria dessas pessoas não notaria nada diferente. Parece que eu mesma terei que fazer isso. Mas como, sem parecer suspeita? Todo mundo me viu fazer a minha ronda diária habitual. Se eu for ao banheiro, voltar e descobrir a mancha, estarei basicamente me entregando.

Quando chego junto à entrada, ainda indecisa, Rita se aproxima, apressada.

— Vita, aconteceu uma coisa — diz ela, numa voz baixa e urgente, os olhos arregalados de preocupação.

— O que foi? — pergunto.

— Alguém borrifou tinta vermelha em *La Belle Ferronnière* — sussurra ela. — O que a gente faz? Chama a polícia?

— Ai, meu Deus. — Odeio minha facilidade em mentir. — Não, ainda não. Precisamos segurar a próxima leva de gente. Fala pro Mo barrar as pessoas na porta, que eu vou ligar para a Anna. E será que você consegue tirar todo mundo um pouco mais rápido sem fazer alarde? Preciso da sala vazia em dez minutos, e isso não pode vazar. Se o Louvre ficar sabendo antes de avaliarmos a situação, estamos fodidos.

— Pode deixar — diz Rita com os olhos arregalados pela agitação e pelo desenrolar das coisas.

Anna chega à pintura em poucos minutos, praticamente correndo, abrindo a boca e arquejando, perplexa.

— Quem faria uma coisa dessas? — Ela olha para Mo. — Como isso foi acontecer?

— Sinto muito, Anna. — Mo parece arrasado. Percebo de repente que ele deve estar preocupado com o próprio emprego. Me sinto péssima. — A segurança tem câmeras em todas as pinturas.

— Certo. Respira fundo. Vamos pensar. — Anna olha para os pés por um instante, tentando se concentrar. Sinto como se eu estivesse presa ao chão, incapaz de falar. — Certo. — Anna respira fundo. — Mo, chama alguém da equipe de restauração aqui agora, e junta todos os vídeos das câmeras de segurança de hoje. — Ela pousa as mãos no braço dele. — Não se preocupa, vamos descobrir o que aconteceu. Se tem alguém sob suspeita aqui, sou eu. Fui eu que assinei os protocolos de segurança.

— Mas fui eu que projetei os protocolos — argumento. — Se alguém tiver que se responsabilizar por isso, Anna, serei eu.

Anna fica com os olhos marejados de lágrimas de gratidão e me abraça. Nunca me odiei tanto.

— Você não vai a lugar nenhum — afirma ela, se recompondo.

— Só um segundo — digo, pegando uma garrafa de água da mão de Rita. — Tem uma coisa simples que a gente pode fazer para saber com o que estamos lidando aqui. — Viro a garrafa na bainha da minha saia e limpo um ponto de tinta do painel da exposição. Sorrindo, mostro a Anna a mancha na minha saia. — Parece que é solúvel em água — digo. — Quem fez isso não devia saber o que estava fazendo.

— Ótimo — diz Anna. — Excelente notícia — continua ela quando Fabrizio chega, cofiando a barba e olhando para a mancha por cima dos óculos. — Vita acha que é solúvel em água. Qual é o melhor cenário?

— Hum. — Fabrizio pondera a questão por vários segundos, durante os quais Anna quase entra em combustão. — Eu diria que a Vita está certa. Podemos limpar hoje à noite e voltar a exibir amanhã. Eu vou ter que fazer um relatório para o Louvre.

— Ai, meu Deus. — Anna suspira. — Acho que não temos como escapar disso, temos?

— Temos que fazer um relatório. — Fabrizio se endireita. — É uma questão de boas práticas, sabe como é. Temos o dever de garantir que todas as restaurações feitas numa pintura sejam catalogadas.

— Lógico — concorda Anna.

— Eu cuido da papelada — digo a ela. — A exposição é minha, e você me deixou receber toda a glória por ela. Então, quando as coisas dão errado, a culpa também deve ser minha.

— Podemos pelo menos manter a imprensa fora disso. Certo? — indaga Anna.

Fabrizio assente.

— Vai ficar tudo bem — digo. — A gente tira o quadro na hora de fechar, e coloca de volta até amanhã. Não me importo de ficar e esperar o trabalho terminar. Posso ficar até ele voltar para o lugar. Vou supervisionar tudo.

— Vita, você é demais — diz Anna. — Certo, vamos tirar o quadro agora. A gente muda umas coisas de lugar e diz que ele volta amanhã. Todo mundo que notar ganha uma entrada grátis para outro dia. E, Vita, você fica aqui embaixo até a última pessoa ir embora. Não sai de perto do quadro até o pobrezinho estar na restauração.

— Pode deixar — prometo.

Assinto e, diante da tensão em seu rosto, meu estômago se revira com a culpa.

— É melhor eu ir falar com o diretor.

— Vita. — Com uma olhadela para Anna, que está saindo, Mo se aproxima de mim e continua em voz baixa, os olhos fixos nos meus: — Analisamos as imagens das câmeras de segurança.

— E aí? — pergunto, prendendo a respiração.

— Não vimos nada. Tem tanta gente... Tem câmera em tudo quanto é canto, mas de alguma forma essa pessoa sabia o que estava fazendo. Sinto muito.

— Tudo bem. Vamos precisar rever a segurança — digo. — Fazer um plano novo e colocar mais câmeras antes de reabrir amanhã... o que for preciso.

— Sinto muito — lamenta Mo. — Estou me sentindo tão culpado.

— Não — eu o tranquilizo. — A culpa não é sua, Mo. Você não vai ser responsabilizado por isso, certo? Não vou deixar isso acontecer.

— Obrigado, Vita. — Ele parece tão grato.

De pé do lado de *La Belle*, esperando a equipe de restauração chegar com o necessário para movê-la, a náusea toma conta de mim diversas vezes. Sinto os olhos dela nas minhas costas, implacáveis, serenos.

Sinto o pânico crescendo em meu peito só de pensar no que comecei aqui e no medo terrível de não saber como vai terminar.

42

Desde que Vita saiu, eu vinha andando de um lado para o outro ao redor da mesa da cozinha enquanto Pablo me observava debaixo dela, abanando o rabo, hesitante. Sentindo a necessidade de fazer alguma coisa, pego a coleira de Pablo, o que garante um grande ganido de alegria da parte dele, e saímos para passear pelas ruas estreitas do Soho. Sei que, se Vita conseguir tirar a pintura da exposição, minha lente poderá analisá-la com muito mais detalhes e nuances do que nunca. Mas o que estou esperando encontrar? Um feitiço? Uma equação matemática? Vita acredita na magia da pintura, e eu acredito em Vita. Mas, de repente, a ideia de que o quadro contenha alguma informação tangível que possa, de alguma forma, não apenas salvar a minha vida, mas também me tornar imortal me parece loucura. Eu *sei* que é loucura. E, mesmo que não seja, o que irá acontecer comigo depois que todos que eu amo se forem — minha mãe, Kitty, Vita? É um futuro interminável e sombrio que mal consigo imaginar, nem estando sob a sombra da morte.

Tudo tem que acabar. Tudo *precisa* acabar... inclusive eu.

Mas não agora.

Lá no fundo, sei que não haverá nada na pintura. Estou preparado para que não haja nada. Nem sei o que aconteceria comigo se eu realmente vivesse para sempre, mas *sei* que não quero morrer. Quero me apegar a cada respiração e a cada batida do meu coração, caso seja a última.

— Eu sei que Vita ama Londres — digo a Pablo, determinado a afastar esses pensamentos da minha mente —, mas por que alguém iria querer morar nesta cidade, sem paisagens montanhosas nem florestas, só com umas pracinhas cheias de cães de casaquinho e gravata-borboleta?

Minha ideia é voltar direto para casa e ficar andando de um lado para o outro de novo, contando as horas, mas, de alguma forma, nos perdemos em menos de mil metros quadrados. É quase como se a entrada do pátio secreto de Vita realmente ficasse no fundo de um guarda-roupa ou algo assim. Dobramos à direita duas vezes, procurando a ruela que leva até o pátio, e passamos duas vezes por uma loja de sucos com uma fachada alaranjada bem colorida que tenho certeza de que me lembraria se tivesse visto antes, mas da qual não tenho a mínima recordação. Aquele com certeza é o pub que fica no fim da rua, não é? Uma ansiedade cada vez maior começa a tomar conta de mim, e sinto um aperto no peito. Talvez toda a felicidade dos últimos dias tenha me distraído de pequenos detalhes que eu teria notado antes.

Será que não estou percebendo que a morte se aproxima?

O pensamento me faz parar literalmente no meio do caminho. Praguejando, transeuntes desviam de mim, e Pablo late para me forçar a continuar, mas não me mexo. Talvez *tudo* isso tenha sido um sonho, aquela explosão final de neurônios facilitando a transição da vida para a morte com uma fantasia que pareceu durar dias, mas na verdade durou apenas alguns segundos. E, se for isso mesmo, eu me importo? O que posso fazer a respeito, no fim das contas? Talvez eu tenha morrido no dia em que conheci Vita e a trouxe comigo para a minha morte cerebral como um último consolo. Parece incrivelmente plausível. Porque, se um dia eu fosse conjurar algo para aliviar o medo da morte, seria ela, seria esta manhã radiante com a promessa de uma missão concluída ao fim do dia.

O medo me atinge a milhões de quilômetros por hora. Eu não quero ir. Não quero morrer. Meu coração dispara, minha respiração se torna rápida e entrecortada e, de repente, as lágrimas estão descendo pelo meu rosto.

E se não tiver nada? E se não tiver nada depois disso?

No meio da rua, fito os pedacinhos visíveis de céu azul.

Por favor, não me leve. Por favor, me deixe viver. Por favor. Por favor. Por favor.

Qualquer dor que venha com viver por tempo demais eu aceito de bom grado.

Pablo pula em mim, arranhando minha barriga com as patas. Olho para ele e vejo as pessoas passando, fingindo não me notar. Um calafrio me lembra que ainda não morri, e isso é o melhor que posso esperar. Eu me perdi. Parei de prestar atenção, mas não morri. Vejo então a entrada da ruela que leva ao pátio e ao relógio de sol que nunca vê o sol.

— Desculpa, companheiro — digo a Pablo, que late de novo. — Eu estava tendo um pequeno colapso nervoso. Já passou.

★★★

A vizinha de Vita, Mariah, está em pé no degrau em frente à porta, fumando como uma estrela de cinema dos anos 1950, se elas usassem camisola de flanela.

— Vai um trago? — Ela me oferece um cigarro. Eu não fumo desde que tinha quinze anos, mas aquele momento na rua me deixou abalado, então aceito um e a deixo acender para mim. Afinal, não vai ser a nicotina que vai me matar. — Que menino bonito! — elogia ela, se abaixando para se sentar no degrau e fazer carinho em Pablo, que decide na mesma hora que Mariah é sua mais nova melhor amiga, baseado no fato de que ela tem alguma coisa cheirosa no bolso. — Olha só pra você, que carinha mais linda, abanando esse rabo... quase tão bonito quanto o pai!

Ela ri, satisfeita de me ver corando, e dá um tapinha no espaço ao lado dela, no degrau.

— Senta aqui e flerta comigo um pouquinho — pede ela. — Mas nada de confundir as coisas, ouviu? Eu amo o meu Len, e daqui a pouco ele chega do trabalho. Só gosto de praticar, sabe? Então, você é o rapaz da Evie, que finalmente veio fazer uma visitinha. Achei que ela ia ficar na França pra sempre, depois da guerra, mas ainda bem que ela voltou, senti falta dela. — Mariah apaga um cigarro na sola do pé e acende outro. — Quando eu era criança, era sempre a Evie que me animava nos momentos ruins, sabe? Havia bombas caindo do céu e tudo era racionado, mas ela sempre tinha uma bala e uma música pra mim. A Evie não se assustava com nada, nem com Hitler.

— Ela parece maravilhosa — digo.

— Você deve saber disso muito bem, Dominic — comenta ela, murmurando junto às orelhas de Pablo. — Que cara bobo, hein, Kip?

— Quanto tempo a Evelyn ficou na França? — indago.

— Ela foi em 1944. Nossa, como eu chorei! Implorei pra ela não ir, mas ela falou que não tinha outro jeito. Disse que tinha sido alocada numa fábrica de munição lá no norte. Lógico que não podia contar pra onde estava indo de fato, era tudo segredo. Mas eu descobri depois da guerra, quando ela me escreveu da França pra me dizer que estava casada. Levou um tempão pra voltar, e aqui estou eu, com vinte anos e casada! O Len quer comprar uma casinha pra gente... ele não aguenta mais morar com a minha mãe. Mas eu já falei: se nem os nazistas me tiraram daqui, não é você que vai me tirar, Len Walker. E ele ficou de bico fechado.

— Então a Evie era uma espiã? — pergunto, fascinado.

— Ela nunca me falou com todas as palavras, mas eu tenho quase certeza que sim — responde Mariah. — Afinal, foi assim que você deixou ela caidinha por você. Ela não fala sobre isso. Porque isso não se faz, né?, ficar fazendo estardalhaço... Mas a gente sabe o que vocês faziam lá. Explodindo nazistas! — Ela me olha e ri. — Vai, fala um pouco de francês pra mim, por favor. Adoro quando você fala francês.

— Posso fazer um bom sotaque de Yorkshire — ofereço.

— Agora, falando sério. — Ela se aproxima de mim, passando o punho magro pela grade que nos separa para pousar a mão no meu joelho. Por um instante, fico meio preocupado com o que ela vai sugerir em seguida. — Cuida da minha Evie. Ela já sofreu muito e não teve culpa de nada, não esquece. Ela não tem culpa de nada.

— Pode deixar — prometo.

— E vê se não morre. Ela não merece isso de novo. Eu já falei pro meu médico que não vou pra asilo nenhum e que não vou morrer. Tenho que pensar na Vita.

Suas palavras são como um soco no estômago, e eu respiro fundo. Parece que Mariah está de volta ao presente por um instante. Ela me observa com os olhos azul-claros e então os fixa nos meus.

— Tá se sentindo bem, querido?

— Só meio... — Não consigo explicar o medo que acabei de sentir. — Eu me importo muito com ela.

— Acho bom. Porque eu tô de olho em você, mocinho — afirma ela. Ainda bem que aceitei o cigarro. — Se você magoar a minha Vita, eu vou atrás de você. Posso não parecer grande coisa, mas tenho minhas cartas na manga.

— Mariah, eu preciso te contar uma coisa. — Sei que ela pode não se lembrar do que vou dizer e que isso provavelmente não vai importar para ela, mas ela significa tanto para Vita que para mim é importante saber o que ela pensa. — Eu tenho uma doença terminal. Vou morrer em breve — revelo. — Eu amo muito a Vita, e nós dois sabemos que é ela quem vai pagar o preço pela nossa felicidade agora. Ela me disse que isso é o que ela quer, e eu acredito nela. Mas será que eu deveria simplesmente me afastar agora, para ela não sofrer depois?

Mariah reflete por um instante, mordendo a bochecha, sem desviar os olhos dos meus nem por um segundo.

— Não, acho que não — responde ela por fim. — Quando ela te apresentou pra mim, dava pra ver que você trazia uma luz pra ela, e a Vita precisa disso, mesmo que seja só por um tempo. Sua memória vai mantê-la viva por mais uma vida inteira. Como a memória do meu Len faz comigo. Ah, eu sei que já tem vinte anos. — Ela franze a testa. — Ou são trinta? Enfim, pra mim é como se ele ainda estivesse no quarto ao lado, sabe? E, mesmo que o corpo dele não esteja mais presente, o amor continua aqui. — Ela dá um tapinha primeiro no peito e depois na testa. — Você não deve saber isso a meu respeito, Dominic, mas minha cabeça às vezes viaja um pouco, e aí eu não preciso mais imaginar o Len nos meus braços, porque ele está lá, e é maravilhoso. Acho que um dia vai ficar tudo meio bagunçado, mas por enquanto eu não me importo tanto de ficar indo e vindo. As pessoas são legais comigo. A Vita é legal comigo. Ela cuida de mim, que nem a Evie cuidava. E, quando eu já estiver mais pra lá do que pra cá e não souber mais como respirar, nem comer, vou estar em algum lugar com o meu Len, e nada disso vai importar mais pra mim, né? Nós temos sorte, você e eu. São aqueles que deixamos pra trás que sofrem.

Lágrimas inesperadas embaçam a minha visão, e tenho que desviar o olhar enquanto enxugo os olhos na manga.

— Mariah. — Uma mulher sai da casa. — Para de paquerar e entra logo, seu almoço está pronto.

— Às vezes eu entendo por que o Len não gosta de morar com a minha mãe — murmura Mariah enquanto eu a ajudo a se levantar. — E quanto a você, meu jovem, devia ter vergonha. Sou uma mulher casada!

Depois disso, a tentação de abrir gavetas cheias de papéis e vasculhar é forte, porque não consigo pensar em uma distração melhor para me manter ocupado entre o agora e o momento em que eu vou sair para encontrar Vita do que aprender sobre a história de uma heroína da Resistência. Mas isso seria invasão de privacidade — tanto de Vita quanto de Evelyn e de quem morava aqui antes dela. Observo novamente todos os quadros e fotos nas paredes, na esperança de me deparar com uma fotografia da heroica Evelyn. Pego um livro após o outro e os coloco de volta, então, por fim, vou até a sala de estar e fito os grandes e sofisticados armários chineses.

Abrir uma das portas não seria bisbilhotar, seria? Seria apenas apreciar uma obra de arte.

Quando abertas, as portas revelam cerca de duas dúzias de gavetas lindamente decoradas, como um verdadeiro baú de tesouros. Quando eu e Kitty éramos pequenos, a mamãe lia *Pippi Meialonga* para nós, e eu me perguntava como seria ter um pai pirata que me deixasse um baú enorme, cheio de tesouros. Era exatamente isto que eu imaginava.

Deixando de lado qualquer receio, abro uma gaveta de cada vez.

Em cada uma parece haver apenas um ou dois objetos. Na primeira, encontro uma fita muito frágil, que um dia pode ter sido escarlate e dourada, com contas de vidro esfumaçado e de ouro, além de uma corrente fina, com um pequeno pingente oval liso de âmbar engastado em ouro. Ambas as coisas parecem muito antigas e delicadas. Na seguinte, há uma pedrinha que se encaixa bem na palma da minha mão, de um agradável tom de marrom, da cor dos olhos de Pablo, com pequenos flocos de cristal. Eu me pergunto se foi Vita ou a tia dela que pegou essa pedra, e onde elas estavam. Talvez em uma praia em algum lugar, talvez com alguém que amavam. Talvez essa pedra marrom de aparência comum fosse um símbolo de algo — de um amor perdido ou encontrado — e ainda continua mantendo essa memória viva mesmo quando não há mais ninguém para lembrar.

Então encontro um objeto estranho e quadrado, que deduzo ser uma bússola, embora seja coberta de símbolos chineses. Eu a giro suavemente, e a agulha aponta para o norte. Com cuidado, coloco-a de volta no lugar, com medo de quebrar algo que segue há tanto tempo indicando o mesmo caminho no escuro. Abro e fecho gavetas e encontro coisas que parecem tão comuns: uma garrafa vazia feita de vidro grosso, um relógio de bolso parado à meia-noite, ou ao meio-dia. Na gaveta ao lado, porém, há um pedaço de papel de aparência muito antiga — pergaminho, imagino. Há cartas escritas em uma língua que não entendo, e desenhos estranhos de pessoas e símbolos. Um arrepio percorre meu corpo e fecho a gaveta depressa, olhando por cima do ombro como se tivesse acabado de libertar algo.

Recobrando o fôlego, abro a gaveta seguinte e encontro um revólver. Eu o levanto com cuidado. Não sou especialista em armas, mas me parece antigo. Será que era a pistola de serviço de Evelyn, a arma que ela mantinha no coldre enquanto trabalhava com a Resistência?

Em seguida, encontro um ramalhete de flores secas que parecem tão frágeis que um simples suspiro poderia reduzi-las a pó.

E então, na gaveta de baixo, há algo tão pequeno que quase não vejo. É um botão azul-claro — o da minha camisa que se soltou na minha primeira noite com Vita. Ela o guardou aqui, nesta estranha coleção de memórias que vai até muito antes de qualquer um de nós ter nascido. Ela pegou essa pecinha de plástico e a colocou aqui. Ah, como eu quero ficar com ela para sempre.

★★★

Enfim chega a hora de sair. Dou o meu suéter para Pablo dormir e encho duas tigelas de porcelana com água e comida.

— Já volto, companheiro — digo a ele.

Quando estou prestes a abrir a porta, cai a ficha. Chegou a hora. O medo faz meu estômago revirar. Acreditar em Vita, ter fé nela e na sua busca tem sido a mais bela distração da escuridão aterrorizante. Esta noite, vou poder examinar *La Belle* por conta própria, estar perto dela, junto a ela, olhar em seus olhos e enfim perguntar o que ela sabe.

Lá no fundo, sei que o segredo que Vita está perseguindo *tem* que ser impossível. No entanto, acho que sou incapaz de desistir desse último pingo de esperança. Mas hoje, de uma forma ou de outra, terei uma resposta, mesmo que seja a de que não há resposta. E tenho que me preparar para isso ser o suficiente. Para agradecer por cada coisa boa que os últimos dias trouxeram. Para estar à margem da tragédia. Hoje à noite, vou duelar com moinhos de vento.

Abro a porta e encontro Jack do outro lado, a mão erguida para bater.

— Tudo certo, cara? — pergunto, observando a sua calça de linho com a bainha dobrada e as sandálias. — A Vita está no trabalho.

— É com você que eu quero falar — diz ele, tirando os óculos escuros de aviador e os fechando.

— Ah. Beleza. — Seria bom conhecer Jack, considerando que é o amigo mais antigo de Vita, mas a hora não podia ser pior. — O problema é que estou um pouco atrasado para me encontrar com ela.

Fecho a porta atrás de mim e passo por ele ao descer os degraus de pedra. Ele me segue.

— Por favor, a gente pode conversar antes de vocês se encontrarem? — pede ele. — Vou ser breve.

De repente, vejo além das roupas e do cabelo e percebo que ele parece angustiado — na verdade, parece que não dorme há dias.

— Certo. Está tudo bem, Jack?

Ele respira fundo, e percebo que veio ensaiando esse discurso até aqui.

— Você acha que conhece a Vita — começa ele —, mas tem poucos dias que vocês se conheceram. Você acha que está apaixonado por ela, mas não pode estar, porque você não sabe quem ela é por inteiro. Você não tem a menor ideia, não sabe o que ela viveu, o que ela viu. — Ele desvia o olhar ao dizer isso, as palavras saem com dificuldade. — E eu tenho medo de que, se você soubesse, se sentiria diferente a respeito dela. De que você não saiba onde está se metendo.

De repente, percebo o que está acontecendo.

— Você gosta dela, né? É esse o problema? Porque você não vai ter que competir comigo por muito mais tempo, cara.

— Você não está entendendo. Tem muita coisa em jogo aqui. Mais do que só o agora. Seja lá como você decidir viver o resto da sua vida, independentemente do tempo que ainda tem, você merece a honestidade dela, e ela merece... ter certeza do que está escolhendo. É por isso que eu estou pedindo, pelo seu bem *e* pelo dela, que você não encontre com a Vita hoje. É só voltar pra casa, voltar pra Yorkshire e esquecer que vocês se conheceram. Você não sabe no que está se metendo.

Eu franzo o cenho. O que ele está querendo dizer com aquilo? Eu devia perguntar mais, mas não quero saber. Só preciso continuar acreditando enquanto ainda posso.

— Olha, eu tenho certeza de que você tem a melhor das intenções, mas não posso falar disso agora. Tenho que ir. — Tento passar por ele, mas Jack se coloca no meu caminho. — Jack, você evidentemente precisa conversar com a Vita sobre como se sente em relação a ela. Colocar isso pra fora. Se você quer que ela te escolha, então ela precisa saber. Mas eu acho que ela vai me escolher, porque a gente pode ter acabado de se conhecer, mas eu acredito que o que a gente tem é real. Agora, por favor, sai da minha frente. Eu tenho que ir.

— Quando ela perceber o que fez com você, não vai conseguir conviver com isso — diz Jack. — Só que ela não vai ter escolha a não ser fazer exatamente isso, e isso vai enlouquecê-la. Se você realmente acredita que a ama, a coisa mais legal que poderia fazer seria deixá-la.

— O que você acha que a Vita está fazendo comigo?

— Ela... — Jack luta para continuar. — Ela não está sendo honesta com você.

— Olha, eu não tenho tempo para isso agora — retruco. — Então, por favor, me deixa ir.

— Ben. — Ele agarra meu ombro.

Tento me esquivar, mas perco o equilíbrio e caio para trás. *Bum*. Minha nuca bate nos degraus de pedra com um baque assustador. Merda! Que jeito idiota de morrer.

Fico deitado, imóvel, com medo de me mexer.

— Ai, meu Deus, você está bem? — Jack se agacha ao meu lado. — Me desculpa. Foi sem querer. Vou chamar uma ambulância.

— Já vai passar — argumento.

Após alguns segundos, o mundo não parece acabar. Então eu me sento bem devagar e boto a mão na nuca. Sem sangue, sem corte. Talvez não tenha sido tão ruim quanto pareceu.

— Como você está? — pergunta Jack. — O que eu posso fazer?

— Acho que está tudo bem — digo. — Só preciso ir.

Jack passa o braço debaixo do meu para me ajudar a ficar de pé.

— Foi mal — diz ele, me sustentando e então dando um passo para trás. — Você realmente a ama, Ben? Se não tivesse tanta coisa em jogo, você ainda a amaria?

— Eu a amo — respondo, a coisa mais verdadeira que já falei. — Faz só uns poucos dias, mas sei que vou amá-la para sempre.

— Certo. Desculpa. — Ele hesita um pouco antes de acrescentar: — Olha, pelo bem de vocês dois, só pede pra Vita te contar a verdade.
Então ele vai embora depressa.

De repente, eu percebo: Jack está tentando me dizer que não tem lenda nenhuma, não existe cura milagrosa. Que Vita acredita em uma coisa que não existe. Lógico que faz sentido. Eu me apaixonei por uma mulher que se deixou levar por um delírio.

E, ainda assim, percebo no mesmo instante que nada mudou. Vou seguir o sonho dela até onde puder, não importa se é real ou não.

Sozinho no pátio escuro, sento e fico esperando o mundo parar de girar e meu estômago parar de revirar. Foi uma pancada, só isso. Já tive piores.

Pablo late atrás da porta, arranhando-a para se aproximar de mim.

— Está tudo bem, rapaz — digo a ele. — Só preciso de um minuto para...

A escuridão surge do nada.

43

Estou sentada em um banquinho ao lado de Fabrizio enquanto ele retira meticulosamente a tinta de *La Belle* com nada além de uma série de cotonetes, um jarro de água filtrada e muita paciência. É relaxante observá-lo trabalhar. A sala fica imbuída da calma dele, como se sua concentração por si só pudesse desacelerar corações e o tempo em uma espécie de letargia.

— Que coisa terrível — comenta ele baixinho, pegando um cotonete novo. — Mas, graças a Deus, não é nada permanente. Ela vai ficar novinha em folha, sem nenhum vestígio do ataque de hoje.

Ele olha para mim.

— Que coisa estranha de se fazer. E por que motivo? — Fabrizio suspira. — Sabe, acho que não entendo esse mundo moderno, Vita. — Com a lupa, ele examina o canto que já limpou. — Pronto, ela está restaurada.

— Obrigada, Fabrizio — digo com um suspiro de alívio. Ainda que eu tivesse escolhido a tinta com muito cuidado, estava apavorada diante da perspectiva de ter danificado a pintura de forma permanente. — Que dia, hein?

— Ah, já tive piores. — Ele faz pouco-caso da minha preocupação com um gesto da mão. — Pelo menos tive o privilégio de me sentar diante da obra desse grande mestre e me maravilhar com a sua genialidade. Na minha opinião, foi um dia muito bom.

— Não deixa de ser verdade — concordo. — Então, ela volta para a moldura hoje?

— Não, sem pressa. A Maggie também já limpou a moldura. Ela disse que vai poder colocar de volta na *La Belle* amanhã cedo. O quadro vai poder voltar ao lugar dele antes de a exposição abrir; vai dar tudo certo. — Ele cruza os braços, sorrindo com carinho para a tela. — Pois é, uma obra de arte inestimável, mas, por baixo dessa aura mágica, ela é só óleo, pigmento e madeira. É preciso ter muito cuidado e respeito com isso.

— Ai, Fabrizio, por que você não me adota? — brinco, resistindo à vontade de chorar em seu ombro. — Você sempre melhora as coisas. Você salvou a minha vida hoje. Como posso retribuir?

— Vamos jantar lá em casa com a Clara e comigo? — oferece ele. — Minha esposa tem pelo menos uns cinco pretendentes pra te apresentar, incluindo nosso filho, mas não conta pra mulher dele.

— Ah! — Dou uma risada. — Já fui conquistada, Fabrizio. Desculpa te decepcionar.

— O rapaz que você trouxe aqui? — indaga ele, levantando-se para buscar o casaco no antigo cabideiro que há na sala. — Vamos. Vou trancar a sala.

— Sim. Está muito no começo ainda, mas eu gosto muito dele. E não se preocupe. Ainda tenho um monte de papelada para preencher, metade em francês. Pode ir na frente. Eu tranco a sala e aviso ao pessoal da segurança antes de sair.

— Tudo bem. Vou ter que avisar à Clara que você não está mais disponível. Ela vai ficar arrasada. — Ele sorri ao fechar a porta atrás de si.

Verifico o relógio na parede. Ben deve chegar a qualquer momento. Saio da sala de Fabrizio e sigo pelo labirinto do porão, notando que as luzes do laboratório estão apagadas e que provavelmente vamos ficar com o andar todo só para nós. Na porta corta-fogo, desarmo o alarme e destranco o portão de barras de metal que cobre a porta e leva a uma escada de concreto úmida e fria e, mais adiante, à grade para a rua. O ar está quente, e a estreita faixa de céu noturno visível por entre os telhados está com um tom de azul ultramarino. Apesar das luzes da cidade, vejo uma estrela brilhando fraquinho.

Eu me sento no degrau mais alto para esperar Ben, tentando distrair a minha mente da confusão que foi este dia estranho. Quando ele chegar, ficaremos sozinhos com a pintura. Tento avaliar todas as possibilidades que as próximas horas podem proporcionar.

Eu o imagino focando a lente no quadro e, de repente, revelando os segredos milagrosos e impossíveis da pintura. Vejo Ben me abraçando e me girando no ar, alegre.

Parece impossível que, antes que o sol moribundo nasça de novo, tudo isso terá acabado e nós teremos descoberto o mistério.

Mas Ben ainda não chegou. Ele está trinta minutos atrasado e, embora eu não o conheça há muito tempo, não acho que ele se atrasaria para algo tão importante. Quando ligo, cai na caixa postal. Tento mais três vezes, a mesma coisa acontece. Por um instante penso em ligar para Sarah ou Kitty, mas sei que, assim que elas virem meu nome na tela, vão imaginar o pior. Mas e se o pior tiver acontecido?

Eu me levanto, me forçando a respirar em meio ao pânico. Ben já deve estar perto da galeria. A qualquer momento, vai dobrar a esquina do beco. Ou então está na minha casa. O celular provavelmente ficou sem bateria, ou quem sabe ele dormiu no sofá e não acordou.

E não acordou.

Uma onda de medo percorre minhas veias.

Com os dedos gelados e trêmulos, tranco a grade e a porta, enfiando as chaves no bolso, então me apresso pelo porão de volta para o escritório da equipe de segurança.

— Oi, Sam — digo, um pouco agitada demais, quase correndo até a mesa do segurança júnior. — Estou esperando um cara da seguradora que vai dar uma olhada na *La Belle*... o nome dele é Ben Church. Você o viu por aí?

— Não — responde Sam, batendo a caneta na mesa. — Está tudo quieto desde que fechamos. Você está bem? Parece um pouco nervosa.

— Foi um dia e tanto. Vai ver ele se perdeu. — Faço o possível para sorrir, quando minha vontade é chorar. — Já sei. Vou dar uma procurada lá fora. Não se espante se me vir voltando daqui a pouco com ele... a burocracia tem que estar toda resolvida até amanhã.

— Tudo bem, Vita. Fica tranquila — diz Sam, me acalmando. — Tomara que você o encontre. Eu aviso se ele aparecer.

— Obrigada, Sam.

★★★

A casa está escura, e o pátio, vazio. Ouço Pablo latindo dentro de casa e arranhando a porta.

Cadê o Ben?

Sei que ele não me deixou.

Se tivesse me deixado, teria levado o Pablo, e, de certa forma, isso seria um alívio, saber que ele mudou de ideia a meu respeito, mas que estava em segurança.

O que aconteceu? O que...?

Assim que abro a porta, Pablo salta no meu colo, arranhando meu peito ansiosamente, como se tentasse se enterrar em mim.

— Cadê ele, mocinho? — pergunto ao cachorro. — Cadê ele?

Pablo dispara porta afora. Eu o vejo dar voltas no pequeno pátio escuro, com o nariz no chão, farejando Ben. Ele repete a mesma busca três ou quatro vezes, e então, inexplicavelmente, se enrola no segundo degrau diante da porta da minha casa, ganindo e tremendo, com o rabo cobrindo o focinho.

O rastro de Ben termina exatamente onde começou.

Apavorada, bato à porta de Mariah.

— Oi, Evie, querida — ela me cumprimenta. — A gente estava de saída, o Len e eu.

Ela aponta para a sala de estar e, por um instante, acho que vou ver Ben lá dentro, escalado no papel de seu amado marido, com pena de deixá-la sozinha até a cuidadora da noite chegar. Mas a cadeira para a qual ela aponta está vazia.

— Mariah, sou eu, Vita — digo com cuidado. — Você viu o Ben? — pergunto, desesperada. — Era para ele ter ido me encontrar há quase uma hora. O Pablo está nervoso e não consigo imaginar onde o Ben pode estar.

— Não conheço nenhum Ben, Evie — responde Mariah. — Você me trouxe alguma bala?

— Aqui. — Pego umas balas do bolso e coloco na palma da mão dela.

— São das verdes — reclama, decepcionada, olhando as balas. Esta é a Mariah de oito anos, e não a que preciso neste momento.

Respirando fundo, tento de novo:

— Mariah, sou eu. A Vita. Pensa um pouco, porque é importante. Preciso saber se você viu meu amigo Ben hoje. Lembra do Ben? Alto e magro, simpático e gentil? O Ben?

— Ah, eu conheci o seu Dominic — responde Mariah, colocando uma bala na boca. — Ele falou comigo em francês.

— Mariah! — Eu me pego agarrando-a pelos braços magros. Ela arregala os olhos com medo, e me afasto na mesma hora. — Desculpa. — Eu a solto. — Por favor, me perdoa. É só que eu não sei onde ele está, e estou com medo. Estou com muito medo de ter chegado tarde demais.

— Vita? — É Seba, do restaurante, me olhando do degrau inferior com o rosto cheio de preocupação. — Você está procurando o seu amigo?

— Sim! O Ben. Você o viu?

— Isso, o Ben — diz Mariah, como se uma luzinha tivesse acabado de se acender em sua memória. — Eu me lembro dele. Caiu morto bem na minha porta!

— O quê?! — Chego a arfar, sentindo o chão vacilar sob meus pés.

— Não, não. — Seba me tranquiliza. — Ele perdeu a consciência, só isso. Achamos que talvez tenha sido uma queda. A Viv chamou a ambulância. Ela não quis te falar por telefone, sabendo que... bem... Ela esperou o máximo que pôde para te contar pessoalmente, mas teve que ir embora, então pediu que eu te avisasse. Ele foi levado para o Royal Free Hospital.

Minhas pernas ficam bambas, e Seba me segura antes de eu cair.

— Eu falei pra Viv que a gente devia ter te ligado — diz Seba. — Falei que você ia querer saber, mas só faz uma hora.

Todo o tempo do mundo.

— Vou fazer um chá — anuncia Mariah.

— Não, obrigada, preciso ir ao hospital agora. Obrigada, Seba.

— Eu te levo — oferece ele, decidido, apontando para sua moto. — Tenho um capacete reserva. É muito mais rápido do que pegar um táxi.

— Obrigada.

Eu me viro para Mariah enquanto Seba vai buscar as coisas.

— Me desculpa — digo com gentileza. — Estou com muito medo, mas não devia ter te assustado. Por favor, me perdoa.

— Você não me assustou, Evie — diz ela. — Você trouxe bala?

— Não, hoje não, mas... — Olho para Pablo, enrolado no degrau. — Você pode cuidar do cachorro do Ben por um tempo? Acho que ele não quer ficar sozinho.

— Sério?! — Mariah bate palminhas, encantada. — Vem cá, rapaz. Eu tenho uma costelinha aqui pra você, isso mesmo, pra você.

Só quando Seba retorna é que Pablo consegue ser convencido a entrar, atraído por um pouco de presunto. Mariah senta no sofá, e ele sobe e se acomoda ao seu lado, apoiando a cabeça e as patas no colo dela.

— Você é bonzinho, não é, Kip? É muito bonzinho!
— Pronta? — pergunta Seba, com ternura, da porta.
— Não — respondo.

44

Acordo aos poucos, dolorido, como se um caminhão tivesse passado por cima de mim. Tudo dói, mas, ao mesmo tempo, eu me sinto desconectado do meu corpo, como se já o tivesse deixado. Lembro de ter lido sobre experiências de quase morte. Será que estou vendo meu fim?

Com um esforço imenso e nauseante, levanto a mão e toco meu rosto. Ainda estou vivo.

O quarto parece girar e desmoronar, sendo remontado nos lugares errados. Não sei dizer em que posição estou. Preciso me levantar, deixar a gravidade chegar a essa conclusão.

Eu me sento e parece que meu cérebro está flutuando. Sinto uma onda nauseante revirar meu estômago. Minha boca se enche de um líquido amargo, e eu caio para trás — ou para a frente, não sei dizer. Eu deveria estar em algum lugar. Fazendo alguma coisa. Vita.

Estou num quarto de hospital. Conheço quartos de hospital. Fecho os olhos e tateio em busca de algo que tenha o peso e o formato de um botão para chamar a enfermeira.

— Preciso ir — digo à enfermeira que aparece.

— Não é uma boa ideia — diz ela, verificando meus sinais vitais. — Os médicos pediram que eu os chamasse assim que você acordasse. Daqui a pouco estarão aqui.

— Certo. — Meu coração se aperta. O que quer que tenham a dizer, sei que não quero ouvir. Preciso me livrar dessa sensação pesada de embriaguez. Preciso encontrar Vita.

Um médico aparece e se apresenta como Dr. Perrera, então me diz que ele e os colegas já entraram em contato com minha médica em Leeds. Em seguida ele recita a história da minha condição médica até a descoberta do aneurisma, parecendo saber mais do que eu a meu respeito.

— Então — diz ele —, você é um caso raro. Não é comum a gente ver uma coisa desse tamanho e complexidade envolvendo tantas estruturas importantes do cérebro.

— Desculpa, mas não quero falar do meu aneurisma. Eu só quero ir embora, por favor.

— Fizemos uma tomografia computadorizada enquanto você estava inconsciente e comparamos com a última, e não tem nenhum movimento nem sangramento identificável no seu cérebro, mas você está com um galo do tamanho de um pequeno abacate na nuca, e queríamos ficar de olho nisso por alguns dias. O que aconteceu? Você sentiu alguma dor? Foi um desmaio? Um apagão? Perda de consciência? Sentiu alguma náusea antes do ocorrido?

— Eu só caí — respondo. — Olha, eu preciso muito ir embora.

— Entendo — diz ele.

— Quer dizer, o aneurisma não está pior do que ontem. Foi isso o que você falou, não foi? Se o prognóstico continua o mesmo e eu posso morrer a qualquer momento, não quero perder tempo aqui.

— É... mais ou menos. — Ele sorri para o assistente, como se os dois tivessem alguma piada interna da qual estou por fora.

— Eu sei.

— Li sua ficha e vi que sua médica não aconselhou cirurgia. Eu entendo o motivo... o risco de dano cerebral, paralisia ou morte é muito alto.

— É um risco e tanto — digo.

— Você teve algum sintoma? Visão turva, dor de cabeça, náusea, alucinação?

— Tive — respondo. — Mas não muito fortes, e não por muito tempo. Imagino que isso signifique que as coisas estão bem, pelo menos por enquanto. Por isso quero aproveitar o tempo que me resta.

— Ben — hesita o Dr. Perrera —, a Dra. Patterson tinha toda a razão em descartar a cirurgia e só acompanhar você. É a decisão sensata. Só que a gente tem uma clínica especializada em malformação arteriovenosa aqui. Estamos testando técnicas avançadas faz quase uma década e, dado o seu prognóstico sem intervenção, estaríamos dispostos a tentar uma solução cirúrgica, se você consentir.

— O quê? — O quarto dá uma volta completa.

— Poderíamos tentar diminuir o aneurisma com um bisturi a laser. Por causa da localização, as chances de sucesso não são grandes, e você precisaria sobreviver a todos os riscos recorrentes de dano cerebral, mas ainda assim estamos dispostos a tentar, com a sua permissão. Tem uma chance muito pequena, mas real, de que possamos remover totalmente o risco que o aneurisma representa.

— Você quer dizer que pode me curar? — Eu me sento rápido demais, fazendo tudo girar em um caleidoscópio de dor.

— Cura é uma palavra forte. A malformação ainda estaria presente, mas, se corresse tudo conforme o planejado, poderíamos chegar a uma solução que reduziria significativamente o risco de um novo sangramento intracraniano e lhe daria a mesma expectativa de vida de qualquer pessoa da sua idade. Calculamos que a chance de sucesso é de doze por cento. Embora este seja o primeiro procedimento do tipo a ser feito aqui, somos especialistas de renome mundial nessa área. Podemos te dar a melhor chance possível, se estiver disposto a correr o risco.

— Ah. — Me faltam palavras. — Ah...

— É muita coisa para assimilar — diz ele. — Olha, você vai ficar em observação por esta noite. Por que não descansa e amanhã a gente fala sobre o procedimento em mais detalhes? Para te dar uma chance de processar tudo. O que você acha?

— Não, está tudo bem, obrigado — respondo.

A imagem de Vita esperando por mim é o único pensamento nítido que tenho. Eu me levanto da maca, apesar da dor que desce pela minha coluna e faz o quarto se dividir em infinitas versões.

— Sr. Church... Ben... — insiste ele. — Eu realmente não recomendo que vá embora agora. As coisas parecem boas, mas não dá para ter certeza com um negócio desses. Nós precisamos muito ficar de olho em você durante a noite, por segurança.

— Eu tenho que ir — digo. — Cadê a minha mochila? Vocês estão com a minha mochila?

— Você não chegou aqui com nenhuma mochila.

— Puta merda — xingo. — Preciso dela. Preciso da minha mochila. Que horas são? Estou atrasado. Cadê a minha mochila? Eu preciso dela. Não tenho outra!

— Ben, sua mochila está comigo. A Mariah guardou. — Ouço a voz dela e me viro, a sensação de alívio se espalhando por mim quando ela aparece, abre caminho entre os médicos até a minha maca, pega a minha mão e a beija. — Eu peguei com ela. Como você está?

— Vita, perdão pelo atraso — digo.

Vita me abraça pelos ombros e beija minha têmpora com carinho. Eu relaxo em seus braços.

— Não tem importância — diz ela. — Não tem importância.

— Sinto muito. Ainda não fomos apresentados — interrompe o Dr. Perrera.

— Vita Ambrose — diz ela. — Namorada do Ben.

Vita e eu nos entreolhamos, e assinto com um breve movimento de cabeça, entrelaçando meus dedos nos dela. Estamos juntos.

— Então, Vita — diz o médico —, talvez você possa persuadir o Ben a passar a noite em observação e ele possa conversar com você sobre o que a gente discutiu. E, Ben, amanhã a gente repassa tudo isso em detalhes. Combinado?

— Combinado — respondo, fazendo um sinal de positivo e me recostando no travesseiro.

Assim que ele sai do quarto, eu me sento de novo.

— Anda. Vamos sair daqui — digo, pegando o saco plástico com as minhas roupas.

— Ben. — Vita me detém com a mão. — Ele falou que você precisava ficar.

— Eu estou bem. Só com dor de cabeça e um galo na nuca, mas continua tudo igual — explico. O que é basicamente verdade.

— O que aconteceu?

— Foi uma bobeira. O Jack passou na sua casa quando eu estava saindo, e, depois que ele foi embora, escorreguei nos degraus, bati a cabeça e apaguei. Ainda bem que seus vizinhos são fofoqueiros. Mas estou bem, meio dolorido, mas bem. — O que quer que seja, pode esperar até depois que eu morrer. — Como foi no museu?

Os ombros dela murcham.

— Eu consegui — conta Vita, como se não pudesse acreditar nisso. — Me sinto tão mal. Coitada da Anna, coitado do Mo. Mas deu certo, e vou pedir demissão amanhã. Assim, todo mundo pode manter o emprego. — Ela fecha os olhos por um instante. — Mas deu certo.

De repente, me dou conta do que Vita sacrificou por mim e me sinto culpado por ter duvidado dela.

— Eu sinto muito, nunca devia ter deixado você fazer isso. Você ama o seu trabalho.

— Não foi você que me deixou fazer nada. Eu amo o meu trabalho, mas vou ficar bem. Enfim, nada disso importa agora. Do que ele estava falando quando disse que você deveria conversar comigo sobre "o que vocês discutiram"?

— O de sempre — respondo.

Ao beijar minhas bochechas e minha testa, a expressão em seu rosto é de uma tristeza linda. A verdade é que prefiro saber que poderia ter só algumas boas horas com ela do que correr o risco de perder isso por uma vida inteira. Vivi tanto tempo na minha cabeça que, agora que finalmente descobri como existir no momento presente, é inconcebível a ideia de voltar atrás.

— Eu te amo — digo, pegando a mão dela. — E você basicamente cometeu o crime do século hoje. Tudo o que quero agora é saber a resposta, saber se a lenda é verdadeira. E não quero perder tempo aqui.

— Não quero fazer nada que te coloque em risco.

— Você não vai — digo a ela. — Estou correndo exatamente o mesmo nível de risco de hoje de manhã. Além disso, nunca mais vamos ter essa chance. Anda. Prometo que vai ficar tudo bem.

Vita analisa meu rosto por um tempo, e, enquanto ela pensa, percebo que o quarto parou de girar e minha visão está nítida. Minha cabeça dói como se não houvesse amanhã, mas acho que seria de se esperar, e, além do mais, talvez não haja um amanhã.

— Certo — concorda ela. — Você acha que soltou a mochila quando caiu? E se a lente estiver danificada?

— Não tem como. Ela fica bem protegida dentro de um estojo. Você estando com a mochila, eu tenho tudo de que preciso — respondo.

— Então vamos lá — diz Vita, apertando minha mão com a pele pálida. — Agora não tem mais volta.

Nunca uma frase de efeito pareceu tão verdadeira.

45

Entramos pelo porão, e dou um tchauzinho para a câmera de segurança ao trancar a porta atrás de mim. Sam faz um gesto afirmativo com a cabeça, para sinalizar que nos viu. Quando abro a sala da restauração, o telefone está tocando. Ben hesita na porta, recobrando o fôlego. As luzes estão fracas, mas *La Belle* parece brilhar no escuro, destacando-se do seu canto com uma intensidade renovada, como se estivesse esperando que algo enfim acontecesse. Eu sei exatamente como ela se sente.

— Oi, Sam — atendo. — Tudo bem se a gente preencher a papelada de entrada e saída na hora de ir embora? Estou muito ansiosa para começar essa avaliação.

— Tudo certo, mas não esquece, viu? — Sam me adverte. — Não quero mais problema pro lado do Mo. Ele já tá nervoso demais com essa história.

— Prometo que não vou esquecer — eu o tranquilizo, preocupada com o quanto traumatizei Mo. Quando eu entregar a carta de demissão, preciso ressaltar que Mo não teve culpa de nada. — Vamos demorar um pouco aqui, acho que deve ir até o raiar do dia, então não se preocupe com a gente.

Desligo o telefone e me volto para Ben, que está olhando para *La Belle*. E com isso não quero dizer que ele está simplesmente na frente dela. Ele puxou um banquinho e está sentado a centímetros de distância do retrato, quase nariz com nariz. Ela o encara.

— Desculpa interromper, mas por onde começamos? — pergunto, dando um susto nele.

— Foi mal, é que ver o quadro fora da moldura... De alguma forma, ela parece mais real.

Agora seria um bom momento para contar a verdade, mas deixo o momento passar, em silêncio.

Ele para um momentinho a fim de observá-la de novo, estudando cada detalhe do rosto dela, e eu aguardo, até que ele interrompe o contato visual e abre a mochila sem me olhar.

— O software está no laptop. Eu projetei a lente para encaixar numa câmera de amplificação de camadas, igual à que vocês usam para fazer imagens aqui. — Ele olha ao redor. — Ué, cadê a câmera?

— Na sala ao lado — respondo. — Vamos ter que levar o quadro para o laboratório.

— O que significa que vamos ser filmados pelas câmeras de segurança, certo? — pergunta Ben.

— Sim, mas só no corredor, e aí vou ter que fazer login no sistema para você carregar o software — digo. — Olha, alguém com certeza vai perguntar o que a gente estava fazendo aqui, quais são as suas credenciais, por que eu estava logada no sistema e carregando um software novo... Eles podem não perceber logo de cara, mas uma hora ou outra vão acabar notando. Talvez, se parássemos agora e voltássemos para casa, poderíamos nos safar, mas acho que nem assim. Então, vamos fazer aquilo pelo qual você trabalhou tanto e lidar com as consequências depois.

— Tem certeza de que quer mesmo fazer isso? — indaga Ben. — A gente poderia parar agora, e nada seria mudado.

— Já chegamos até aqui — insisto. — E não pense que tudo isso é só por você. É por mim também.

— Tudo bem, então. — Ele olha para *La Belle*, que segue nos observando. — Como é que a gente faz... só pega e carrega?

— Não! — exclamo. — A gente leva no cavalete. Quanto menos tocarmos nela, melhor. Ela tem quinhentos anos, sabia?! Você abre a porta e eu empurro. Pelo menos estou coberta pela seguradora. Se bem que acho que isso não conta, dadas as circunstâncias.

Assim que posicionamos *La Belle* na frente da câmera LAM, o telefone do laboratório toca. Sam obviamente está prestando atenção hoje. Eu atendo enquanto Ben volta para pegar o equipamento.

— Cara, o que você tá fazendo? — questiona Sam quando atendo. — Você não pode simplesmente arrastar essa coisa pelos corredores como se não fosse nada!

— A gente precisa tirar fotos em alta resolução para a seguradora — explico —, só para terem certeza de que não houve danos permanentes. Está tudo certo, Sam. Não se preocupe. Você me conhece. Acha que eu faria alguma coisa para colocar um Da Vinci em risco?

— Não, senão eu estaria aí embaixo de olho em vocês nos laboratórios onde não tem câmera de segurança. Ele é o seu pintor preferido, né? — indaga ele. — Eu prefiro aquela mulher, a Artemisia.

— Ele é especial para mim. Não vou fazer nada que coloque a pintura em risco. — Estou contando mentiras com uma facilidade cada vez maior. Já fui longe demais para voltar atrás agora.

— Se você diz... — responde Sam.

Antes de desligar, levo o telefone até o corredor para dar um tchauzinho alegre e tranquilizador para a câmera. Preciso tomar cuidado para que nem ele, nem Mo e nem mesmo Anna sofram as consequências. Preciso fazer isso para pelo menos aliviar a minha consciência.

— Vou começar a configurar — diz Ben, indo até a câmera fixa enquanto faço login no sistema. Ele tira uma caixa preta e quadrada da mochila, e eu o observo calçar luvas de algodão para remover cuidadosamente a lente da caixa e em seguida acoplá-la à câmera. — Só preciso ajustar o foco e carregar o software, e então poderemos começar. Vai levar um tempo para concluir a imagem, e aí vamos ter que esperar o software identificar e ordenar as frequências de luz, e então... — Ele estremece, abraçando-se e cambaleando alguns passos para trás.

— Você está bem? — Corro para junto dele, sustentando-o com firmeza e guiando-o até um banco.

— Tudo bem. Só estou um pouco cansado e com frio. Não está um gelo aqui? — indaga ele.

Viro o seu rosto para mim. Ele parece pálido, quase cinza. Isso tudo é demais para o Ben. Eu não devia tê-lo deixado sair do hospital.

— Essas salas têm controle de temperatura, mas não são frias. — Pego as suas mãos gélidas e as esfrego entre as minhas palmas. — Deve ser efeito do choque. Deixa eu te levar de volta para o hospital, por favor, Ben.

— Não. — Ele está irredutível. — Não. Não quero voltar. Vou ficar bem. Acho que só preciso comer alguma coisa. Tem uma barra de cereal na minha mochila. Minha mãe esconde essas barras nas minhas coisas desde que eu tinha dezesseis anos, para o caso de eu esquecer de me alimentar. Dá para esquentar a temperatura só um pouquinho? Isso se não for danificar a pintura, óbvio.

— Acho que posso aumentar um pouco — respondo. — Tem uns parâmetros que são controlados no sistema central, mas eles dão alguma margem para nós.

Antes que eu possa me mexer, Ben me puxa para um abraço e me beija com tanta ternura que é como se eu é que estivesse fragilizada, e não ele. Permanecemos nesse abraço, o corpo dele recebendo calor do meu enquanto ele me aperta.

Infelizmente, ele se afasta e examina o meu rosto.

— Esses últimos dias com você foram os melhores da minha vida — diz ele. — Não importa o que aconteça agora, eu não mudaria nada. Não se esqueça disso.

— Crimes graves e internações hospitalares? — Sorrio, tocando o seu rosto. — Tem certeza?

— Absoluta. — Ele assente, ajeitando os ombros. — Agora, vamos ao trabalho.

★★★

— Então, o que a gente pode fazer com meu novo e aprimorado método de amplificação de camadas é direcionar uma série de luzes intensas a *La Belle* para obter medições da reflexão da luz. Basicamente, o software nos permite olhar dentro das camadas de tinta e, a partir de uma série de comparações minuciosas, determinar qualquer pintura que tenha sido encoberta, mesmo que invisível ao raio X e ao infravermelho. — Ele olha para mim. — Foi mal.

Eu balanço a cabeça, confusa.

— Não estou dando uma de nerd nem nada. Só recapitulando. Essas são basicamente coisas que aprendi sozinho. Então, enfim... o seu trabalho é ficar de olho nos monitores. Você está familiarizada com o tipo de imagem que as tecnologias anteriores apresentaram. Nem sempre fica óbvio quando você não sabe o que está procurando, e a técnica em si já é controversa, porque muita gente acha que é tudo ilusionismo e Photoshop.

— Logo saberemos.

Sentada em silêncio, observo Ben repassar a configuração e posicionar o equipamento precisamente com uma facilidade e confiança quase balísticas. A tensão em seu corpo, presente desde que o encontrei no hospital, parece diminuir aos poucos. O prazer que ele sente pelo que faz fica evidente em sua expressão concentrada, que se suaviza com o leve sorriso e os olhos cintilantes. Mesmo com o mal-estar de estarmos aqui e de todos os problemas que virão pela frente, eu me vejo desfrutando da beleza dele. Pego uma caneta e um bloquinho na mesa e começo a desenhá-lo. Cada traço retrata um braço longo, uma mão habilidosa, a inclinação da cabeça dele de um jeito muito característico, os músculos se movendo sob a camisa...

Achei que estaria mais angustiada. Afinal, estamos em um ponto crucial da nossa vida: se não houver nada oculto na pintura, o que virá a seguir? Tenho procurado a explicação para a minha existência com o objetivo de achar uma saída. Agora, tudo o que quero é uma maneira de permitir que Ben continue neste mundo. Estive tão obcecada com as consequências de não encontrar nada, e pela primeira vez me pego imaginando o que vai acontecer se descobrirmos alguma coisa.

Mas o pensamento se desvanece diante da serenidade que me proporciona vê-lo trabalhar, e peço, em silêncio: *Por favor, que eu possa viver uma vida inteira em cada segundo que passa.* Todas as questões de vida ou morte podem esperar.

E, de qualquer forma, esta não é a primeira vez que tenho que contemplar a morte de alguém que amo.

***

Até hoje não tenho certeza de como o homem do ministério me encontrou, ou como ele sabia que eu falava francês e italiano fluentemente. Eu estava trabalhando na Coleção, na minha terceira encarnação desde que a legara à nação, ajudando na catalogação e no armazenamento das nossas inestimáveis obras de arte, antes de elas serem levadas de trem para passar o restante da guerra debaixo de uma montanha no País de Gales. Eu passava o dia esmiuçando tudo o que havia colecionado, buscando novamente respostas para a minha existência, e à noite cuidava de Mariah enquanto a mãe dela trabalhava no turno da madrugada. Jack se alistou na primeira oportunidade que teve, doido para lutar contra Mussolini, e eu fiquei para trás, frustrada e inquieta. Então, quando um cavalheiro de terno azul-escuro me perguntou se eu estava interessada em "fazer a minha parte" pelo esforço de guerra, concordei antes mesmo de saber no que estava me metendo. Em duas semanas eu era uma agente especial totalmente treinada, pronta para me infiltrar na França.

Era uma noite escura e nublada quando saltei de paraquedas em um campo de trigo na área rural da França. Por um instante, suspensa no céu, olhando a paisagem abaixo de mim, soube com uma certeza repentina que algo ali mudaria a minha vida.

Eu ainda não sabia disso, mas não seria o medo ou a violência que me marcariam para sempre. Seria o amor, florescendo em meio à destruição e ao mal. Dominic.

Caminhar o tempo todo ao lado da morte fazia com que tudo parecesse mais opulento e intensamente colorido. As fotos em preto e branco que restaram jamais capturaram de verdade como foi viver aquilo. Eu sabia que, embora pudesse ter que enfrentar dor, terror ou tortura, de uma forma ou de outra iria sobreviver para ver o fim da guerra. Mas meus camaradas não, e eles preencheram todos os minutos com a mesma energia que vejo em Ben agora, conscientes de que a qualquer momento tudo o que amavam, tudo o que eram, poderia ser relegado às trevas. À noite, nós caminhávamos até um café à beira do rio, tomávamos vinho e fumávamos enquanto as luzes coloridas que se estendiam acima de nós se transformavam em uma noite estrelada de Van Gogh. Ali, em meio à ânsia de viver que vinha com o medo constante, eu me sentia bem. Quase esqueci por completo a minha amada Londres.

Dominic entrou na minha vida na décima noite. Ele veio de algum lugar dos fundos de um restaurante, o cabelo escuro um pouco comprido demais, cobrindo os olhos, a camisa branca amarrotada enfiada nas calças, as mãos nos bolsos, um cigarro pendurado nos lábios. Não parecia capaz de sair da cama, quanto mais arquitetar uma operação para interromper o fornecimento de munição do inimigo.

— Oi. Prazer em conhecê-lo — falei em francês perfeito, estendendo a mão.

A resposta dele foi revirar os olhos e me ignorar. Fiquei tão furiosa em ser esnobada que mal prestei atenção no que os outros falaram pelo restante da noite. Dominic apenas se jogou em uma cadeira e ficou bebendo conhaque barato, fazendo cara feia para os pés.

— Ele não lida bem com mudanças — explicou uma mulher chamada Bridget, quando me notou observando-o secretamente. — Ele gostava do Thierry, a pessoa que você veio substituir.

— Ah, entendi — falei.

— Não, não desse jeito! — explicou ela, rindo. — Nosso caro Dominic gosta muito de mulheres. Um pouco até demais, se quer saber. Eles eram grandes amigos. Dominic acha que devia ter feito mais pelo Thierry. E está descontando a culpa que sente por isso em você.

— Entendo — comentei, com mais delicadeza dessa vez.

— Ele é louco, mas é inteligente e corajoso. — Ela sorriu. — Só não se apaixone por ele, pelo amor de Deus. Ele vai partir seu coração sem nem titubear. — E então ela deu um suspiro melancólico que me fez suspeitar que estava falando por experiência própria.

O momento em que me apaixonei por Dominic continua tão nítido em minha memória como nos primeiros segundos em que o vivi. No fundo de um vale, nós dois cercados pela floresta densa e gélida, com a terra congelada sob os pés. Nossa respiração embaçava o ar, e havia um manto de silêncio logo antes de os explosivos que havíamos colocado nos trilhos da ferrovia rasgarem a noite em um espectro violento de laranja com um barulho estrondoso. Todos recuamos e nos abaixamos, tapando as orelhas. Quer dizer, todos menos Dominic. Só ele permaneceu de pé, perfeitamente imóvel, com um sorriso triunfante, enquanto o reflexo do fogo furioso queimava em seus olhos.

Pouco depois disso, entendi que o desejava com uma ânsia que nunca tinha experimentado, nem em todos os meus séculos de vida. Antes dessa guerra, o desejo sempre havia sido algo controlado por parâmetros estabelecidos por homens. Passei décadas só tentando proteger ou construir uma reputação aceitável. Mesmo Madame Bianchi, com suas festas loucas e extravagantes, nunca fora vista com um amante. Mesmo a menina que dançava até de madrugada no Ritz com os joelhos pintados de ruge sabia que, para se manter segura, tinha que seguir as regras.

Antes de Dominic, o desejo sempre tinha sido uma transação na qual, mesmo quando imbuída de afeto e prazer, eu participara de forma passiva. O mundo sempre havia garantido que fosse assim para as mulheres, que fôssemos as sedutoras ardilosas que devem ser mantidas fora de vista, protegidas do olhar masculino por espartilhos, véus e modéstia, para ganhar o prêmio da castidade. O pós-guerra tentaria reimpor tudo isso, mas, durante a guerra, eu me senti completamente livre para experimentar cada impulso que eu tinha. E tudo o que eu mais queria era ir para a cama com Dominic. Durante anos depois de sua morte eu pensava nele em todos os meus momentos de quietude, em como era correr a língua lentamente pelo seu pomo de adão ou levar os dedos sob a sua camisa amarrotada para explorar o torso musculoso e bronzeado que ela ocultava. Eu havia conhecido cada centímetro dele e tomado posse de todos.

A vida ficou muito perigosa depois que sabotamos o trem. Fomos obrigados a nos separar por várias semanas, tentando não chamar atenção, enquanto assistíamos, impassíveis, aos suspeitos serem arrastados para interrogatório pelos nossos atos. Era assim que tinha que ser. Às vezes esbarrávamos um no outro, trocando sorrisos educados e tchauzinhos casuais do outro lado da rua. Até nos sentávamos no mesmo bar, mas não juntos. Não podíamos ser vistos juntos com frequência, para não parecer que estávamos em conluio. Então, uma noite, quando as coisas pareciam estar um pouco mais seguras, ele me alcançou no caminho da padaria até a minha hospedagem. Nem ele nem eu dissemos uma palavra sequer enquanto ele me acompanhava, com a cabeça baixa, a mão no bolso, a fumaça do cigarro subindo noite adentro. Os passos daquela curta caminhada foram todos mudos, com a Lua brilhando nos paralelepípedos encharcados de chuva e uma corrente de silêncio compartilhada entre nós. Ele se demorou junto à porta enquanto eu procurava a chave. Quando a encontrei, ele pegou minha mão e, olhando para os meus dedos, falou:

— Eu gostaria de te beijar. Faz um tempo que quero isso, e acho que você também quer, não é?

Minha vontade era jogá-lo contra a parede e devorá-lo ali mesmo, mas eu me contive, saboreando a expectativa.

— Não sei se seria uma boa ideia — respondi. — Temos que trabalhar juntos. Isso não dificultaria as coisas? Colocaria todos em risco?

— Se você fosse qualquer outra pessoa, eu concordaria. — Ele sorriu, com um olhar travesso. — Mas não consigo parar de pensar em você.

— O problema é que, se eu me apaixonar — eu o provoquei —, um dia você vai partir meu coração. Ouvi isso em primeira mão de alguém que te conhece melhor que eu.

— Pode ser — devolveu ele, dando de ombros. — Mas prometo que não vai ser hoje nem amanhã.

Naquele instante eu o puxei para os meus braços. Eu me lembro do calor dos lábios dele e de como seu corpo se uniu ao meu, quente e com urgência. Fomos tropeçando escada acima antes de cair na cama. Ali, enfim, houve uma união igualitária. Nós nos amávamos e nos queríamos exatamente na mesma medida.

Depois daquela primeira noite, repetimos a conversa inicial muitas vezes, em momentos de lazer, de luxúria, de amor.

— Você vai partir meu coração — dizia eu com carinho.

— Pode ser, mas prometo que não vai ser hoje nem amanhã — respondia ele.

E isso foi verdade até o dia em que ele não conseguiu mais manter a promessa.

No dia em que contei a ele o meu segredo, tinha chovido à noite e, pela manhã, o rio estava envolto pela névoa. Na outra margem do largo rio, as torres da cidade erguiam-se na escuridão como um amontoado de fantasmas ansiosos, clamando por resgate. Eu não podia deixar que ele pensasse que eu era uma heroína, como Bridget era, como ele era. Não havia arma nem vontade capaz de me matar, não importava quem as empunhasse.

Dominic estava em pé atrás de mim, me envolvendo com seus braços. Suas mãos pairavam sobre a minha fina camisola de algodão, me deixando arrepiada de prazer, enquanto eu me rendia a ele. Ele me virou de frente, e eu levantei o rosto, esperando ser beijada. Mas a sua expressão era séria.

— Eu te amo — disse ele, de uma forma simples e rápida, mas com tanta seriedade que eu sabia que não era algo que ele diria sem sentir. — Sempre achei que eu era frio demais para isso, mas aí está. Eu te amo e, por te amar, tenho uma fraqueza, estou vulnerável. Eu tenho medo, não por mim, mas por você.

— Você não precisa temer por mim — eu lhe disse. E muito baixinho, quase em um sussurro, contei-lhe todos os meus segredos, mostrei a ele as pequenas provas que eu carregava comigo: um esboço, uma foto muito antiga em uma maleta de viagem.

Em retrospecto, é óbvio que percebo como foi cedo demais, mas, depois que comecei, não consegui parar. Eu o havia chocado profundamente, abalara tudo o que ele achava que entendia sobre mim, sobre nós, sobre tudo. Ele me chamou de mentirosa e me amaldiçoou, gritou e praguejou, antes de, achando que eu tivesse enlouquecido, me dizer que ia buscar a ajuda de que eu precisava. Então, por fim, ele me deixou, dizendo que eu devia voltar para a Inglaterra, porque ele não me queria mais.

Só que ele voltou poucos minutos depois, encharcado até a alma, o cabelo escuro escorrendo sobre os olhos. E chorou, abraçado a mim. Nunca mais falamos disso — nem no dia em que ele morreu. Dominic decidiu me amar de qualquer maneira. E continuou me amando até o fim da vida. Mesmo sabendo a verdade, ele não temia por si mesmo. Apenas por mim.

* * *

Talvez eu devesse ter contado tudo ao Ben logo de cara, antes mesmo de ele chegar perto de sentir o que acha que sente por mim agora e antes de eu saber que tinha me apaixonado por ele. Em vez disso, escolhi ter alguns dias de felicidade, e ainda não sei qual será o preço a pagar por essa escolha.

Ben desliga as luzes do teto e, com alguns toques no teclado, liga os equipamentos. Ele se aproxima de mim e pousa o braço nos meus ombros, levando os lábios junto à minha orelha.

— Estou com medo — diz ele.
— Eu também — admito.

E nos abraçamos com força, um buscando no outro nossa única defesa contra o tempo.

Permita-me viver uma vida inteira em cada precioso minuto até que o último se acabe.

46

Estendemos no chão um casaco de lã preto e comprido que encontramos pendurado num cabideiro antigo em um canto escuro. Vita está deitada nele agora, com a cabeça no meu peito. Seu cabelo se espalha pela minha camisa, escuro e sedoso. A palma da mão dela repousa de leve sobre mim, as pontas dos dedos logo abaixo da minha clavícula. Eu corro a mão preguiçosamente ao longo das costas dela, e, se não ficasse lembrando o tempo todo o que estamos fazendo aqui, pegaria facilmente no sono.

Desde que cheguei aqui, consegui não pensar no que o médico falou no hospital. Aquela conversa parece ter acontecido em outra vida, com outra pessoa. Não preciso tomar essa decisão porque tenho Vita, porque tive esta noite, e, talvez, quando o sol nascer, vou ter até o fim do universo e até que as estrelas voltem ao nada.

Não sei quanto tempo se passa até os três bipes soarem em rápida sucessão e o deslizar rítmico do sistema de digitalização parar, sinalizando que a captura da imagem foi concluída, mas sei que ainda vai demorar.

— Acabou? — pergunta Vita, sentando-se bruscamente.

— Ainda não — respondo, também me levantando. Minhas costas machucadas e a cabeça dolorida voltam a latejar. De repente, o cansaço ameaça me dominar de novo. — Agora a gente tem que esperar o software fazer uma interpretação básica dos dados brutos. O que a gente vai descobrir daqui a pouco é se apareceu alguma coisa nova ou não, porque as imagens vão indicar. Depois, a gente baixa tudo e leva até a sua casa, para poder avaliar de fato os dados.

Vita franze a testa.

— Então este é um momento crucial... ou não? — indaga ela, colocando o cabelo atrás da orelha.

— Vamos dizer que é um deles. — Sinto um frio na barriga ao me aproximar do computador.

Vita sempre acreditou que existe algo escondido em *La Belle*; que, por algum motivo, Leonardo escolheu este quadro, o seu mais modesto retrato, para esconder todos os seus segredos e mantê-los fora do alcance de militares e invasores, protegido do futuro — pelo menos até onde ele podia prever. Faz poucos dias que estou torcendo por isso, e já é como se fosse uma vida inteira. Não consigo imaginar como será ter certeza de tudo.

— Está processando a primeira imagem — digo a Vita quando uma nova barra aparece na tela. — Faltam cinco minutos.

Vita fica atrás de mim, com uma das mãos no meu ombro, o queixo no outro, e esperamos. E esperamos. Então, de repente, a primeira imagem preenche a tela.

E não há nada. Nenhuma mensagem secreta, nenhum esboço anterior ou correção por baixo. Nada.

— O que isso significa? — pergunta Vita. — O que eu estou olhando?

Não sei como dizer a ela.

— Ainda falta muito — digo. — Essa imagem não mostra nada, mas agora o software vai repetir o processo centenas de vezes. Temos só que esperar para ver.

Pela primeira vez na vida, quero que o tempo passe mais rápido.

★★★

Ficamos sentados em silêncio, olhando um para o outro.

— E aí? — indaga ela. — Não tem nada lá?

— Não é conclusivo — respondo, atônito. — Ainda não. Precisamos levar isso para casa e analisar os dados. Mas não estou conseguindo ver nada, e achei que veria. Alguma coisa... qualquer coisa. Não tem nem um esboço por baixo. — Penso por um segundo, ainda tentando assimilar esse anticlímax. — Talvez seja o meu software, ou a minha lente.

— Você acha mesmo que pode ser um dos dois? — pergunta Vita.

— Não — respondo, triste. — Passei anos desenvolvendo essa tecnologia. Conheço o equipamento por dentro e por fora. Isso é o que eu faço, e sou muito bom nisso. Então, acho que não.

— Também acho que não — concorda ela. — A gente pode simplesmente pegar esses dados e pedir uma outra opinião, pedir para alguém verificar, revisar tudo.

— Vai levar meses — digo.

Eu sabia que isso poderia acontecer. Achei que estava preparado para o fato de que esse seria o resultado mais provável. A verdade é que eu acreditava que funcionaria, que as estrelas iriam se alinhar, que era para dar certo, que o destino tinha nos aproximado exatamente no momento perfeito para salvar a minha vida. Sob todo o pragmatismo, o pensamento racional e a minha coragem superficial de que estava preparado para morrer, achei que haveria um milagre que iria mudar o universo só para mim.

Sou atingido pela dura realidade de que não há um grande plano, nem aqui, nem naquela tela, nem em lugar nenhum. Fico paralisado de medo.

De repente, Vita fica de pé.

— Mas isso é impossível — insiste ela, com as mãos nos quadris. — É impossível, porque eu *sei* que o Leonardo escondeu o segredo dele aí. Eu *sei* disso. Está aí. Tem que estar.

— Não está — digo, meio rispidamente. Eu me deixei levar pelo mundo e pela mente da Vita, porque queria muito que fosse tudo verdade. Jack me avisou sobre ela. Era isso que ele estava tão desesperado para me dizer? Que as ideias e as teorias dela eram apenas fantasias? O pensamento paira em minha cabeça como um cubo de gelo. — Vita, eu acho... Eu acho que a gente tem que esquecer isso.

Ela fica na frente do quadro, me olhando como se estivesse esperando que eu chegasse a alguma conclusão brilhante.

— Você disse que as imagens não mostram nada de novo — diz ela —, mas isso é impossível. Nós sabemos que o Leonardo mudava de ideia com frequência enquanto trabalhava, que raramente ficava satisfeito. É por isso que ele tinha dificuldade para terminar um retrato, por isso manteve a *Mona Lisa* consigo até o dia de sua morte. O trabalho de Pascal Cotte encontrou resultados. Mesmo que sejam controversos, estavam lá. Então a gente também deveria ter encontrado *alguma coisa*. Isso poderia significar que ele, de alguma forma, escondeu algo muito bem escondido? Não que ele tenha antecipado essa tecnologia, mas que ele usou algo para garantir que suas descobertas fossem preservadas? De um jeito mais eficaz do que imaginávamos? Quer dizer, o Fabrizio falou, a composição química de *La Belle* foi analisada até o enésimo grau. Todos aqueles anos que as pessoas passaram discutindo se ela era ou não um Da Vinci autêntico significam que sabemos muito sobre ela, mas não apareceu nada fora do comum. Então, talvez seja algo *comum*? Algo escondido à vista de todos? Os pigmentos baratos que ele usava no dia a dia?

Um pensamento surge em algum canto no fundo da minha mente.

— Pode ser — digo. — Sabemos que ele estava testando métodos alquímicos, tentando refutá-los. Os alquimistas da época eram os pioneiros da química moderna, certo? Todos estavam combinando vastas gamas de ingredientes diferentes, tentando desesperadamente acertar a fórmula da pedra filosofal e do nosso remédio preferido, o elixir da vida. — A ideia vai ganhando força, e eu pego a mão de Vita. — Olha o caso de Hennig Brand, um alquimista do século dezessete, na Alemanha, sobre quem li naquele dia. Hennig passou meses coletando, armazenando e fervendo urina humana, porque achava que os seres humanos eram feitos de todos os elementos do universo, então talvez os segredos do universo estivessem dentro de nós. Ele não estava totalmente errado. Ele fervia litros de xixi até produzir chamas e depois coava o xarope resultante.

— Que coisa mais desagradável — comenta Vita.

— Aí ele esquentava de novo até obter um óleo vermelho, que ele reduzia e... Tinham vários outros passos nojentos, mas, resumindo, no fim ele ficava com uma pedra preta meio dura que, quando aquecida, brilhava no escuro. Ele deve ter achado que tinha descoberto algo que o ajudaria a resolver o mistério que os alquimistas estavam tentando desvendar. Deve ter parecido uma coisa mágica... nojenta, mas mágica. Ele realmente acreditava que estava a caminho de descobrir como transformar chumbo em ouro. E, de certa forma, conseguiu, porque, por acaso, ele descobriu o fósforo. Ele vendeu a receita e ganhou bastante dinheiro. Então, ele meio que transformou xixi em ouro.

— Você está dizendo que...? — Ela franze a testa. — O que você está dizendo?

— Estou dizendo que Leonardo Da Vinci sem dúvida estava combinando uma série infinita de ingredientes, e que ele pode ter feito alguma mistura como parte de seus experimentos, usando os materiais esperados, mas de maneiras inesperadas. Não sei mais do que isso, só que fósforo brilha quando é aquecido.

E então me lembro — minha mãe e eu pintando camisetas mágicas num sábado, para vender para pré-adolescentes na feira de domingo.

— Existem alguns corantes naturais que mudam de cor quando são aquecidos. Precisamos de um secador de cabelo.

— Um secador de cabelo? — Ela balança a cabeça. — Temos duas horas até o dia raiar, e você quer que eu arrume um secador de cabelo e depois o aponte para uma obra-prima do Da Vinci?

— É, bem de perto, para o resultado aparecer mais rápido.

— Ben...? — Sua expressão corporal é uma grande interrogação. — Você quer que eu aponte um secador de cabelo para um Da Vinci?

— Você acha que tem alguma coisa escondida ali. Você me fez acreditar também. Pode ser a nossa última chance, Vita. — Faço uma pausa, olhando nos seus olhos. — Pelo menos para mim.

Vita morde o lábio, refletindo por um instante.

— Tem um secador de cabelo no banheiro dos funcionários — diz ela depois de um tempo.

— Então a gente pode tentar?

— Me espera aqui — diz Vita. E sai da sala.

Ela volta com o secador de cabelo, uma extensão e uma expressão muito séria, os lábios franzidos e tensos.

— Está tudo bem? — pergunto, feito um idiota.

— Temos trinta minutos e, se isso não funcionar, então... — Ela está com os olhos arregalados. — Estou com tanto medo. Achei que tínhamos passado do estágio de colocar em risco obras de arte de valor inestimável.

— Eu sei. — Dou um passo na direção dela, mas sua expressão me impede de chegar mais perto. — É um quadro inestimável, precioso. Eu sei disso. Ela é sua amiga há muito tempo, e sei que eu me apaixonei no instante em que coloquei os olhos nela. Ela significa tanto. — Fico sem saber o que mais dizer para consolar Vita. — Olha, vamos tentar só no canto de cima, e se não conseguirmos nada ali... — Fico relutante em dizer em voz alta que podemos desistir. Estou começando a perceber que rasgaria essa pintura se ela fosse responder às minhas perguntas.

— Tudo bem — concorda Vita, me entregando o secador de cabelo.

Começo a aquecer o canto e, sim, ver a camada de tinta se curvar e tensionar sob o calor faz meu estômago revirar. Mas então, bem de leve — quase transparente —, algo começa a aparecer sob a tinta, uma marca marrom-escura que poderia ser *alguma coisa*.

— Grava um vídeo — peço, mantendo o calor na área por mais trinta segundos.

— Pronto — diz ela. — É isso, é italiano. É a caligrafia dele.

— Tem certeza? — Eu olho para ela, desligando o secador de cabelo. As marcas desaparecem quase imediatamente. — Ou isso é aquela coisa que o cérebro faz quando quer dar sentido ao nada?

— Acho que tenho certeza — insiste ela, reproduzindo o vídeo que fez. — Parece muito com a palavra *impasto*, que significa "massa" ou "pasta". Quer dizer, eu não sei, mas pode ser, não? — Ela me encara.

— Tá — digo. — Aponta a câmera o mais perto que você puder da pintura sem perder a definição. Vamos fazer em quadrados de dois centímetros, da esquerda para a direita, trinta segundos em cada um. O suficiente para conseguir uma leitura, mas não para danificar a pintura. Combinado?

— Combinado — concorda ela, e nós começamos.

Em poucos minutos, nossas dúvidas vão desaparecendo na mesma velocidade com que os símbolos ocultos na tinta emergem.

— Você encontrou, Ben — sussurra Vita, admirada.

Eu encontrei.

Encontrei, e estou apavorado.

47

Pablo obviamente aproveitou a curta estada com Mariah, embora tenha sido rebatizado de Kip, alimentado à mão com atum e fiambre, e pareça estar gostando de ser enrolado em uma manta de crochê.

— Oi, Evie — diz Mariah quando Marta abre a porta para nós, notando o nosso estado desgrenhado, embora sem dizer nada. — Você trouxe bala?

Por sorte, acho uma bala no fundo da bolsa e faço uma anotação mental para me lembrar de comprar mais, pois é a última que tenho.

— De laranja — comemora ela, feliz, segurando-a nas mãos como se fosse uma joia preciosa. — Você sabe onde a minha mãe está? Não encontro ela em lugar nenhum.

— Acho que está no turno da noite, na fábrica — respondo. — A Marta vai embora agora, e daqui a pouco a Viv chega. A gente pode levar o Pablo?

O cachorro se esgueirou para fora da manta e está fazendo de tudo para subir nos braços de Ben, que o pega e o aninha no colo como se fosse um bebê, fazendo careta enquanto Pablo o cobre de lambidas.

— Ele gosta de você! — Mariah sorri, mas então fica muito séria. — A mamãe disse que ele também tinha que ir embora. Ela falou que, por causa do racionamento, a gente não pode mais ter animal de estimação, e que ele vai ter que morar numa fazenda com os evacuados. Você leva ele pra fazenda, Evie?

— Levo — respondo, pegando a mão dela. — Ele vai ser feliz lá, vai ser bem alimentado e, quando a guerra acabar, ele vai voltar.

— Vou sentir muita saudade. — Mariah estende os braços para Pablo, que docemente deixa Ben colocá-lo no chão e trota até ela, onde permite que ela chore junto de seu pelo por um tempo. — Também tô com saudade da minha mãe, Evie — soluça Mariah —, e do meu Len. Pra onde foi todo mundo?

— Eu ainda estou aqui — digo, sentando-me ao seu lado. — Vou estar sempre aqui, Mariah. Não se preocupe com isso.

— É, você sempre esteve, né? — comenta ela, encostando em mim. — Você sempre esteve por aqui. Me conta uma história agora? A da herdeira?

Olho para Ben, que assente de leve.

— Madame Bianchi? — pergunto, e Mariah faz que sim.

— Me conta dos vestidos e das joias — pede ela, com os olhos arregalados.

— Madame Bianchi era meio misteriosa — começo. — Ela chegou a Londres num turbilhão, e ninguém sabia de onde era, quem era a sua família ou como havia acumulado uma fortuna tão vasta. Os boatos eram de que ela e o irmão eram ex-piratas, mas ninguém ligava se isso era verdade ou não, porque Madame Bianchi era muito inteligente e abalou a cena social.

— Conta o que ela fez — pede Mariah.

— Ela construiu um *palazzo* lindo, no coração de Londres — continuo. — Pagou três vezes mais do que qualquer outra pessoa para fazer tudo em um ano e, ao mesmo tempo, construiu casas pela cidade toda, para os ricos, para as pessoas comuns e até para os pobres. Madame Bianchi projetou e construiu sua casa, Mariah, e a minha também, e ela deve ter feito um bom trabalho, porque ainda estão de pé. Mas não era disso que as pessoas da cena social mais gostavam nela. Elas gostavam das festas, famosas em toda a Europa. As pessoas brigavam por um convite. E em cada festa ela usava um vestido novo, das melhores sedas e cetins, de todas as cores do arco-íris, e tantas joias que dizem que corria o risco de ofuscar a família real. Dizem que não havia pessoa mais radiante, espirituosa, inteligente ou maravilhosa que Madame Bianchi. E o melhor: ela deixou tudo o que mais lhe interessava, tudo o que colecionou durante a vida, para todos nós. Então, de certa forma, todos os seus lindos vestidos e joias pertencem a você hoje.

— E você trabalha na casa dela, né? — pergunta Mariah. — Pode me trazer uma tiara?

— Vou ver o que posso fazer — respondo com um sorriso, beijando a testa dela.

A porta da frente se abre, e Viv, que estava no hall com Marta, trocando o plantão, aparece.

— Bom dia, Mariah — cumprimenta Viv, animada, enchendo a sala de sol. Ao nos ver, seu sorriso se alarga. — Ah, Ben, que bom te ver de pé e bem. Ficamos muito preocupadas com você ontem. Que alívio.

— Obrigado por tudo — diz Ben. — Não sei como agradecer pela sua ajuda.

— Não foi nada, meu caro. — Viv ri, e Mariah também.

— Então, vocês vão tomar café da manhã com a gente?

— Não, não vai dar — responde Ben. — Viemos apenas buscar o cachorro.

— Eu sei que a Mariah vai querer comer um ovo com torrada — diz Viv.

— Ah, por favor, mãe. — Mariah se acomoda em sua poltrona, o olhar viajando para algum lugar inacessível para nós.

— Como você acha que ela está? — pergunto a Viv quando estamos prestes a sair. — Acha que ela ainda está bem o suficiente para continuar aqui? Eu estou acostumada com as viagens que ela faz no tempo, mas te chamar de "mãe" é novidade.

— Alguma deterioração é esperada, mas a casa continua sendo o melhor lugar para ela — responde Viv. — O médico diz que ela está bem de saúde, fisicamente falando. E ela sem dúvida mantém Marta e a mim em alerta. É uma coisa boa o que você está fazendo, sabe... cobrindo todos os custos para ela poder continuar em casa. Não sei se ela sabe a sorte que tem de ter uma amiga como você.

— Eu faço isso por razões egoístas, na verdade — digo, olhando para Ben, enquanto ele absorve a novidade. — A Mariah é muito importante para mim.

Viv nos leva até a porta, e eu a ouço cantarolando "We'll Meet Again", e, na mesma hora, Mariah se junta a ela assim que a porta se fecha atrás de nós.

— Isso deve custar caro — comenta Ben enquanto descemos os degraus diante da porta de Mariah e subimos de novo os meus.

— Eu tenho dinheiro de sobra, lembra? — devolvo. — Mais do que quero ou preciso. Faz sentido usar para ajudar as pessoas.

— Você é o máxi...

— Não, Ben. — Eu o interrompo diante da porta da minha casa, pousando o dedo em seus lábios. — Eu não sou o máximo. Eu tive sorte. Tudo o que eu tenho, a casa, a garagem, o dinheiro, vem da mais pura sorte, mesmo que às vezes ela pareça mais uma maldição. Eu tive sorte, e a Mariah está sozinha no mundo. Cuidar dela é importante para mim, e pronto. Então, não vamos mais falar disso, certo?

— Certo. — Ben assente depressa, então acrescenta: — Mas eu ainda te acho o máximo.

★★★

Nunca me senti tão feliz de estar na minha casinha; pelo menos não consigo me lembrar da última vez em que estive tão contente. Estou exausta, mas também vibrando de emoção. Parece que corre eletricidade pelas minhas veias em vez de sangue.

Ben desaba no sofá, e, na mesma hora, Pablo sobe e se enrola em uma bolinha junto de suas pernas.

— Vai dormir — digo, pousando a palma da mão na sua testa fria. Depois de uma noite cochilando no chão do museu, ele parece esgotado. — Não tem nada que a gente possa fazer por enquanto. Eu vou dar um pulo na gráfica e imprimir as fotos no maior formato possível com uma boa resolução. Acho que deve levar algumas horas, depois vou para o trabalho, ver como estão as coisas.

— Tá — diz ele, cobrindo os olhos com uma das mãos e descansando a outra junto das orelhas de Pablo. — Boa ideia.

— Ben? — Eu me sento na beirada do sofá. — Você está se sentindo bem? Tem algum sintoma com que a gente deva se preocupar?

— Na verdade, eu não sei. — Ele abaixa a mão para olhar para mim. Seu rosto está pálido: há sombras escuras sob os olhos e a barba por fazer ao longo do queixo. — Ainda estou tentando entender tudo o que aconteceu ontem à noite.

— Eu também — digo —, mas pelo menos *La Belle* está de volta à exposição exatamente do jeito que estava ontem de manhã, embora agora pareça que isso tenha sido há cem anos.

— Você não pode faltar hoje? — pergunta ele. — Também deve estar exausta.

— Estou bem. Vou para lá assim que resolver isso. — Mostro a ele o pen drive com as fotos. — Vou escrever minha carta de demissão e entregar para a Anna, então, se der, vou tentar sair mais cedo.

— Você também precisa dormir — insiste ele, pegando minha mão.
— Você não pode só deitar aqui comigo um pouquinho?

— Se eu deitar, não levanto mais — digo. — Estou bem. Um cafezinho vai ajudar.

— Vou sentir saudade — diz ele, com os olhos azuis cansados. — Tenho menos medo de dormir quando você está aqui.

Fico de joelhos na sua frente e encosto meu rosto no seu peito.

— Também vou sentir saudade — afirmo. — Mas você precisa descansar. O Pablo vai ficar de olho em você. — Faço carinho nas orelhas do cachorro enquanto ele tenta se enfiar no meio do nosso abraço. — Não vou demorar, prometo.

Quando saio da sala, Ben já está dormindo.

***

No trabalho, sinto como se estivesse em um sonho lúcido. O mundo inteiro parece irreal, como se tudo estivesse ligeiramente alterado em relação à forma que conheço, modificado para ficar quase igual, mas não exatamente o mesmo.

La Belle está de volta à exposição. As pessoas entram e saem do museu como sempre fizeram, muitas indo direto para a exposição do Da Vinci, mas muitas ignorando-a completamente para visitar apenas uma sala ou ver um objeto. Gosto de observá-las, as pessoas que frequentam a galeria. Para elas, a Coleção é mais do que um museu, é uma extensão de suas casas e de si mesmos, um lugar onde raridades podem se tornar objetos de fascinação, como sempre acontece. É assim que me sinto em relação a ela também.

Mo está de volta ao trabalho, examinando a sala de exposição com atenção redobrada.

Mesmo Anna parece ter recuperado totalmente a compostura. Sento-me ao seu lado em uma reunião, e ela atualiza os diretores a respeito do progresso de uma futura exposição que estamos planejando com os objetos da Coleção que um dia foram considerados mágicos. Ninguém pediu a minha demissão ainda, e não tive tempo de escrever a carta que planejei, porque Anna precisou de mim o dia inteiro e não tive coragem de abandoná-la. Se não estivesse tão cansada, acharia graça perante a ironia da situação.

Na hora do almoço, Jack me encontra na St. James's Square, onde está guardando lugar para nós em um banco. Constrangido, ele me entrega a minha combinação preferida: um café quentinho e um bagel de salmão defumado e cream cheese.

— Não sabia se você ainda ia falar comigo — diz ele, o que me pega de surpresa antes que eu consiga descrever o que aconteceu nas últimas vinte e quatro horas.

— Por quê? — pergunto, perplexa. — O Ben falou que você passou lá em casa.

— Ele não te contou? — Jack parece surpreso.

— Me contou o quê? — questiono, franzindo o cenho.

— Eu fiz merda — confessa ele. — Queria avisar ao Ben, preparar o cara. Ele não quis me ouvir, só queria te encontrar. E... ele caiu. Bateu a cabeça feio. Mas parecia bem. Eu verifiquei se ele estava bem antes de ir embora.

— Jack. — Eu balanço a cabeça. — Ele desmaiou na rua e teve que ser levado para o hospital. Ele podia ter morrido!

Jack arregala os olhos.

— Me desculpa. Eu achei que ele estava bem. Juro que foi um acidente.

— Se você não tivesse aparecido para se intrometer, ele não teria se machucado. — Sinto a raiva fervendo no peito. — Jack, o que você está fazendo? Você não é assim.

— Eu precisei tomar atitudes drásticas, já que você não está pensando direito nas coisas, Vita. Como ele pode tomar uma decisão dessas se não tem ideia do que está em jogo?

— Eu vou contar — digo. — Estou esperando a hora certa.

— E quando vai ser isso, Vita? — questiona Jack. — Antes de ele entrar numa vida infinita sem ter ideia do que isso significa? Ou depois que ele morrer?

Dou um tapa forte na cara dele e recolho a mão, horrorizada.

— Perdão. Eu não devia ter feito isso — gaguejo. — Não posso falar do Ben como se ele fosse um experimento: como se não fosse haver mal nenhum em eu não conseguir salvá-lo e ele morrer.

— Sei disso — diz Jack, levando a mão ao rosto. — Não quis ser cruel. É só que essa situação toda deixou muitas coisas bem evidentes para mim. Acho que imaginei que você e eu íamos continuar para sempre como éramos, e que nada ia mudar. Mas as coisas sempre acabam mudando, quer a gente queira ou não.

— Então é isso? — questiono, sentindo a frágil trégua entre nós se desfazer. — Você não quer que eu tenha nada que seja só meu para que eu esteja sempre disponível para você? Eu não sou como você, Jack. Ou, se um dia já fui, não sou mais. Não posso tratar o mundo como uma bugiganga ou um brinquedo. Eu quero viver aqui, fazer parte disso. Ao contrário de você, quero me importar com algo além de mim mesma.

— Você está tornando isso impossível. — Jack se levanta de repente, passando as mãos pelo cabelo, frustrado. — Eu sei que sou egoísta, vaidoso, mas sempre estive ao seu lado. Eu preciso saber se você tem certeza de que é isso mesmo que quer. Se o Ben é o que você quer. Ele sabe que vai ver todo mundo que ama morrer? Ele sabe que você *odiou* essa vida depois que o Dominic morreu, Vita, que você odeia essa vida do fundo do seu ser? Tanto que, às vezes, eu acho que você *me* odeia?

— Às vezes eu acho isso também — cuspo as palavras sem pensar no que estou dizendo. Jack e eu nos encaramos, horrorizados. — Não é verdade — me corrijo, tarde demais. — Estou exausta, e só quero salvar o Ben, Jack. É óbvio que eu te amo... você é meu melhor amigo. Só quero o seu melhor, e é por isso que não entendo por que você não quer o mesmo para mim.

— Eu sei — diz ele em um tom meio forçado. — Então, o que você encontrou? Você falou que encontrou alguma coisa. Era o segredo da vida eterna?

— Ainda não sei — respondo, me perguntando se tem alguma forma de desfazer o que fiz com a nossa relação. Não foi assim que imaginei este momento, com Jack e eu sentados em extremidades opostas do banco, a um mundo de distância. — Encontrei as palavras que Leonardo escondeu no quadro. Ainda não consegui analisá-las, mas pode ser que seja o que estou procurando. Você não quer descobrir também?

— Eu só quero *a gente* — diz Jack —, mas isso não é o bastante para você.

— Não é isso — digo a ele. — Não é que você não seja o bastante. É que eu preciso que tudo isso, toda a vida que a gente viveu, signifique alguma coisa. Se eu puder salvar o Ben, então vai ter significado alguma coisa. Tudo terá tido um propósito.

Jack me olha por um bom tempo, e não consigo decifrar a sua expressão. É como se esse rosto que fitei um milhão de vezes se tornasse o de um estranho para mim em questão de minutos.

— Então você não acha que está na hora de contar a verdade para ele? — pergunta Jack. — Antes de salvá-lo, antes mesmo de tentar? Dizer para ele exatamente o que significa o dom da imortalidade de Leonardo. Se você o ama, não é o mínimo que ele merece?

— E o mínimo que mereço não é escolher como eu vivo? — retruco, levantando e começando a me afastar. — Ou você vai tentar controlar tudo o que eu faço pelos próximos quinhentos anos também?

— Vita! — chama ele. — Não é isso que eu quero. Só estou tentando te dizer, tentando explicar, que eu...

Eu me viro de frente para ele.

— Jack — digo —, se você me amasse, me deixaria ir.

★★★

Sair cedo do trabalho foi impossível, Anna precisou de mim o dia inteiro, e, para ser sincera, depois da briga com Jack, ainda vívida em minha mente cansada, eu não estava com a menor pressa de chegar em casa. Então continuei trabalhando, esperando o comprido braço da lei dar um tapinha no meu ombro, mas nada aconteceu. A gravação das câmeras de segurança foi inconclusiva — a sala estava tão cheia e escura que nada de útil pôde ser identificado. Só o que restou de todo o lamentável incidente foi uma montanha de papelada. Conseguimos até manter o caso fora da imprensa.

De alguma forma, isso parecia mais improvável do que uma sequência de anotações secretas feitas em corante reativo ao calor escondidas em uma das obras de arte mais famosas do mundo.

Por fim, chego em casa com uma pesada pasta com as impressões em A4 de todas as imagens que registrei de *La Belle*. Ben me cumprimenta na porta, de banho recém-tomado e parecendo muito melhor. Ele me abraça assim que entro. Me apoiando nele, deixo que me conduza até o sofá, no qual desabo feito uma boneca de pano.

— Não fui presa — digo enquanto ele tira meus sapatos e coloca meus pés no sofá. — Até agora, nem o casaco amarrotado foi motivo de conversa. Estou quase decepcionada. Ser uma gênia do crime não é tão divertido hoje em dia.

— Ainda há tempo — diz ele, me cobrindo com um grande xale de seda. — Estou esperando um helicóptero da polícia e uma equipe da SWAT baixar aqui a qualquer momento.

— Você está bem? — pergunto, segurando o seu pulso e puxando-o para junto de mim. Sinto meu corpo enfim cedendo à exaustão. Tudo que quero fazer é virar para o lado e dormir.

— Estou bem. Não se preocupe comigo. — Ele beija a minha testa. — As impressões estão nesta pasta? Posso pendurar na parede da paisagem marítima enquanto você dorme?

— Hummm — murmuro. — Pode, faz o que você quiser. Sei lá.

***

— Ei, Vita. Ei. — A voz de Ben me desperta lentamente do mais profundo sono.

— Já? — sussurro. — Me dá mais cinco minutinhos.

— Tem seis horas que você está dormindo, já é meia-noite — diz ele, fazendo carinho no meu rosto. — E eu sei que você vai querer ver isso.

— Vou mesmo? — Rolo no sofá e fico de frente para a parede oposta, e lá está o rosto de *La Belle*, ocupando quase a parede inteira, coberto por uma caligrafia quase invisível que parece muito com a de Leonardo. — Cacete — digo, sentando-me no sofá.

— Pensei a mesma coisa — diz Ben.

VIII

*Sejam tão verdadeiros uns com os outros
quanto este ponteiro é com o sol.*

—Citação tradicional encontrada em relógios de sol

48

— Eu preciso de vinho e comida, exatamente nesta ordem — diz Vita, sentando-se no tapete e cruzando as pernas. Ela abre um caderno sobre o baú à sua frente e procura uma caneta na bolsa.

— Eu saí e comprei as duas coisas — anuncio, orgulhoso, servindo uma taça com o vinho que comprei no supermercado. Cheguei a pensar em me aventurar na adega dela e pegar uma garrafa, mas concluí que no mínimo ia acabar abrindo uma coisa de milhares de libras, então, em vez disso, fui ao mercado enquanto ela dormia e comprei o vinho tinto mais caro que eles tinham.

— Hum, vinho bom — comenta Vita após o primeiro gole.

Fico orgulhoso da minha competência acidental como *sommelier*.

— Enquanto você traduz, vou preparar um macarrão com molho de tomate e manjericão, servido com parmesão, alho e azeite trufado. É carboidrato, mas faz bem.

— Parece uma delícia. Casa comigo? — diz ela, como quem não quer nada, anotando alguma coisa no caderno.

— É só falar o dia — respondo, meio que de brincadeira. Vita me olha com um sorriso, e, entre nós dois, sinto a presença quase física da esperança impossível de que um dia, quem sabe, se tivéssemos tempo suficiente e o mundo inteiro aos nossos pés, talvez pudéssemos traçar um futuro para nós. De repente, a promessa de possibilidade parece uma coisa viva, como aquela magia muito volátil que os alquimistas nunca deixaram de procurar. — Bom — continuo, com dificuldade de desviar os olhos dela —, é melhor eu começar a preparar a comida, vou fazer um molho de tomate caseiro. Vai ser bom você comer uma coisa que não tenha sido comprada pronta, para variar.

— Não sei se meu corpo vai aguentar o choque — diz ela, voltando para o caderno. Mas, quando saio da sala, suas palavras me seguem como uma promessa sussurrada: — Eu te amo, Ben Church.

Pablo se senta aos meus pés enquanto pico e refogo as coisas, parando para dar um gole ou outro no vinho caríssimo que, para ser sincero, tem o mesmo gosto de todos os outros vinhos que já bebi. As luzes piscam e zumbem no teto, em uma monotonia reconfortante. Por uma janela, o Soho pulsa e brilha como uma batida de hard trance, e, na outra, está tudo silencioso e escurecendo depressa. Eu deveria estar feliz. Mas não consigo parar de pensar nas coisas que não contei a Vita desde que ela voltou para casa.

Como o fato de que, quando acordei de tarde, havia quatro chamadas não atendidas no celular, todas do hospital, pedindo para eu voltar e discutir um plano de tratamento com eles, para eu pelo menos tomar uma decisão totalmente ciente das opções. Ou que, desde que bati a cabeça, surgiu uma dor nova e persistente na parte posterior do meu crânio. E uma nova mancha escura pairando no meu campo de visão.

Estamos tão perto de um milagre. Só preciso de um pouco mais de tempo. Só um pouquinho.

— Como está indo? — indago, sentando-me no chão ao seu lado e colocando uma tigela de macarrão à sua frente.

— Muito devagar — responde ela. — Uma mistura de texto e pictogramas, e é óbvio que está escrito de trás para a frente. Quando eu decifrar o código, vai ser rápido, mas vou precisar de um tempo pesquisando sites de referência. Pelo que estou entendendo, ele está refletindo sobre o destino: por que alguns são escolhidos para o luxo e a riqueza, e outros são condenados à miséria. Você tem noção de que, se algum dia a gente divulgar isso, vai todo mundo achar que é uma farsa elaborada?

— Eu não me importo com o que o mundo acha — digo. — Só me importo com o que você acha. Você acha que foi ele mesmo, ou será que foi um parisiense louco do século dezenove?

— Ah, foi ele — responde Vita. — Eu reconheço a sua forma de se expressar.

Passamos mais uma hora em silêncio, até que, por fim, ela se levanta, pega o caderno e para diante da ampliação de *La Belle* que ocupa quase toda a parede.

A luz fraca do teto não parece suficiente, então acendo um abajur e mais algumas velas sobre a lareira. De alguma forma, a luz bruxuleante dá vida à pintura, fazendo-a parecer um ser vivo capaz de piscar e sorrir a qualquer momento.

— Terminei — sussurra Vita, ainda de frente para a parede.
— E aí? — indago. As mãos de Vita, uma delas ainda segurando o caderno, pendem junto ao corpo. — E aí, Vita? — insisto. — O que está escrito?
— Não é uma receita para a vida eterna — revela ela, virando-se para mim. Lágrimas escorrem pelo seu rosto. — É um testemunho. É a história da mulher no retrato.
Tento entender o que isso significa e percebo que não sou capaz.
— Pode ler para mim? — peço. Não sei mais o que dizer.
Vita pega uma vela da lareira e a coloca sobre o baú. Ajoelhando-se, ela segura o caderno e começa a ler:

Esta é a história de uma jovem que foi obrigada a posar para este retrato a mando do seu mestre, o monge branco. Seu nome é Agnese, e ouvi dizer que, nos vinte anos que se passaram após eu completar este retrato, ela não envelheceu um único dia. Quando a conheci, havia quatro anos que Agnese vivia na corte do duque de Milão, desde os quatorze. Ela fora oferecida a ele pelo pai como pagamento de uma dívida. Ele raramente tinha utilidade para ela, tendo outra amante favorita, um fato pelo qual ela era imensamente grata. No entanto, uma noite, ele foi ao encontro dela em um acesso de raiva, e descontou nela toda a sua fúria. Alguns meses depois, no tempo previsto, ela deu à luz um filho, que foi então tirado dela para ser criado longe da corte. Fui chamado para marcar a ocasião com este retrato. Como me emocionei com sua graça e dignidade, com sua inteligência e reflexão! Fiz vários esboços dela e estabelecemos uma espécie de amizade. Falamos sobre o destino e o plano de Deus para todos, por que algumas vidas importam tanto e outras tão pouco, quando cada uma das criaturas de Deus deveria ser igual. Desejei com todo o meu coração poder lhe dar alguma liberdade das amarras cruéis com as quais a prendiam desde a infância. Mas só o tempo pode conceder liberdade aos escravizados, e o tempo não é uma amante bondosa. Pensei que talvez pudesse lhe dar o tempo. Tempo para sobreviver àqueles que a mantinham cativa. Durante a execução deste retrato, usei os métodos e materiais dos alquimistas, aplicando a geometria

> *das estrelas e o segredo dos egípcios, como me foram ensinados pelo meu amigo Luca. Jamais imaginei que esses métodos fossem mais do que uma charada infrutífera, e, no entanto, nos anos que se passaram desde então, o duque morreu, a corte se desfez, minha barba cresceu longa e grisalha, e ela permanece exatamente a mesma. Disseram-me que ela se refugiou em um convento onde as irmãs se perguntam se ela é um milagre. Pedi permissão ao rei e fui visitá-la. Estava de fato inalterada. É possível que eu a tenha tornado antinatural. Após nosso encontro, localizei o retrato que estava pendurado na casa de sua mãe e, sob o pretexto de repará-lo, escondi sua estranha história aqui para que talvez um dia possa ser compreendida. Quando nos conhecemos, perguntei o que ela faria se tudo o que conhecia virasse pó ao seu redor e ela permanecesse congelada no tempo, presa à juventude eterna. Ela me disse que deixaria este lugar e vagaria pelo mundo para sempre, vendo tudo o que há para ver, e, quando terminasse, começaria tudo de novo. Enquanto escrevo isso, não tenho mais informações, pois desde a minha última indagação ela desapareceu da face da Terra.*

Ela fecha o caderno, a luz da vela iluminando um lado de seu rosto, e prende o cabelo em um rabo de cavalo. Depois de um instante, ela me olha com uma expressão de tanta esperança e ao mesmo tempo tanta tristeza que minhas lágrimas ecoam as dela.

— Ben, você não entendeu? — indaga Vita. — Você percebe agora? Eu sinto muito. Achei que íamos conseguir, de verdade.

— Entender o quê? — pergunto. — Perceber o quê?

Tudo o que posso fazer é tentar me concentrar na percepção paralisante de que a busca acabou e que nós falhamos.

Antes que Vita possa responder, alguém bate com força na porta.

— Quem será a essa hora? — questiono, indo até a porta.

Vita vem atrás de mim, e encontramos Marta, descalça, de roupão, a faixa amarrada na cintura.

— O que aconteceu? — indaga Vita na mesma hora.

— É a Mariah... ela sumiu — responde Marta. — Passei no quarto dela às duas e estava tudo calmo. Aí voltei agora e a cama dela estava vazia, a porta da frente estava aberta e os sapatos tinham sumido. Não sei o que fazer. Para onde ela pode ter ido, Vita?

— Para tantos lugares... — responde Vita, calçando as botas depressa. — Depende de como ela está se sentindo, em que época está vivendo. Ela pode ter ido ao rio, pegar carona numa barca, ou ido dançar no French House. Não tem como saber. Marta, você fica aqui, para o caso de ela voltar, e chama a polícia. Vou procurar em alguns dos lugares preferidos dela.

— Eu vou junto — anuncio. Ela assente e aperta a minha mão com força.

Vita está com tanto medo quanto eu neste momento, posso sentir isso. Mas não sei se é só do fato de que podemos, enfim, estar ficando sem tempo.

49

— Se ela tiver ido para o rio, pelas ruas principais... — Aperto a mão de Ben com força enquanto percorremos as ruas ainda movimentadas do Soho.

— Se ela tiver ido para lá, alguém vai ver e vai ajudar — diz Ben. — Tente não se preocupar demais. Pense nos lugares familiares para onde ela possa ter ido.

— A igreja de Santa Ana — digo, caminhando em direção à igreja. — Depois da guerra, ela gostava de levar o almoço para lá no verão e se sentar para comer debaixo das árvores.

Solto a mão de Ben e corro até a igreja, com sua torre despontando no céu como se pudesse decolar para a Lua a qualquer momento. Os jardins ficam quase dois metros acima do nível da rua, e tenho que ficar na ponta dos pés para espiar por entre as grades e procurar em meio às sombras por Mariah, talvez se imaginando em uma tarde ensolarada, com um sanduíche de geleia embrulhado em papel de pão.

— Você é mais alto que eu. — Nervosa, empurro Ben para que ele olhe, pois a base da cerca de arame é muito alta, já que o cemitério foi construído para acomodar vítimas da peste. — Está vendo ela?

Ben protege os olhos da luz, vasculhando o jardim escuro por alguns minutos com o olhar.

— Não estou vendo ninguém — diz ele, olhando para mim. — Além do mais, ela teria que ser uma espécie de ninja para pular esta cerca. Onde mais podemos procurá-la?

— Os pubs, o The French House e o Coach and Horses... ela adorava tomar coquetéis e flertar com o povo do teatro nos pubs, mas os dois já vão estar fechados a essa hora.

— Vamos em direção a eles mesmo assim — sugere Ben. — Talvez ela esteja em algum lugar por perto, tentando entrar. — A calma dele diante da minha ansiedade é muito tranquilizadora.

Nós estávamos tão perto. Eu tinha tanta certeza. E aí, veio tudo de uma vez só — o momento em que eu soube que não poderia salvá-lo e a necessidade urgente de contar a verdade, toda a vida que não teremos juntos. E, no entanto, aqui está ele, procurando Mariah comigo como se fosse a coisa mais importante do mundo, porque ele sabe que para mim é uma delas.

Gritamos o nome de Mariah, olhando nos becos, nas lojas e nos restaurantes fechados. Dois rapazes embriagados surgem cambaleando em nossa direção.

— Que velha doida — reclamam eles ao passar por nós. — Gritando daquele jeito. A polícia devia botar num asilo.

— Quem? — Seguro um deles pelo braço. — Quem estava gritando?

— Ei, me larga. — Ele se solta e, ao ver Ben atrás de mim, recua um ou dois passos. — O que foi?

— De quem você estava falando? — questiono. — Olha, a minha amiga, uma idosa com demência, sumiu em algum lugar por aqui. Você disse que viu uma "velha doida"?

— A gente não falou por mal — diz um deles. — Ela tava no metrô, lá em Leicester Square, sacudindo as grades, tentando entrar. Tinha gente filmando e tudo, mas não a gente.

— O metrô! — exclamo, olhando para Ben. — Ela está procurando se abrigar dos ataques aéreos.

Saio em disparada, com Ben do meu lado. Seguimos pela Charing Cross Road até onde uma pequena multidão se reuniu junto à entrada do metrô. Ouço os gritos e os soluços dela antes de vê-la.

— Minha mãe tá aí dentro. Vocês têm que me deixar entrar — implora ela, sacudindo as portas de metal que trancam a entrada. — Não me deixem aqui fora. Vou ser bombardeada! Me deixem entrar. Por favor, me deixem entrar. Eu só quero a minha mãe!

Abrindo caminho em meio à multidão, quase caio ao ser empurrada do outro lado.

— Deem o fora — diz Ben, afastando as pessoas. — Andem. Vocês estão assustando essa senhora. Que graça tem isso? Vão embora daqui. Agora!

Ofereço um sorriso agradecido para ele e volto a minha atenção para Mariah, que está com os dedos agarrados à grade de metal, a cabeça apoiada na porta, chorando desesperada.

— Mariah — chamo baixinho. — Mariah... sou eu. Querida, está tudo bem agora. Vou te levar para casa.

— Evie? — Mariah se vira para me olhar, o rosto pálido e molhado pelas lágrimas, os cabelos finos e grisalhos arrepiados como uma auréola. — Não consigo encontrar minha mãe, Evie. Ouvi as sirenes e corri pra cá, mas não estão me deixando entrar. A gente tem que entrar, Evie, senão a gente vai morrer. Eu não quero morrer.

— Vem, querida. O ataque acabou — digo, estendendo a mão para ela. — Você não ouviu a sirene avisando que estava tudo bem? Já passou.

— Tem certeza? — indaga Mariah, na dúvida.

Com muito cuidado, dou outro passo na direção dela.

— Sua mãe está trabalhando no turno da noite e me pediu para levar você até em casa, para você não ficar com medo. Vou fazer uma caneca de caldo de carne e a gente pode cantar. Que tal, Mariah? Quer cantar comigo e ouvir uma história?

— Minha mãe tá lá embaixo. — Mariah sacode a porta novamente, mas com menos urgência desta vez. — Eu acho que ela tá lá embaixo, Evie.

— Vem — chamo, pegando a sua mão e apertando. Começo a cantar baixinho para ela, voltando para casa: — *Run, rabbit, run, rabbit, run, run, run.*

— *Don't give the farmer his fun, fun, fun* — canta Mariah, já mais animada. — Evie, você trouxe bala?

— Tenho em casa — prometo a ela. — Quando a gente chegar, eu te dou todas as balas que você quiser.

— Eu quero agora — choraminga Mariah. — A mamãe sempre guarda uma pra mim, pra quando tem bombardeio.

— Eu prometo que dou assim que a gente chegar em casa — digo, procurando em vão por alguma nos bolsos.

— Aqui, moça. — Uma mulher de uniforme do metrô e com semblante exausto me oferece duas balas de caramelo. — Sempre tenho algumas comigo.

— Obrigada — digo. — Aqui, Mariah. Caramelo!

— Faz tempo que não como balas de caramelo — comemora Mariah, encantada.

Ela começa a caminhar comigo. As últimas pessoas que estavam assistindo àquele espetáculo se dispersam.

— Quem é esse homem, Evie? E cadê o Dominic? — pergunta Mariah, olhando para Ben. — Você foi pra França, conheceu o Dominic e demorou anos pra voltar. Eu casei, fiquei velha e tão sozinha... e só aí você voltou. E o Dominic morreu... ele ficou velho, doente e morreu, e você com a mesma cara do dia em que foi embora. Pra onde você foi, Evie? E por que você se chama Vita agora?

— Que bobagem, Mariah — digo, me esquivando da pergunta enquanto Ben franze o cenho.

E, enfim, ele entende a verdade.

50

Quando entro em casa, está tudo mergulhado no silêncio.

Do hall, vejo Ben imóvel diante da enorme imagem de *La Belle*, as mãos pendendo junto ao corpo, os olhos examinando as feições dela. Em uma das mãos está a foto do meu casamento.

— Não sei como não vi antes — diz ele sem olhar para mim, a voz embargada. — Lógico, faz todo sentido. Que idiota. Eu fui muito burro. Estava bem na minha cara o tempo todo. Você acredita na lenda porque você *é* a lenda.

— Ben... — começo.

— Agora eu entendo. — Ele olha para mim. — A Mariah te confunde com a Evie porque você *é* a Evie. — Ele deita o porta-retratos de prata, deslizando a fotografia para fora, e o vidro bate no chão, rachando em dois. — Paris, 1945. Casamento de Evelyn e Dominic.

— Deixa eu explicar.

— O que eu não entendo, Vita, ou Evie, ou seja lá qual for o seu nome, é por que você não me disse quem era. Eu achava que você e eu éramos tão íntimos, tão abertos um com o outro. Que desde o momento em que nos conhecemos podíamos dizer qualquer coisa. Mas, esse tempo todo, enquanto discutíamos se a lenda era verdadeira e eu ousava torcer por um milagre, você escondia de mim a maior mentira de todas: que você é a prova viva dela!

Respiro fundo. Tudo se desenrolou tão depressa e agora estou perdida em meio à situação, sem saber como explicar. Dando um passo, entro na sala e começo a falar, incapaz de esconder o desespero na voz:

— Eu não te contei porque não sabia o que dizer. E tinha vergonha de todo esse tempo que tenho pela frente e que não queria ter, quando você tem tão pouco. Achei que, se a gente pudesse te salvar, então...

— É isso que eu não entendo. Não faz sentido. Você está procurando um segredo que sabia que era real? Então por que não me contou?

— Porque eu não sabia como tinha acontecido. Eu não podia prometer nada.

— Você tem que me contar tudo desde o começo. Quem é você, Vita? O que você é?

— Na época em que o quadro foi pintado, meu nome era Agnese — começo. — De lá pra cá, tive muitos nomes, quase todos eles ficaram tão perdidos para a história quanto o primeiro. Agnese, Beatrice, Isabella Bianchi... Evelyn até o Dominic morrer e, agora, Vita. Não sei por quanto tempo este vai ser o meu nome, mas aprendi que sempre chega uma hora em que tenho que me despedir de tudo e começar de novo, antes que as pessoas comecem a notar que eu nunca mudo. Eu me agarro a quem eu sou pelo tempo que posso. Pelo tempo que me permitem.

A expressão no rosto de Ben é implacável. Uma raiva silenciosa irradia de sua quietude.

— Estou viva há 531 anos — continuo. — O tempo avança ao meu redor, mas acho que continuo presa num mesmo momento, o dia em que meu retrato foi pintado. Acho que, de alguma forma, o Leonardo incorporou a pena que ele sentiu por mim em seus experimentos, e esse foi o resultado. — Aponto para o meu corpo. — Não acho que ele imaginou que ia dar certo, era apenas um devaneio para ele. Uma maneira imaginária de libertar um pássaro bonito da gaiola. Tenho certeza de que, se soubesse que no coração da alquimia existia um verdadeiro poder, ele teria pedido o meu consentimento. Teria me perguntado se eu queria tanto... tempo. — Estico as mãos para os lados, demonstrando os anos intermináveis que vivi em um gesto longo e abrangente. — Mas ele também tinha os seus defeitos. O Leonardo podia ser vaidoso, grandioso, até cruel. É só perguntar para o Jack.

— Perguntar para o Jack? — questiona Ben, soltando o porta-retratos, mas ainda segurando a preciosa fotografia com as mãos. — Como assim? O que o Jack tem a ver com isso?

Reúno coragem para revelar o restante da verdade.

— O nome completo do Jack é Gian Giacomo Caprotti da Oreno — explico. — Mais conhecido pela história como Salaì. Ele foi companheiro do Leonardo, seu amante por vinte e cinco anos. Passamos mais de um século sem saber um do outro. E aí, quando ele descobriu que eu existia, veio me procurar. E me encontrou quando eu tinha acabado de chegar a Londres como Madame Bianchi. Estamos juntos desde então.

— Juntos? — indaga Ben. — Você e o Jack, juntos?

— Não desse jeito. *Nunca* desse jeito — respondo. — Nunca nem chegamos perto disso. Acho que sabíamos, desde o início, que precisávamos demais um do outro para arriscar tudo por...

— Por amor — conclui Ben. — Não sei quando, mas acho que o Jack pode ter mudado de ideia sobre isso em algum momento dos últimos cinquenta anos.

— Não. — Nego com a cabeça. — Prometemos um ao outro, desde o início, não arriscar tudo por...

— Amor? — repete Ben. — Então onde é que a gente fica nessa história?

— Por sexo — termino a minha frase. — Não que a gente tenha jamais... Olha, Ben, isso é bobagem. Eu te conheço há alguns dias. E conheço o Jack há quatrocentos anos. Temos um vínculo. Como poderíamos não ter? Somos as duas únicas pessoas no mundo com quem podemos contar. Você não precisa ter ciúme dele. O Jack é um bom homem.

Ben assente, voltando a olhar para a foto.

— É muita coisa para absorver — diz ele por fim.

— Eu sei — concordo.

— Por que você não me contou de cara? — pergunta ele.

— Você teria acreditado em mim? — devolvo.

— Talvez não no começo, mas, se você tivesse me mostrado essa foto, se tivesse explicado... Eu te amo, Vita. Eu confiei em você. E agora não entendo o que está acontecendo. Não entendo o que você quer comigo.

Ben oscila, e seus joelhos cedem. Corro até ele e sustento seu peso no meu ombro bem a tempo. Lentamente, eu o ajudo a chegar ao sofá.

— Eu quero tudo — digo com gentileza. — Quero tudo com você.

Ajoelhada no chão na frente dele, eu me sento nos calcanhares.

— Antes de você, a única razão pela qual eu estava procurando a resposta para o que aconteceu com o Jack e comigo é porque estava farta de viver. Porque estava *exausta*. Tirando o Jack, perdi todas as pessoas que já amei, Ben. Meu marido, minha família, meu filho, meus amigos... Daqui a pouco vou perder a Mariah, uma mulher que sempre amei como se fosse minha filha. Tentei tanto acabar com isso, Ben, e nunca funciona. Eu sempre sobrevivo. Passei tanto tempo querendo que tudo acabasse. Até te conhecer. E agora quero que você tenha tudo o que eu tenho. Nós, juntos. Para sempre. Mas não sabia se podia fazer essa promessa. Então eu... guardei um segredo de você. Só um.

— Só um. — Ben apoia a cabeça nas mãos, rindo com amargura.

— Talvez você devesse descansar — digo, levando a mão ao seu rosto frio. — A gente pode conversar depois, quando você tiver tido mais tempo para pensar.

— Eu não tenho tempo — devolve Ben, se afastando do meu toque. — Não tenho tempo a perder, Vita. Quero saber mais.

— Não sei mais o que dizer. Há séculos eu venho tentando entender isso, mas, depois que perdi o Dominic, quis descobrir como realmente acabar com tudo.

— Quando o Dominic morreu? — pergunta Ben, fechando os olhos como se sentisse dor.

— Em 1992 — respondo baixinho.

— Você foi para a França e lutou com a Resistência?

— Fui — confirmo. — Há muito tempo, fui essa mulher, e parte de mim sempre vai ser. Mas agora eu sou a mulher que está apaixonada por você. Foi você, Ben, que fez o meu coração bater de novo. Que me fez querer descobrir os segredos que Leonardo conhecia, não mais para morrer, mas para viver. Com você.

Ben afunda na almofada, abraçado a si mesmo, e, em um pulo, Pablo está ao seu lado, deitando com força em seu ombro.

— Tantas vezes eu achei que você ia olhar para ela e ver a verdade — digo, apertando as mãos de maneira ansiosa. — Talvez não de cara, mas achei que ia acabar percebendo. Ninguém nunca olhou para mim do jeito que você me olha. Achei que você ia descobrir, e achei que, de todas as pessoas, você ia ser capaz de entender.

— Eu quero entender — diz ele, e ouço as lágrimas tensionando a sua voz.

— Eu nunca menti para você — digo. — Tudo o que eu te falei da minha vida é verdade. — Olho de novo para o rosto de Agnese atrás de mim, para todo o horror e a mágoa por trás da expressão implacável. — O retrato foi encomendado porque eu tinha acabado de dar à luz um filho. Filhos, mesmo ilegítimos, eram sempre celebrados. — Arranco a folha com a imagem dos lábios firmemente cerrados. — O meu bebê foi tirado de mim quando tinha apenas um dia de vida. Passei sessenta anos sem vê-lo, embora sempre soubesse onde ele estava. Fiquei o mais perto que pude dele e o observei envelhecer de longe. Quando soube que estava muito doente, fui até ele e me sentei do seu lado enquanto ele morria. A chuva caía.

O cheiro da terra molhada, o som da chuva. A sensação da mão do meu filho na minha, enrugada e murcha pela idade de um jeito que a minha nunca iria ficar...

— Vivi vidas de perseguição, abuso, agressão. Vidas de crescente liberdade, desejo, hedonismo. Vidas de aventura e perigo, e a descoberta de que posso ser exatamente quem eu sou sem precisar da permissão de ninguém. Todas essas vidas me transformaram na pessoa que você conhece. Essa pessoa que você ama e que te ama.

— Chega — pede Ben, cobrindo o rosto com as mãos por um instante antes de se levantar do sofá, cambaleando. — Por favor, é demais. Eu preciso de um tempo para dar conta de tudo isso. Acho que é melhor eu ir.

— Por favor, Ben, não. Você não parece bem. Precisa descansar. Fica aqui. Fica aqui, e eu vou para outro lugar.

— Porque você é invencível — retruca ele com amargura.

— Porque eu te amo — digo. — Quero cuidar de você.

Ben aperta os lábios, como se tentasse conter uma onda de tristeza, e, de repente, entendo tudo. Mostrei a ele que existe magia e, mesmo assim, não salvei a sua vida. Não é à toa que ele quer se afastar de mim agora.

— Estou indo — diz ele. Então passa por mim, e eu o deixo sair, observando-o enquanto prende a coleira de Pablo.

A porta da frente se fecha, e a minha foto com Dominic cai no chão. Estou sozinha de novo.

51

Caminho com Pablo noite adentro, sem a menor ideia de para onde estamos indo.

Mesmo a esta hora da madrugada, com o céu ainda roxo-escuro, Londres já está cheia de gente. Andamos por entre a multidão com a mesma determinação dos outros, como se também tivéssemos hora para chegar a algum lugar. Antes fosse esse o caso.

Eles podem saber para onde estão indo, mas tudo o que estou tentando fazer é sair da minha cabeça e escapar do meu corpo fatalmente imperfeito. Só que não existe botão de ejeção. Isso só vai acabar em tragédia.

Ando sem olhar para onde estou indo. As pessoas abrem caminho, e tenho a impressão de que, mesmo colocando um pé na frente do outro, não estou me movendo.

Comecei esta jornada torcendo por um pouco de magia e terminei não só testemunhando o impossível, mas me apaixonando por ele. Mesmo agora, ao atravessar as ruas movimentadas ao redor da Trafalgar Square onde conheci Vita, ainda não entendo o que estou sentindo, a mágoa e o sentimento de traição.

Eu queria que fosse real, e é. Mas não para mim.

O golpe final foi desferido quando deciframos a mensagem na pintura e percebi que não havia esperança. Essa perda dobrou e triplicou quando Mariah enfim me fez entender que a mulher que amo vai ter anos e anos para me esquecer, e eu tenho apenas alguns momentos para amá-la. Em poucos dias Vita se tornou o maior e mais importante amor da minha vida, mas eu serei apenas um fragmento da dela.

De alguma forma, chegamos ao rio, e Pablo, com a cabeça baixa, acelera o ritmo enquanto caminhamos pelo Embankment, o focinho junto ao chão. Subimos a Ponte de Waterloo, com Londres chegando ao auge do rush da manhã. No meio da ponte, eu paro e olho o rio, as margens metálicas e de concreto de Londres emoldurando o curso prateado como as pétalas de uma flor. De um lado, vejo a cidade despontando para cima, os arranha-céus de vidro refletindo fragmentos do céu. Do outro lado, as Casas do Parlamento dominam a margem do rio, com torres e ameias que falam de outra época, há muito desaparecida.

Vita viu tudo isso crescer e ruir. Ela viu o rio congelado a ponto de poder abrigar feiras e festas, e a chuva de bombas da Blitz cair em chamas sobre a Catedral de São Paulo. Ela se entrelaçou na história deste lugar com mil fios de cores diferentes e, de alguma forma, parece presente em todos os cantos que eu olho, bordada em vislumbres. Toda aquela vida, muito dela se estendendo tanto quanto o Tâmisa até a sua fonte, e avançando para o futuro, onde oceanos de tempo a esperam.

Só de pensar em todo esse tempo, fico tonto, como se estivesse muito perto da beira de um precipício altíssimo.

Seguimos pela ponte, Pablo na minha frente, e descemos os degraus da margem sul, para então virar à esquerda, na direção da London Eye. Olho para cima, imaginando a roda-gigante como um leme, e que, se eu soubesse como girá-la para o lado contrário, poderia repetir os últimos dias com Vita sem parar, e aí não faria diferença como termina, porque sempre teríamos aqueles poucos dias felizes antes de a magia e a realidade se separarem tão bruscamente.

Chegamos a um pequeno e estranho parque com caminhos sinuosos cortando montes gramados. Um pombo se acomoda nas páginas abertas de um jornal abandonado. Um esquilo corre até uma árvore, fazendo as folhas farfalharem. Tem gente à minha volta, de todos os cantos da vida, reunindo-se aqui, neste canal, antes de seguir em frente.

Esta cidade é linda, assim como todo o seu povo. Esta vida é linda, cada minuto dela. Mesmo os que são de partir o coração. Mesmo os que te matam.

Vita suportou isso por meio milênio e, apesar dessa magnitude, ela me escolheu. Ela se permitiu me amar.

Cansado, sento-me em um banco e apoio a cabeça dolorida nas mãos. Passei a maior parte da minha existência meio adormecido, esperando a vida começar. Foi a possibilidade da morte que me ensinou a viver. Foi Vita, pegando na minha mão e me mostrando o que há além deste mundo cotidiano.

Talvez eu não tenha muito tempo, mas ainda pode haver um milagre. Só não o que eu planejei. Mas, se existe uma maneira de envelhecer olhando para os traços suaves do rosto singular dela, então estou pronto para arriscar o que me resta por essa chance.

Sei o que tenho que fazer.

Pego o celular e faço uma ligação.

— Dr. Perrera? É o Ben Church. Estou pronto para conversar sobre a cirurgia.

IX

Sem o sol, fico em silêncio.

—Citação tradicional encontrada em relógios de sol

52

— Então — começa Jack, enfim quebrando o triste silêncio entre nós —, ele sabe de tudo agora?
— Sabe. — Baixo a cabeça. — Você tinha razão, eu devia ter contado antes. Parecia tão difícil, mas vê-lo daquele jeito, tão chocado e perdido... foi pior ainda. Estou tão preocupada com ele por aí, sem ter para onde ir, sem amigos. Eu o encontrei no pior momento da vida dele e o enchi de uma esperança inútil. E agora acho que ele me odeia.
— Ele não te odeia — diz Jack, me olhando por trás dos cachos. — Vai por mim. Ele te ama de todo o coração. O que quer que ele esteja sentindo... perplexidade, desespero, confusão... não é ódio. Dá um tempo pra ele.
— Mas ele não tem tempo, né? — Sinto um nó na garganta. — Estou deixando a Coleção — anuncio, afastando a lembrança do olhar de Ben pouco antes de sair da minha casa. — Mandei um e-mail hoje de manhã. A Anna me pediu para repensar, mas não posso continuar.
— Tem certeza de que quer se afastar da sua Coleção por mais vinte anos, Madame Bianchi?
— Sinceramente, acho que não ligo — respondo, cansada. — Procurei respostas em todos os cantos da Coleção várias vezes, sempre pensando que uma nova década poderia trazer algum novo jeito de entender isso, mas nunca encontrei uma maneira de escapar. E, quando achei que podia ter um motivo para querer viver para sempre, descobri que o Leonardo também não sabia de nada. É o pior dos dois mundos.
Jack se ajeita na cadeira.
— Eu não quis dizer que...
— Eu sei. — Jack sorri para mim. — Eu sempre vi uma possibilidade em você, e vou continuar vendo até o fim do universo. Eu sei que você perdeu isso depois do Dominic. E então reencontrou com o Ben. — Ele faz uma pausa, com uma expressão implacável. — Eu devia ter entendido antes o que você estava passando.
— Como você ia saber se nem eu sabia? — Pego a mão dele por cima da mesa. Estou feliz de tê-lo ao meu lado de novo.

— E aí, o que a pintura revelou? — pergunta Jack por fim, como se estivesse temendo o momento.

— Ele escreveu uma carta, acho que daria para chamar assim... ou um testemunho... contando sobre quando foi me visitar no convento. Em algum momento depois disso ele deve ter voltado ao quadro e feito isso. Mas o que quer que ele tenha feito para me deixar assim, não foi revelado na pintura... É só uma espécie de nota de rodapé, na verdade.

— É a cara dele — resmunga Jack. — Babaca.

— Só você para chamar o Leonardo da Vinci de babaca — digo.

— Só eu posso. — Ele ri.

— Sinto muito, Jack — digo. — Estive tão envolvida com o Ben. Eu devia ter te dado ouvidos. Ele estava confuso, assustado, magoado e com raiva. Quando foi embora, acho que tinha aceitado a verdade. — Deixo a cabeça cair. Minha visão fica embaçada com as lágrimas. — Mas ele foi embora. Não sei para onde ele foi e nem se vai voltar.

— Ah, Vita. — Jack dá a volta na mesa, passa o braço ao meu redor e encosta minha cabeça em seu ombro. — Eu vou estar sempre aqui com você — diz ele. — Eu sempre vou te amar.

— Ontem o Ben tentou me dizer que achava que você estava apaixonado por mim. — Eu fungo e sorrio. — Como se um dia você fosse sentir isso por mim...

Fico esperando Jack bufar e dar uma gargalhada, fazer algum comentário sarcástico. Mas ele fica em silêncio. Prendendo a respiração. Sentada, ergo os olhos para ele.

Diversas peças do quebra-cabeça se encaixam.

— Jack?

— Eu também me espantei — diz ele com um sorrisinho triste. — Foi uma surpresa e tanto. Não sabia que estava apaixonado, Vita, até o dia em que te vi casar com o Dominic. Eu vi o jeito como você olhava para ele e percebi que viveria mais mil anos para ter a chance de você me olhar assim um dia. Acho que você não sabe como é extraordinária. Sim, estamos enfrentando isso juntos, mas sempre foi mais fácil pra mim do que pra você, porque sou homem. Você sofreu horrores, mas ainda assim tem esperança, ainda luta, ainda ama. É impossível não se apaixonar por você.

— Mas...

— Eu não ia falar nada sobre essa revelação que tive no dia do seu casamento — continua Jack. — Não sou tão deselegante assim. Eu podia esperar a hora certa. Ocupar meus dias com pessoas bonitas e experiências enquanto você seguia feliz e casada e, depois, quando entrasse nas profundezas do luto. Eu poderia esperar até você ter tido tempo suficiente para lamentar e perceber que vale a pena viver, sempre vale a pena, se você tiver amor.

— Jack...

— E então, quando achei que finalmente podia te contar que, em algum momento na metade do século passado, eu tinha me apaixonado, você conheceu o Ben. Foi meio que uma rasteira.

Jack solta o meu braço e estica a mão para pegar o café do outro lado da mesa.

— Eu não percebi — digo. — Sou tão burra. Isso nunca me ocorreu. Eu sinto muito. Eu te amo, Jack, mas eu...

— Para. — Ele me interrompe com a mão espalmada e um sorriso irônico. — Eu não vivi tanto tempo para ser reduzido a "apenas bons amigos". Não quero ter que passar por isso. E você não me deve desculpas por não sentir o mesmo por mim. É assim e pronto, e você sabe que eu vou superar. Um dia. Afinal, tenho toda a eternidade pra fazer terapia.

Eu o envolvo pelo pescoço, e ele retribui o abraço, me apertando com força por um instante antes de soltar meus braços e afastar a cadeira uns dois centímetros.

— Acho que ele fez o meu quadro depois de te visitar em Milão — diz Jack, mudando de assunto de forma decidida. — Na época, eu já tinha passado do meu auge aos olhos dele, e, depois que te viu, deve ter achado que ia ser capaz de me fazer manter o que me restava de beleza. "Ah, Salaì", ele dizia, "você é o ser mais belo que eu já vi." Mas não bonito o suficiente para ele me amar até o fim. Vinte e cinco anos juntos, e, mesmo quando ele me congelou no tempo, deixei de ser bonito o suficiente para ele.

Jack suspira.

— Eu só queria que ele tivesse me perguntado, perguntado a você — continua Jack. — Quer dizer, pelo menos com você ele não sabia se ia funcionar, mas comigo? Ele devia saber que tinha uma chance, ele tinha provas de que já tinha funcionado antes.

— E o que você teria dito se o Leonardo tivesse te oferecido a eternidade? — pergunto.

— Na época, teria dito sim — admite Jack. — E agora também, acho. Ainda amo esta vida estranha e maravilhosa: não consigo me imaginar cansado dela, mesmo com certas... *decepções*.

— Fico feliz por isso — digo.

— E, apesar dos meus problemas amorosos — diz Jack —, quero que você saiba que sempre vou ser seu amigo. Eu quero que você seja feliz, Vita. Isso é o que mais desejo neste mundo.

— Eu sei — digo. — Você é um bom homem, Jack.

— Mas não o homem certo — conclui ele. — O homem que você ama, o homem a quem você pertence, é o Ben.

— Se eu pudesse tê-lo de volta, mesmo que por pouco tempo, então talvez a perspectiva de mais cinco séculos fosse suportável.

— E se ele não voltar? — pergunta Jack.

— Vou continuar procurando uma saída — respondo. — Preciso saber que um dia isso vai acabar como deveria, naturalmente, como aconteceu com o Leonardo, com o meu filho. Como deveria ser comigo. Se eu soubesse que um dia ia voltar para as estrelas, para junto do meu menino, do Dominic e, um dia, do Ben... de todas as pessoas que amei e perdi, então eu teria paz.

Faz-se um longo silêncio. Até a cidade movimentada à nossa volta parece ter ficado quieta.

— Vita — diz Jack, sua expressão de repente temerosa —, você vai ficar brava, mas, por favor, só me escuta e tenta entender por que eu fiz o que fiz.

— Como assim? — pergunto, receosa. — Por quê?

Jack abaixa a cabeça, e posso ver que está escolhendo as palavras com cuidado.

— Jack, por que eu ficaria brava? — pergunto. — O que você fez?

— Não é o que eu fiz. É o que eu não fiz... ainda.

— Fala logo, Jack — peço.

— Quando o Leonardo morreu, ele me deixou meio vinhedo, *meio* vinhedo, diga-se de passagem, e muitas obras de arte, esboços e cadernos, tudo dentro de um grande baú.

Eu assinto. Sei disso. Já vi a coleção de Jack mais de uma vez.

— Você sabe como foi. Depois do Leonardo, eu vivia bêbado, perdido e mergulhado em caos. Arrumava todo tipo de confusão e chegou um ponto em que eu tinha que deixar evidente que eu tinha morrido de uma maneira adequadamente dramática.

— Morrer atingido por uma flecha de besta foi bem impressionante — digo.

— Demorei muito pra perceber o que estava acontecendo comigo, ou, melhor, o que não estava acontecendo. Quando percebi que eu era como você, o Leonardo já tinha morrido, e eu não tinha ninguém. Quer dizer, até te encontrar. — O seu sorriso é cheio de tristeza. — Sabe como de vez em quando eu deixo uma das coisas menos interessantes dele ser *descoberta* e ganho um trocado? Como quando eu salvei a gente daquela confusão em Paris?

Faço que sim com a cabeça, estremecendo. O período foi chamado de "o Terror" por um bom motivo.

— Então, o que você não me contou? — pergunto.

Ele está me lembrando de todas as coisas pelas quais passamos juntos. O que quer que seja, é algo ruim.

— Há uns trinta anos... parece que foi ontem... você estava em Dorset, com o Dominic, e eu estava em Berlim. Você amava a sua vida com o Dominic, e eu a amava por você, mas pra mim era difícil. Mais difícil do que admiti.

— Eu entendo — digo.

— Enfim, um dia eu estava revirando o meu baú, dando uma olhada pra ver se tinha alguma coisa lá dentro que eu pudesse vender. Pela primeira vez, eu tirei tudo e espalhei no chão. Aquele apartamento tinha um piso lindo de mogno, lembra?

— Jack...

Seja qual for a expressão que ele vê no meu rosto, toma isso como um aviso.

— Eu notei que tinha um fecho no fundo do baú, projetado para parecer uma junção. Lógico que tinha... O Leonardo adorava um compartimento secreto. Enfim, não foi muito difícil de abrir, e lá estava.

— Lá estava o quê? — pergunto, sentindo a ansiedade apertando meu peito.

— Eu juro pra você, se tivesse sabido daquilo antes, teria te contado — diz Jack. — Mas, naquela época, o Dominic já estava velho e doente.

— O que você descobriu, Jack? — questiono, aumentando o tom.

— Um pacote, selado com cera — responde ele. — Eu abri, e dentro havia pigmentos em pó, um frasco de óleo e um fragmento mínimo de uma rocha vermelha e cerosa, do tamanho da minha unha, que ele chamava de "pedra filosofal". E as anotações dele sobre os processos que seguiu quando pintou você e depois quando me pintou. Eu encontrei a resposta para a imortalidade, Vita, e ainda tem o suficiente para fazer mais um retrato. Um retrato que vai congelar no tempo o seu objeto.

Suas palavras são como um soco no estômago, me deixando sem fôlego. Eu o encaro.

— Vita, escuta — insiste Jack. — Eu não te contei na época porque sabia que você ia querer que eu usasse no Dominic. E eu não tinha ideia se ia dar certo e, se desse, parecia...

— Parecia o quê? — pergunto.

— Sabe como é, o Dominic estava muito doente na época. — Ele vê o meu choque. — Mantê-lo preso para sempre daquele jeito naqueles tempos teria sido injusto com ele. Não fiz isso por mim. Você tem que acreditar. Eu estava tentando proteger você *e* o Dominic. Eu estive lá com você naqueles últimos meses, lembra? Ele me pediu pra cuidar de você depois que ele morresse. Ele me disse que não podia partir a menos que soubesse que você seria amada e que teria alguém para cuidar de você. Foi o que eu prometi a ele. Ele queria encontrar uma saída, Vita, assim como você. Eu não te contei na época porque teria sido difícil demais pra você.

Fecho os olhos e espero o mundo parar de rodar, e tudo o que ele acabou de falar se organiza na minha cabeça.

— Você fez bem em não me contar na época — digo, e ele solta um longo suspiro de alívio. — É só que você sabe que estou procurando isso há tanto tempo, Jack. E você tinha a resposta o tempo todo.

— Não, você não estava procurando isso. E não, eu não tinha a sua resposta — diz ele, balançando a cabeça. — Você estava procurando um jeito de *acabar* com isso. Isso só diz como começar o processo. O Leonardo não falou nada sobre como acabar. Isso ainda é um mistério pra nós dois.

Leva um segundo para o entendimento se assentar, e um pequeno lampejo de luz brilhar em meio à escuridão.

— E por que você decidiu me contar agora? — indago, mal me atrevendo a ter esperanças.

— Porque, independentemente do que você acha das minhas escolhas naquela época, eu te amo. Tudo o que eu quero deste mundo é que você seja feliz. E, também, porque só tem o suficiente pra mais um retrato. O suficiente pra salvar o Ben, se funcionar, e ele ficar ao seu lado para sempre.

53

Quando saio do consultório do Dr. Perrera com Pablo ao meu lado, há quinze chamadas perdidas no meu celular. Eu disse a ele que não iria a lugar nenhum sem o meu cachorro, e na mesma hora ele me deixou quebrar as regras.

Quando entrei em sua sala, há cerca de uma hora, avisei que queria fazer a cirurgia e que não mudaria de ideia, então não precisava ouvir todos os detalhes sórdidos. Lógico que ele me fez ouvir mesmo assim.

Eles vão usar os exames de imagem que fizeram do meu cérebro para criar uma simulação de computador e poder praticar o procedimento repetidas vezes. Ele detalhou todos os planos e as medidas de contingência que haviam feito caso eu mudasse de ideia e entrasse em contato. Ele tentou me convencer a ser internado na mesma hora, para que eles pudessem me monitorar, mas só estariam prontos para a cirurgia dali a três dias, e eu disse que não ia passar setenta e duas horas num hospital. Ele não gostou, mas entendeu.

Quero estar animado e grato diante da perspectiva de uma cura cirúrgica — ou mesmo nervoso ou com medo —, mas tudo o que sinto é apatia. É a mesma apatia que tomou conta de mim no dia em que saí de Leeds em busca do sentido da vida, como um idiota que acha que isso pode ser uma coisa simples. Por um tempo, Vita dispersou a nuvem baixa, pesada e escura que parecia decidida a marcar os meus últimos dias na Terra, e encheu minha vida com um arco-íris de cores. Agora, porém, não faço mais ideia do que penso, do que sinto ou em que acredito. Não sei nem qual é o caminho a seguir.

Essa revelação de um universo secreto me deixou com raiva. Sei que não devia me sentir assim, mas não consigo evitar. E, no entanto, a saudade dela dói em todas as minhas células.

Quinze chamadas perdidas, todas de Vita.

Só na última chamada é que ela deixa uma mensagem. Coloco o telefone no viva-voz e o levo até perto do ouvido para escutar.

— Ben, por favor, me liga — pede ela. — Tem uma coisa muito importante que eu preciso falar com você o mais rápido possível. Por favor. Estou em casa. Vou passar o dia todo aqui. Por favor, vem. Preciso falar com você pessoalmente. É urgente.

Há uma tensão na voz dela, algo que não consigo interpretar. Nem sei se tenho coragem de tentar entender.

Então, em vez disso, faço uma ligação de vídeo para a minha mãe, que atende no segundo toque.

— O que houve? — pergunta ela, observando a minha expressão. — Ben, o que aconteceu?

— A Kitty está aí? — indago, e, um segundo depois, as duas me olham pela tela do celular. Melhor ir direto ao ponto. — Tem um cirurgião aqui em Londres que acha que tem uma chance de operar o aneurisma, e eu decidi fazer isso — aviso. — Vocês podem vir pra cá? Quero que estejam aqui comigo.

— Mas a Dra. Patterson achava que era muito perigoso — argumenta a minha mãe.

— Eu não vou mentir, é muito perigoso — digo. — As chances são um pouco melhores do que a Dra. Patterson achava, mas não muito. Porém é uma chance. E eu quero arriscar. Mas só se vocês estiverem comigo. Preciso de vocês duas aqui.

— O que a Vita acha? — pergunta a minha mãe.

— Eu vou contar pra ela agora — respondo. — Olha, eu já tomei a minha decisão, mãe. Só quero vocês aqui.

— Estamos indo — diz Kitty. — Vou comprar nossa passagem pra amanhã.

— A gente tá indo — concorda a minha mãe antes de cobrir a boca com a mão para abafar um soluço.

Ficamos olhando de um para o outro, nossos olhares magicamente conectados, apesar das centenas de quilômetros, por uma tecnologia que John Dee teria achado que foi proporcionada por anjos. Talvez seja a última chance de olhar para o rosto delas e guardar essa imagem no meu coração.

— Vejo vocês em breve — me despeço. Por favor, que isso não seja mentira.

Assim que desligo, fico me perguntando se devo simplesmente desistir de tentar ficar vivo e ir para casa. Esquecer Vita, esquecer a cirurgia, só pegar o próximo trem para casa e passar o tempo que me resta com as pessoas que amo, nos lugares que conheço. Eu vim até aqui para compreender o significado da minha vida e quem eu sou. Na esperança de que algo radical acontecesse, eu quis e desejei isso. E aconteceu. E agora só sinto apatia.

Mas, se eu nunca mais a vir nem tocar, o resto da minha vida será um grande vazio.

— Anda, rapaz — digo ao Pablo. — Tem um lugar aonde a gente precisa ir.

★★★

— Ben. — Ela abre a porta com lágrimas nos olhos, mas está sorrindo. — Fiquei com tanto medo de você não vir.

— Eu quase não vim — digo. — Tem sido difícil, pra ser sincero.

Ela dá um passo atrás nas sombras do hall, dando passagem para entrarmos. Eu solto Pablo da coleira, e ele segue para a sala de estar, pulando direto no sofá, como se tivesse sido feito para ele.

Recostado junto à porta da sala, vejo que ela tirou as ampliações de *La Belle Ferronnière*.

— É meio demais olhar para a minha própria cara numa versão gigante — comenta Vita, indicando com a cabeça a pilha de papéis na mesa de centro. — Olha, eu entendo por que você está com tanta raiva de mim — diz ela, apressada. — Eu queria te contar, eu estava prestes a...

— Eu sei — digo. É difícil estar tão perto dela e não me sentir capaz de estender a mão e tocá-la. — Eu não tenho que te perdoar. Fiquei magoado, mas nem estou mais com raiva. — Entro na sala e me sento no sofá ao lado de Pablo. — Não sei como me sinto em relação a nada. Antes eu achava que entendia. Eu tinha essa noção de que estávamos nisso juntos: todo mundo vive e todo mundo morre. Às vezes, o destino é um filho da puta, e as pessoas morrem cedo demais. É uma roleta-russa que eu joguei, perdi, e foi uma merda, só que eu podia lidar com isso. Mas agora sei que não há igualdade de condições, que você e o Jack existem. Nada do que eu achava que tinha entendido faz sentido. Há uma versão secreta deste mundo, diferente daquela que eu tinha na cabeça, e não sei como lidar com isso.

— Eu sei, não é justo — diz Vita. — Não é natural, por definição. O Jack e eu enganamos a morte todos os dias, e não sabemos por quê. Temos sorte. O tempo infinito permitiu que muita sorte caísse no meu colo. Mas também sofremos. Eu sofri séculos num mundo que me odiava e tinha medo de mim, mesmo sem saber por quê. Então, se você me odeia, eu entendo. É uma coisa que não suporto pensar, mas entendo. Se o resto do mundo ainda não está pronto para entender o que aconteceu comigo, então por que você deveria estar?

Suas palavras me despertam do meu torpor.

— Eu não te odeio, Vita — digo, me debruçando para a frente, me segurando muito para não abrir os braços para ela. — Seria mais fácil se te odiasse. Mas eu te amo.

— Ainda? — indaga ela com a voz baixa e calma.

— Pra sempre, provavelmente — respondo, triste.

— Eu também te amo — diz ela, com lágrimas escorrendo pelo rosto.

Eu assinto, a garganta apertada demais para falar. Ficamos sentados um de frente para o outro, a pouco mais de um metro de distância, e ainda assim parece que há universos entre nós.

— É difícil, esta vida — começa ela. — Você viu como tem sido difícil para mim. Às vezes é cansativo, confuso, assustador e doloroso. Perco quase todo mundo e tudo que amo, de novo e de novo. E, não importa o quanto eu tente não me importar com as pessoas, o amor sempre me encontra. A vida está fadada a me fazer sentir, mesmo que seja a última coisa que eu queira. Mas há também muitas alegrias e maravilhas. Em meio aos momentos mais terríveis, vi como as pessoas ainda têm esperança, como ainda tentam fazer o bem e amam umas às outras.

Olho para ela sem saber como responder.

— Mas é difícil, e a eternidade é um tempo muito longo, Ben. Longo demais para viver com arrependimentos.

— Posso imaginar — digo.

— Pode? — indaga ela. — Você consegue imaginar como seria estar lá quando a sua mãe e a Kitty morressem? Quando o Elliot envelhecesse e morresse? Você aguentaria isso? Porque eu preciso saber que você tem certeza de que poderia resistir a isso e não se odiar. Que tem certeza de que vai abrir mão da vida que tem agora, segura e gentil, mesmo que curta demais, por uma que pode nunca acabar... e milênios comigo. Pode parecer a realização de um sonho, mas há sacrifícios. Você precisa ter certeza de que está disposto a fazê-los.

— Do que você está falando? — questiono, tentando impedir minha mente de tirar conclusões precipitadas.

— O Jack... O Jack encontrou o segredo. Parece que ele tinha isso em mãos o tempo todo, embora só tenha descoberto recentemente. Ele sabe fazer o que o Leonardo fez com a gente.

— Você está falando sério? — A sala gira e perde a forma. Eu me agarro em alguma coisa para me sustentar e encontro a mão de Vita, que se aproximou de mim.

— Estou — responde ela. — Sabemos como repetir o experimento.

As possibilidades do que isso significa são demais para serem absorvidas, então, em vez disso, eu me apego à velha realidade, aquela que entendo.

— Quando fui parar no hospital — conto a ela —, o médico que me atendeu falou que podia me operar, para me curar.

— O quê? — Vita arfa.

— Eles acham que tem doze por cento de chance de sucesso, de cura. Não para a síndrome de Marfan, mas para o aneurisma.

— E se não der certo? — indaga ela, pálida.

— Morte ou morte cerebral — informo, ouvindo o tremor na minha voz. — Já falei para eles que concordo. Depois de amanhã. Se funcionar, significa que vamos ter mais tempo juntos. Acho que não sabia disso até agora, mas, se der certo, vou voltar direto para você, assim que puder.

— Mas e o risco? — insiste ela. — O risco é muito alto. E se eu te perder amanhã?

— E se não perder? — devolvo. — É uma chance. Uma que eu nunca esperava ter e, de alguma forma, parece... justa.

— Então você tem certeza? — pergunta ela. — Você quer fazer a cirurgia? Não quer ter uma vida como a minha, comigo?

Por um bom tempo, não sei como responder. Quando era tudo hipotético, eu não queria outra coisa. Agora que entendo um pouco melhor, tanto quanto o meu pequeno cérebro mortal é capaz de compreender, sinto o grande peso de todo esse tempo. Quase consigo sentir o fardo que deve ser — viver por tanto tempo em um mundo que nunca para. Não tenho certeza se quero isso, mas ela não tem escolha.

— A questão é que não achei que fosse uma possibilidade até uns minutos atrás — digo a ela. — E ainda não sei se é de fato, porque você não falou que é.

— Ai, meu Deus. — Vita solta um longo e trêmulo suspiro. — Desculpa, desculpa, desculpa, estou tão desesperada para você concordar que acabei atropelando as coisas. Estou tentando te dizer que o Jack vai nos ajudar, Ben. Se você quiser, ele pode te tornar imortal, que nem eu. Se for isso que você quer. Mas você tem que ter certeza.

— Para sempre... — murmuro, perguntando-me sobre o verdadeiro significado dessas palavras.

Vita estava sozinha quando o para sempre aconteceu com ela, ela não tinha nada. Eu tenho tudo: uma família que me ama, um lar, lugares onde me sinto seguro. Concordar com isso significaria deixar tudo se desfazer lentamente diante dos meus olhos. A ideia de perder a minha mãe e a Kitty, o Elliot e até o Pablo dói mais agora que percebo que não há saída. Eu ficaria assim para sempre. Mas só existe essa possibilidade para mim. Essa e uma cirurgia que quase certamente vai me matar. Deixá-los agora ou suportar que me deixem... No fim das contas, não é uma escolha.

— Até onde eu sei — diz Vita —, não dá para saber com certeza se o processo vai funcionar. Os ingredientes estão velhos e podem não servir. Mas sabemos que já funcionou antes. — Ela se aproxima, tocando as nossas testas. — De uma coisa eu tenho certeza: se você disser sim, eu vou te amar enquanto o mundo existir e além.

Não é uma questão do que eu tenho a perder; tenho *muito* a perder. Mas, se funcionar, esse milagre peculiar vai me manter na Terra por tempo suficiente para apreciar tudo o que eu tenho, e muito mais. E sempre haverá Vita.

— Então é para sempre — digo, levando a mão dela aos meus lábios. — Eu quero um para sempre com você.

X

*A nossa última hora se esconde de nós,
para assistirmos a todas elas.*

—Citação tradicional encontrada em relógios de sol

54

— Talvez a gente devesse esperar a Kitty e a sua mãe. — Estou na calçada oposta à Coleção Bianchi, ao lado de Ben e Jack, e estou preocupada. — Elas deveriam estar aqui para isso. Você tem que conversar com elas, ver o que elas acham. Até onde sabemos, você é a primeira pessoa na história a escolher fazer isso, então é importante fazer direito.

Ben fita o prédio como se o estivesse vendo pela primeira vez. Eu o saúdo como um velho amigo, minha única constante em décadas de mudança, uma sentinela nas fases da minha vida, desde a noite em que brilhou sob a luz de tochas até este momento, envolta no silêncio e na escuridão, me esperando voltar para casa.

— Escolher a vida significa viver tudo, mas também se manter fora dela. Testemunhar a história, mas nunca se tornar verdadeiramente parte dela.

— Você está tentando me fazer mudar de ideia? — indaga Ben.

— Não, só quero ter certeza de que não te influenciei... quem tem que escolher é você.

— A escolha foi minha — diz ele. — E, até onde sabemos, não tem nada para discutir com elas ainda. Vamos ver onde isso vai dar. Elas vão pegar um trem amanhã de qualquer forma, pra cirurgia, então quando chegar a hora a gente resolve. Certo?

— Tá bem, mas como vamos saber se funcionou? — pergunto. — Jack e eu demoramos anos para saber.

— A cirurgia — responde Ben. — Se eu sobreviver à cirurgia e continuar vivo por alguns meses... vamos saber que tem uma boa chance de eu não morrer.

— Posso sugerir que a gente discuta a parte de arrombamento e invasão de propriedade na calada da noite? — indaga Jack. — Londres está cheia de câmeras de segurança.

— Não é arrombamento e invasão de propriedade quando você é o dono do prédio, Jack — argumento.

— Espera, o quê? — pergunta Ben. — Você ainda é a dona? Como?

— Nós *somos* a Coleção Bianchi, o Jack e eu. Eu era a Madame Bianchi, e o Jack era o meu irmão. Queríamos entender o que tinha acontecido com a gente, como tinha acontecido. Então viajamos e colecionamos tudo o que poderia nos dar uma resposta, ou até mesmo parte de uma resposta. A coleção é *nossa*. Quando a Madame Bianchi original, cujo retrato ainda está no grande hall de entrada, morreu silenciosamente no interior do país, em 1781, os descendentes dela (Jack e eu, é lógico, com identidades diferentes) mantiveram a casa pelo tempo que deu, mas o mundo mudou e as pessoas não viviam mais daquela maneira.

— E, além do mais, nunca conseguimos a principal coisa que queríamos, que era ter acesso aos retratos do Leonardo — acrescenta Jack.

— Então, em 1920, doamos a Coleção para o país na esperança de que, um dia, a sua reputação como museu cultural de renome mundial nos permitisse trazer as pinturas.

— Isso é que é planejamento a longo prazo — comenta Ben.

— Nesta vida, longo prazo é tudo — diz Jack.

— E, muitas vezes, sorte também — acrescento, sorrindo para Ben. — Enfim, nós ainda fazemos parte da diretoria, ou melhor, uma versão de nós.

O sinal fecha, e atravessamos a rua juntos.

— Mas então por que você está trabalhando num emprego para o qual teve que obter dois diplomas, num museu do qual você é dona? — indaga Ben.

— Porque a Vita nunca acreditou em tirar vantagem de sua posição — responde Jack.

— Depois que o Dominic morreu, voltei para a faculdade — explico a Ben. — Eu coleciono diplomas como quem coleciona selos de carta, mas é lógico que a maioria das minhas qualificações não se encaixa com a minha aparência por muito tempo. Então, de vez em quando, eu começo tudo de novo.

— E há alguns anos ela decidiu que queria retornar para a Coleção com os benefícios da tecnologia mais recente, então voltou para a faculdade, armou-se de conhecimento e, quando surgiu uma vaga, se candidatou como qualquer outra pessoa.

— Eu tinha um conhecimento interno que provavelmente me deu vantagem — admito. — E viver muito tempo te dá uns privilégios dos quais não é possível escapar. O acúmulo de riqueza é um deles.

— E se você não tivesse conseguido o emprego? — pergunta Ben. — O que teria acontecido?

— Isso nunca me ocorreu — respondo, pensativa, enquanto caminhamos até a entrada principal.

— E, enquanto a Vita estava na universidade, eu voltei pra Florença e aprimorei as minhas habilidades artísticas, mas tenho que dizer que professor nenhum foi tão brilhante quanto o próprio Leonardo.

— Deve ter sido incrível — comenta Ben, admirado —, ter conhecido Leonardo tão bem...

— Embora nunca tão bem quanto eu imaginava — diz Jack bem baixinho.

— Enfim, acontece que um doador podre de rico alugou o prédio inteiro para uma festinha particular hoje, com a própria equipe de segurança, então vamos ter o lugar só para nós.

— E a festa do doador rico? — questiona Ben.

Olho de soslaio para ele.

— Ah, *você* é a doadora rica. Espera, por que você não fez isso quando a gente estava tentando fotografar o retrato? — indaga Ben.

— Eu sou imortal, e não perfeita — respondo. — A ideia foi do Jack, ele é muito mais maquiavélico que eu.

— Tá aí um homem que não chegou nem perto de ser tão ruim quanto a história o pinta — brinca Jack.

★★★

Já que é uma noite memorável e faz muito tempo que não tenho este lugar quase que só para mim, entro com eles pela porta da frente.

O hall principal está totalmente iluminado, e ver as nossas obras de arte nas paredes forradas de seda cor de esmeralda, os belos móveis e pertences expostos ao público ainda é de tirar o fôlego.

— Lar, doce lar — suspira Jack. — Que saudade do século dezoito. Acho que foi o meu preferido até agora. Em primeiro lugar, que roupas...

— Parece muito errado usar essa expressão agora — comenta Ben, pisando no centro do salão e girando bem devagar —, mas tudo isso está fazendo minha cabeça explodir. Quer dizer, quem mais vocês conheceram? Onde mais vocês estiveram?

— Vamos ter tempo para contar tudo isso depois — digo, pegando a mão dele e beijando. — E agora, Jack?

— Antes de tudo, preciso fazer uns esboços do Ben — anuncia Jack. — Sugiro o jardim. O Leonardo dizia que o retrato precisa ser concluído sob a luz das estrelas. Ele não fala isso para os esboços preparatórios, mas acho que é melhor não arriscar.

Seguimos Jack pela antiga sala de estar e pelo salão de baile até o jardim coberto, onde uma cúpula de vidro protege uma fonte e abriga as estátuas antigas que trouxemos de Roma e da Grécia.

Pego a mão de Ben enquanto Jack monta o cavalete e prende várias folhas de papel bege nele. Ele então abre a bolsa e tira a caixa de giz nova que comprei para ele.

— Será que esse giz vai servir? — pergunto, ansiosa. — Não são exatamente iguais aos do Leonardo, né?

— Não, mas giz é uma das poucas coisas que não mudaram nos últimos quinhentos anos — responde Jack. — Giz é giz. Agora para de incomodar a gente, a minha musa e eu, senão vou ter que pedir pra você sair.

Tenho que me esforçar muito para me afastar, mas sei que Jack odeia ser observado enquanto trabalha, então obedeço. Li as instruções que o Leonardo deixou antes de virmos para a Coleção. Ele escreveu que havia completado o meu retrato entre duas e quatro da manhã, ao longo de algumas semanas. Não temos semanas para Jack aperfeiçoar o retrato de Ben, trabalhar no *sfumato* ou capturar a expressão exata dos seus olhos. Temos que torcer para que os materiais e o ato sejam suficientes para salvar Ben. Temos que ter esperança — e eu tenho. Com cada batida do meu coração, espero o máximo que posso, até tensionar cada músculo e até todo o meu corpo estar fervendo com o anseio de que dê certo.

— É *isso*? — Ben fita a pepita de material opaco e avermelhado que Jack havia colocado na mesa antes de sairmos esta noite. — Essa é a pedra filosofal?

— De acordo com o Leonardo, sim — responde Jack, dando de ombros. — Até onde eu sei, pode ser só cocô de pombo, mas é com isso que vamos ter que trabalhar.

— Quer dizer, se funcionar, não devíamos mandar para um laboratório analisar? Compartilhar isso com o mundo? — indaga Ben.

— Não consigo pensar numa ideia pior — diz Jack. — E o Leonardo também não. Por isso, depois de perceber o que tinha feito, fez de tudo para esconder. Ele sabia do que as pessoas eram capazes. Sabia como algo assim iria perturbar o equilíbrio da criação se fosse descoberto antes de a humanidade estar pronta. Vou guardar um pouquinho, o suficiente para analisar no futuro, se chegar o dia em que a civilização esteja avançada o suficiente para saber como usar... embora os últimos quinhentos anos não tenham me dado muita esperança.

— *Você* entende como isso funciona? — pergunta Ben.

— Eu sei que, pra você, este é um momento crucial — diz Jack —, mas infelizmente devo dizer que, neste instante, tudo o que sei fazer é seguir instruções e pintar. Pra mim, é um mistério como exatamente esse processo altera as ações do tempo e do espaço.

— Parece tudo tão simples — comenta Ben. — Parece errado que algo tão importante possa acontecer tão *discretamente*.

— O Leonardo também não entendeu — diz Jack. — Nas instruções, ele escreve sobre se esforçar para criar um equilíbrio perfeito, uma harmonia de átomos, de mover os objetos da pintura, Vita e eu, e agora você, em completa sincronia com todos os outros átomos do universo, existindo como estamos no instante em que o retrato se completa, mas como parte do tecido do todo também. E ele escreve sobre capturar o espírito da criação que flui através de tudo e fazer uma espécie de represa para contê-lo. Eu não sou cientista, mas acho que talvez ele estivesse falando de matéria escura.

— A partícula de Deus — diz Ben.

Jack termina o primeiro esboço e ergue o papel, para Ben e eu vermos. Ele o capturou perfeitamente, com cuidado e até mesmo carinho. Olho para Jack, silenciosamente agradecendo a ele do fundo do meu coração. Ele dá um sorrisinho e assente.

— Agora, a prova de fogo. Ben, você ainda quer tentar isso antes de arriscar uma cirurgia suicida?

— Quero — responde Ben.

— Então vai se arrumar — ordena Jack. — Penteia o cabelo, escova os dentes. Você vai querer estar na sua melhor forma.

Assim que Ben sai, eu pego a mão de Jack.

— Obrigada — digo. — Por dar essa chance ao Ben. Eu sei o quanto isso deve ser difícil.

— Dar a você uma chance de encontrar a felicidade não é nem um pouco difícil — diz ele, dando um leve beijo na minha testa. — Só espero que funcione. Agora me deixa trabalhar. Eu peço para ele te chamar quando eu estiver pronto para começar a pintar.

Deixo Jack no pátio e percorro os corredores, parando aqui e ali para revisitar velhos amigos. Entro na exposição de Da Vinci e encontro *La Belle* esperando pacientemente por mim.

Arrasto uma cadeira e me sento diante dela, para observá-la me observando. Queria muito poder voltar àquele momento e dizer a ela que, independentemente do que viesse a seguir, um dia ela seria feliz.

— Você está segura agora — digo a ela, à mulher que já fui, a alma brutalizada e perdida que teve toda a sua alegria roubada e quase se quebrou. — Não precisa mais ter medo, Agnese. Não precisa mais se desesperar, porque eu estou aqui. Você está segura.

Talvez seja apenas um truque da luz, mas posso jurar que a vi sorrir.

55

— Eu só queria dizer que tenho consciência do peso envolvido no que você está fazendo por mim e pela Vita — digo a Jack depois de passarmos pelo menos uma hora num silêncio bastante desconfortável. — Acho que entendi o que você sente pela Vita antes dela.

— Não adianta chorar sobre o leite derramado — diz Jack com uma descontração cuidadosa. — Eu perdi a minha chance, se é que um dia tive uma. Sempre vou amar a Vita, mas, daqui a uns cem anos ou mais, a dor vai passar. A verdade é que o tempo cura bastante coisa quando se tem séculos de sobra.

— Você é um homem incrível — digo.

— Sei disso — devolve ele, dando de ombros.

— Sou muito grato por você estar aqui agora, por ela e por mim. Nunca vou me esquecer disso.

— A questão — diz Jack, me medindo com o comprimento do seu pincel — é que a Vita nunca iria me amar dessa forma, quer você tivesse aparecido ou não. Sei disso hoje. Tentei não contar pra ela, mas... sou humano. Olha, não precisa ter pena de mim. Sou absurdamente lindo e meu charme é irresistível. Daqui a pouco, alguma pessoa bonita vai me fazer sucumbir numa grande paixão e vou voltar a ser meu antigo eu.

— Não vou ter pena de você — prometo. — Só... obrigado.

— A Vita salvou a minha sanidade mais vezes do que gosto de admitir. Ela manteve meus pés no chão, manteve minha humanidade — diz Jack. — Devo a ela mais do que posso retribuir.

— Dá para imaginar como isso deve pesar — comento. — O fato de você correr o risco de perder isso depois de testemunhar tanto da História.

— Como você acha que vai lidar com tanto da História? — pergunta ele. — Tanta coisa passa por nós. Às vezes somos arrastados por um turbilhão, jogados de um lado para o outro enquanto vemos pessoas queridas sofrendo e morrendo. E aí, de tempos em tempos, somos obrigados a nos retirar e recomeçar. Temos que aprender a *ser* de novo. A usar a merda de um celular. Como você acha que vai lidar com isso?

— Não sei — digo, tentando pensar numa resposta. — Antes disso tudo, eu nunca me atentei para como é pouco o tempo que temos na Terra para fazer alguma coisa da nossa vida. Agora sei que quero usar o tempo para fazer algo importante, que melhore a vida de todo mundo. Isso deve proporcionar uma perspectiva única, né? Porque não tem essa de passar o bastão para a geração seguinte quando você *é* todas as gerações. Você e Vita lutaram em guerras e enfrentaram o pior tipo de mal. Já deram tudo de si mais de uma vez. Talvez eu possa dar um jeito nas mudanças climáticas ou algo assim. E também quero ir a todos os lugares, fazer tudo e experimentar tudo. Se isso der certo, não vou deixar um minuto sequer passar sem dar valor a ele.

— Gosto da sua ambição — comenta Jack com um sorriso irônico. — Sabe, pode ser que haja momentos... não, peraí, deixa eu reformular. *Vai* haver momentos em que você e Vita não vão ser amantes, nem estar apaixonados. Em que vocês vão cansar um do outro, irritar um ao outro, ou quando as circunstâncias vão afastar vocês. E aí?

— Meus avós foram casados por sessenta anos — digo. — Depois que meu avô morreu, minha avó me disse que o odiou por toda a década de 1980. Quer dizer, ela o amava, mas também o odiava. Estava cansada da cara dele. Eles continuaram juntos, seguiram casados, porque era isso o que as pessoas faziam naquela época... quer dizer, as pessoas da classe trabalhadora. E aí, um dia, depois de uns dez anos de infelicidade, solidão e ressentimento, eles simplesmente se olharam e toda aquela mágoa e confusão desapareceu. Ela disse que era como se eles tivessem acabado de se apaixonar, e que foi assim até o dia em que ele morreu. Acho que o amor perdura, e, mesmo quando esses momentos acontecerem, sei que vamos acabar encontrando o nosso caminho de volta um para o outro.

— É melhor você estar à altura de tudo o que ela acredita a seu respeito — diz Jack, descontraído —, porque se não, mesmo que eu não possa te matar, posso fazer da sua vida um inferno por um bom tempo.

— Entendido — digo.

— Acho que já tenho esboços suficientes para começar a pintar o retrato — anuncia ele. — Pode chamar a Vita.

★★★

— O céu está limpo — observa Jack, olhando para o teto de vidro. — É difícil ver as estrelas no centro de Londres, mas elas estão lá em cima, e é isso o que importa.

— Estão — concorda Vita, olhando para os esboços que Jack pendurou no pátio. — Os esboços estão incríveis, Jack. Você capturou o Ben perfeitamente.

Dou uma olhada em um deles e vejo um homem prestes a sorrir; um homem com medo, mas com esperanças; um homem apaixonado. De alguma forma, Jack conseguiu capturar tudo isso e muito mais nesses esboços. Ele é um grande artista, no fim das contas.

— Então, é isso? — pergunto, nervoso, tentando não pensar na grandiosidade de tudo. — Nenhum ritual? Nenhum encantamento? Não precisamos sacrificar nada?

— Não — responde Jack, adicionando uma gota de óleo ao pigmento em pó. — Pra ser sincero, eu teria mais confiança no processo se tivesse algum ritual complicado. Mas eu preparei a tábua, feita de teixo, como na instrução. E misturei a tinta. Só que nem você nem eu estávamos presentes quando essa parte da pintura em si aconteceu, Vita, então não acho que você e o Ben precisam estar aqui. Por que vocês não vão passar um tempo juntos? Dar um uso para aquela cama de dossel linda na suíte de hóspedes.

— Venha nos procurar quando terminar — pede Vita.

Ela faz uma pausa, então corre para abraçar Jack, que retribui o abraço.

Eu ofereço a ele a minha mão, e ele a aceita.

— Obrigado não é o suficiente para expressar o que isso significa para mim, para nós — digo. — Mesmo que não funcione, o fato de você se dispor a tentar é tudo.

— A expressão no rosto dela já é agradecimento suficiente — diz Jack.

* * *

— Então... — Vita me fita com os olhos brilhando, preparando-se para me guiar pela Coleção. — Estamos no museu à noite. O que você quer fazer?

De repente, sinto o medo me invadir e tomar conta de todo o meu ser. Fico paralisado de terror, e tudo o que quero é ir para casa. Para a minha casinha em Hebden Bridge, deitar na minha cama, cobrir o rosto com o edredom e dormir.

— Você está bem? — pergunta Vita.

— Estou com medo — respondo. — Medo de dar certo. Medo de não dar. Acho que estou com medo desde que descobri sobre a minha cabeça e... — Olho para ela.

Vita abre os braços e eu me entrego a eles, que me apertam enquanto sinto o coração dela bater.

— Eu também estou com medo — admite ela. — Medo de te perder. Medo de estar te forçando a fazer uma escolha da qual você talvez se arrependa. Medo do que estamos fazendo aqui.

— A vida é assustadora — sussurro em seus cabelos.

— É — concorda ela. — Se você quiser, a gente pode dar meia-volta e ir para casa agora mesmo. Eu falo para o Jack parar de pintar, e você faz a cirurgia e...

— Não — interrompo a frase dela, me afastando o suficiente para ver seu rosto. — Sim, eu estou com medo, mas que tipo de idiota daria as costas para um milagre como o que você e o Jack estão me oferecendo? Sei que é isso o que eu quero. Estou apavorado, mas tenho certeza disso. Agora me mostra a sua linda casa. Me diz qual é a sua coisa favorita.

Vita olha nos meus olhos por um instante, depois me beija com avidez.

— Ou então me leva pra tal cama grande que o Jack falou — completo, sorrindo.

Pegando a minha mão, ela começa a me levar até a grande escadaria central, e uma nova preocupação me invade.

— Vita — começo, quando chegamos ao fim da escada, e ela acena com a mão para acender as luzes do corredor opulento —, e se não funcionar? Já pensou no que vai acontecer?

— Sinceramente, eu não pensei em quase nada mais. Se não funcionar, ainda temos a cirurgia.

— E se a cirurgia não funcionar também? — pergunto. — O que vai acontecer com você? Você tem que me prometer que não vai desistir de viver, que não vai voltar a tentar morrer.

Vita fica imóvel e deixa o queixo cair, seu cabelo cobrindo o rosto como uma cortina escura.

— Não posso pensar nisso. Hoje não. Hoje, precisamos acreditar no que estamos fazendo.

— Mas eu preciso saber — insisto. — Preciso saber que você vai ficar bem se as coisas não funcionarem do jeito que a gente quer.

Ela me olha com os braços pendendo junto ao corpo.

— Lembra o que eu falei quando você me perguntou se a sua mãe e a Kitty iam ficar bem quando você morresse? Minha resposta continua a mesma. Se eu te perder, Ben, vou ficar com o coração partido. Vou sofrer. O tempo vai passar... eras, talvez... e eu sempre vou me lembrar de você. Sempre vou sentir a sua falta. E, quando o mundo acabar, e eu for enfim libertada, estarei dizendo seu nome. Então não, não vou ficar bem, mas vou continuar vivendo, do jeito que você me lembrou de fazer. Como eu poderia fazer qualquer outra coisa?

Tomando o rosto dela suavemente em minhas mãos, beijo as lágrimas em suas bochechas. Hoje não é o momento de ter medo. Se estas forem algumas das nossas últimas horas juntos, algumas das minhas últimas horas neste mundo, então têm que ser cheias de coragem, alegria e amor.

— Sabe — digo, pegando a mão dela —, acho que vai ficar tudo bem. Vai dar tudo certo. Daqui a algumas horas, vamos ver o sol nascer juntos, e tudo o que teremos pela frente é um futuro que vamos poder preencher do jeito que quisermos.

— Você acredita mesmo nisso? — indaga Vita.

— Do fundo do meu coração — respondo. — Mas, aconteça o que acontecer, você promete não esquecer que a minha mãe e a Kitty também são sua família agora?

— Prometo — diz ela.

— Então me leva aonde você estava me levando para me mostrar sua coisa favorita

— Ah, isso. — Ela abre um armário de vidro usando a digital e pega um anel dourado pequeno e despretensioso, com uma pedra verde. — Não sei se é o meu favorito, mas é o mais pessoal. Minha mãe me deu este anel.

— Este anel? — Pego da sua mão e olho a joia na minha palma.

— É. Eu tinha doze anos — responde ela. — Minha mãe me chamou em seu quarto, colocou esse anel no meu dedo e me beijou. Eu mal a conhecia; de muitas maneiras, era uma estranha. Mas, naquela tarde dourada, sentada do lado dela, me lembro de me sentir muito amada.

Fito o círculo simples de ouro, um presente de amor que não tem começo nem fim, mesmo que aquela que o ofereceu já tenha partido. Engolindo em seco, pego a mão esquerda de Vita e a encaro.

— Sabe, se fôssemos pessoas comuns, que se conheceram numa situação normal, eu teria esperado para te pedir em casamento. Eu já sabia que queria isso desde o momento em que te conheci...

Vita assente em silêncio.

Coloco o anel no dedo dela.

— De hoje até a eternidade — declaro.

— De hoje até a eternidade — repete ela.

Ficamos ali por um tempo, nos encarando, sabendo que, não importa o que aconteça, sempre pertenceremos um ao outro.

— Agora posso riscar esse item da minha lista de coisas a fazer durante a vida — declaro.

— Não sabia que você tinha uma lista — diz ela.

— Nem eu, não até agora — digo. — Ninguém vai notar que o anel sumiu?

— É provável que sim, mas ele é meu mesmo.

— O que você vai me mostrar agora? — indago enquanto ela me leva até um grande sofá.

— Eu.

★★★

— Está feliz? — pergunta ela.

— Acho que, seminu e num sofá com você, estou sempre feliz — murmuro junto aos cabelos dela. Estou tão cansado que meu corpo dói e formiga de exaustão. Sob tudo isso há uma sensação que esperei a vida inteira para sentir: contentamento. — É, estou feliz, sim, feliz de verdade. — Viro o rosto para ela e beijo a ponta do seu nariz. — Seu amor me faz sentir seguro, Vita. Mesmo que não houvesse magia ou milagre. Mesmo que eu só tivesse mais uma hora de vida. Seu amor me fez parar de ter medo de seja lá o que for, porque sei que esses últimos dias com você serão para sempre meus, onde quer que eu esteja.

— Eu te amo, Ben — sussurra ela, os lábios junto das minhas pálpebras quando elas finalmente se fecham.

Sinto o coração dela batendo, subindo e descendo no peito. Sinto a verdadeira felicidade.

XI

A hora de ser feliz é agora.
O lugar para ser feliz é aqui.

—Robert Green Ingersoll

56

Lentamente, a luz da manhã se infiltra em meu sono e abro os olhos. Está tudo silencioso e calmo na biblioteca, lá fora as ruas estão quase silenciosas. Ben dorme um sono pesado ao meu lado, um braço jogado na minha cintura. Com cuidado, me desvencilho dele, sorrindo ao observá-lo. Sua mão desliza pela borda do sofá. As pontas dos dedos roçam de leve o tapete gasto. A primeira luz de um dia de verão entra pela janela, um tom pálido de dourado, projetando sombras salpicadas no rosto dele. Ben está sorrindo. Eu me abaixo e beijo de leve a sua têmpora. Sentindo pelo toque da boca o frio na pele dele, pego um casaco e o cubro, e em seguida saio para ir ao encontro de Jack.

Ele está sentado no pátio, junto à fonte com as carpas, a cabeça baixa pela exaustão. Parece que sempre esteve ali, moldado em bronze. Era aqui que nos sentávamos para conversar noite adentro, planejando nossa próxima aventura, antes que o peso de todo esse tempo começasse a parecer um fardo. Mas isso muda hoje. A partir de agora, Ben estará ao meu lado.

Não vejo o cavalete de Jack, nem suas tintas. A cabeça dele está tão escorada na mão que acho que está dormindo. Não é pouco o que ele fez por mim hoje. Ele não só deu a Ben a possibilidade de um futuro, mas também me deixou ficar com Ben, sabendo que nada mais será como foi um dia. É uma verdadeira prova de amor.

Delicadamente, apoio o braço nos ombros de Jack.

— Você está bem? — pergunto.

Ele me fita com um olhar sonolento e sorri.

— Vou ficar — responde ele, me abraçando pela cintura e me puxando para que eu me sente ao seu lado.

— Você acha que deu certo? — indago, me permitindo sentir apenas uma pontinha de felicidade.

— Acho que sim — responde Jack, sorrindo. — Sinto que funcionou. Pintei um retrato muito bonito do Ben. Quanto mais trabalhava nele, mais entendia por que você tinha se apaixonado por ele. Ele tem essa beleza delicada. Tanta graça e elegância. E acho... Acho, de verdade, que senti alguma coisa acontecendo ao meu redor, no ar. Como o acúmulo de estática antes de uma tempestade. Talvez fossem as estrelas se alinhando ao meu comando.

— Ah, Jack! Você acha mesmo? — pergunto. — Quero tanto acreditar que sim.

— Eu me senti como antigamente — diz Jack com um sorrisinho. — A força do amor que eu tinha pelo Leonardo retornou naquele momento; eu a *senti* dentro de mim. E, enquanto isso acontecia, eu senti as cores correndo pelas minhas veias, me devolvendo ao homem que eu era quando estava nos braços dele. Acho que eu tinha esquecido o que significava ser verdadeiramente humano. Mas, de alguma forma, ontem tudo voltou: a alegria e a paixão, a felicidade de estar perto dele; a doce ternura que compartilhamos, e os momentos tranquilos e silenciosos. Foi como se a cada pincelada eu me trouxesse de volta à vida. O Leonardo estava aqui, Vita, eu sei que estava. Em espírito e em toque. Eu senti... — Ele baixa a cabeça. — Senti o amor dele de novo, Vita. Do jeito que era. Ele me foi devolvido por um tempo.

Ele chora baixinho, mesmo sorrindo.

— Como você está se sentindo? — indago.

— Eu me sinto maravilhoso — responde ele. — Me sinto curado. Tenho certeza de que vou voltar a amaldiçoar o nome dele por toda a eternidade lá pela hora do chá, mas, por enquanto, sinto a paz sobre a qual você tem falado há tanto tempo. Me sinto bem.

— Fico feliz — digo, me aproximando para beijar sua bochecha.

— Fiz os últimos retoques no quadro quando os primeiros raios de luz estavam surgindo no horizonte. Foi como um milagre, na verdade.

— *Tem* que ter funcionado — afirmo. — Como não iria funcionar? E agora a vida recomeça.

Jack ri quando me levanto e danço ao redor da fonte.

— É só porque eu te amo tanto que não fico ofendido com o fato de você achar que a vida comigo era como estar morta — comenta ele.

— Não foi isso que eu quis dizer — digo, pegando sua mão e puxando-o. — Você sabe que...

— Eu sei, Vita — interrompe ele. — Não precisa falar mais nada. Além do mais, valeu a pena poder te ver assim de novo, minha Madame Bianchi, pronta para dominar o mundo.

— Tudo é novidade agora — digo, girando-o, enquanto Jack ri, encantado. — Todos os lugares a que formos e tudo o que fizermos... vai ser como se estivéssemos vivendo tudo pela primeira vez. Vou viajar com Ben ao redor do mundo no mínimo umas dez vezes. Todas as paisagens maravilhosas deste mundo glorioso agora também são dele, e nunca vamos ficar sem tempo. — Solto Jack, que gira até parar, rindo. — E prometo que você nunca vai ficar sozinho. Você sempre vai ter a mim.

— Até eu me cansar de você, óbvio — devolve Jack, com um sorriso malicioso.

— Podemos construir uma casa juntos — digo baixinho à medida que as possibilidades se abrem diante de mim. — Não estou falando que quero ir embora de Londres de vez, lógico que não, mas daqui pra frente... — Olho para Jack. — Daqui pra frente, Jack, vou olhar para o futuro, em vez de me apegar ao passado. Todos os nossos sonhos podem se tornar realidade. Posso ver a pintura? — Olho ao redor, à procura do retrato.

— Vamos chamar o Ben para olharmos juntos — sugere Jack.

Correndo na sua frente, subo dois degraus de cada vez e disparo a todo vapor pelo piso marmorizado a caminho da biblioteca.

Ben não se moveu um centímetro sequer. Continua com aquele belo sorriso nos lábios.

Eu me ajoelho na frente dele.

— Ben? — sussurro, fazendo um carinho em seu ombro. — Acorda, Ben. Está na hora.

Ele não se mexe. Levo os lábios até a sua bochecha fria.

— Anda, seu dorminhoco, está na hora de acordar. — Eu o agito um pouco. Sua cabeça pende para um lado. — Ben? — Levo o rosto junto ao dele. Sinto uma pontada de nervosismo. — Ben?

Jack entra no cômodo no instante em que eu me sento sobre os calcanhares.

— Acho que tem alguma coisa errada — digo baixinho. — O Ben não está acordando. Você acha que ele pode ter tido uma concussão ou algo assim, de quando bateu a cabeça? — Olho para ele, desesperada. — Jack?

Jack corre até Ben e leva a orelha para perto da sua boca. Eu fico esperando enquanto ele ouve.

— Ele não está respirando — anuncia Jack com a voz calma, porém tensa. — Mas não é possível. Deu certo. Eu sei que deu.

— Como assim não está respirando? Tem certeza? — Eu sacudo Ben um pouco mais forte, a voz falhando, o pânico aumentando. — Ben, acorda! Acorda!

Jack coloca Ben no chão polido e leva a orelha ao seu peito.

— Ben! — imploro. — Ben, anda, está na hora de acordar. Acorda!

Jack se apoia nos calcanhares, o rosto pálido de espanto. Com a mão trêmula, ele pega a minha.

— Vita — diz Jack. — Não tem batimento cardíaco. Ele está frio. Eu acho que... Eu acho que ele está assim há algum tempo.

— Não, isso não está certo. Ele está quentinho, está vendo? — Esfrego a mão de Ben entre as minhas. — Eu acabei de acordar, e ele estava dormindo. Ele bateu a cabeça e talvez tenha desmaiado, mas... A gente precisa de ajuda. Jack, pede ajuda.

— Vita — sussurra Jack. — Ele se foi. Ele nos deixou. Eu sinto muito, mas não deu tempo. O Ben morreu.

— Não. — Balanço a cabeça, desabando em cima de Jack. — Não, você está errado. É muito cedo. Pede ajuda! A gente precisa de ajuda.

Jack pega o celular do bolso, se atrapalhando com o aparelho. Eu o ouço soluçando enquanto se afasta de mim e faz a ligação.

Deito minha cabeça no peito de Ben, e lágrimas quentes escorrem pela sua camisa. Sob minhas mãos, sinto o contorno familiar de seu corpo, forte e imóvel. Prendendo a respiração, escuto. Tento conjurar um batimento cardíaco, sentir sua caixa torácica subir e descer, mas não ouço nada além de ecos vazios.

De repente, o tudo que tínhamos se transformou em nada.

57

O que se segue acontece como se eu estivesse a uma certa distância de tudo. Eu me sento no chão, mantendo a mão de Ben junto do meu rosto por não sei quanto tempo.

Os paramédicos tentam ressuscitá-lo três vezes antes de se entreolharem e balançarem a cabeça. Eles tentam levá-lo embora, mas fico agarrada à sua mão até que uma jovem gentilmente solta meus dedos e me diz para onde o estão levando, e que eu vou poder vê-lo de novo.

— Mas vocês devem estar errados — digo. — Ele não pode estar morto. Ele estava aqui agora. Acabamos de nos casar.

Um policial conversa com Jack em voz baixa, olhando para mim. Não sei o que Jack está dizendo para eles, ou como vai explicar o que estávamos fazendo aqui, mas não me importo. Quando os paramédicos começam a carregar Ben escadaria abaixo, eu vou atrás, um degrau de cada vez, até a entrada do prédio, onde há uma ambulância esperando. Mais uma vez eles dizem que eu tenho que deixá-lo ir, mas que vou poder vê-lo de novo. Eles me dizem que alguém vai me ligar.

Quando as portas se fecham, o veículo se junta tranquilamente ao trânsito matinal. Eu o acompanho com o olhar o máximo que posso, até ele se perder no burburinho e no caos do verão na hora do rush.

Não tivemos tempo suficiente.

Todos os anos que restam de rotação da Terra ainda não teriam sido suficientes para abarcar o nosso amor, mas sequer tivemos a chance de tentar.

Quando não há mais nada a fazer, eu me viro e volto para o belo palácio que já foi a minha casa e se tornou o meu refúgio por mais um tempo, trancando a porta.

— A diretoria fechou o museu por hoje — avisa Jack. — Eu falei que houve uma tragédia durante um evento corporativo. Pode deixar que eu resolvo tudo. Não precisa se preocupar.

— Estávamos tão perto... — murmuro. — Estávamos quase lá...

— Ele deve ter morrido durante o sono, antes de eu terminar a pintura — diz Jack. — Ele estava em seus braços, Vita. Ele morreu te amando e sendo amado. Isso não serve de consolo, eu sei. Mas é alguma coisa.

— Não é suficiente — digo.

— Deixa eu te mostrar a pintura — pede ele. — Acho que pode ajudar.

Eu permito que ele me conduza até a galeria silenciosa onde seu trabalho está ao lado do retrato pintado por Da Vinci. Uma imagem semelhante à de uma pintura feita quinhentos anos antes. Seus corpos estão voltados um para o outro, seus olhares mirando algo fora da tela. Um par perfeito.

Jack capturou Ben perfeitamente. O meio sorriso esperançoso, a luz cálida de seus olhos. A cabeça levemente inclinada. Na expressão da mulher, há tristeza e perda. Na de Ben, há amor e esperança. Juntos, um faz uma promessa ao outro.

Jack me abraça. Não há mais nada a fazer a não ser chorar de me acabar.

★★★

— Preciso de uma saída — digo.

Horas se passaram, embora eu não saiba quantas. Quando meus olhos ficaram quentes e secos, e meu corpo doía, Jack sugeriu que viéssemos para o telhado, onde serviu um copo de uísque de seu cantil para cada um.

É sentada aqui no telhado, com as pernas enfiadas por entre a balaustrada, que faço minha confissão. Não é nenhuma novidade, mas é algo que vem do fundo do coração. E agora quero isso mais do que nunca.

— Quero envelhecer, Jack. Quero saber que todos os momentos são especiais porque nunca mais vão se repetir. Que nunca mais vou ser deixada para trás pelas pessoas que eu amo. — Estamos sentados lado a lado, olhando a cidade que nos abrigou e nos permitiu chamá-la de lar. — Se tivéssemos chegado a tempo, se tivéssemos salvado Ben, talvez eu pudesse ter vivido mais cem vidas... mas, agora, não. Preciso de uma saída. Preciso tanto que chega a doer.

— O que eu faria sem você? — pergunta Jack, apertando a minha mão. — Para quem eu contaria todos os meus segredos?

— Você se viraria — digo. — Você vive o momento presente... sempre foi assim... e é por isso que você é muito melhor nisso que eu. Para você, não tem passado nem futuro, só o agora. E isso nunca é demais. Você viveria um número infinito de agoras sem mim, e depois de um tempo eu ia ser só uma boa lembrança.

— Vita, eu te amo e não suporto a ideia de não ter você aqui comigo. — Sua voz falha ligeiramente. — Em todos esses anos, eu só amei de verdade o Leonardo e você. Mas, se é disso que você precisa, eu vou te ajudar. Acho que descobri como quebrar o feitiço. Como você pode virar mortal de novo.

— Descobriu? — Ergo o rosto para fitá-lo e vejo a hesitação em seus olhos.

Jack suspira, tirando a mão da minha e passando-a por entre os cachos.

— Ontem à noite, pintando, eu percebi como era simples, na verdade — explica ele, com os olhos fixos no horizonte. — Criar um retrato usando o método do Leonardo imobiliza uma alma num momento específico do tempo, enquanto todo o resto continua. É como uma pedra colocada no leito de um rio; o tempo continua a fluir ao redor dela. Eu não posso dizer com certeza absoluta, mas me parece lógico que chutar a pedra a soltaria de volta na correnteza, onde ela iria viajar junto com o restante da criação. Meu retrato mágico está perdido em algum lugar, mas, onde quer que esteja, ainda está inteiro. Não tenho escolha sobre quem eu sou e estou em paz com isso. Mas o seu retrato, Vita, está bem aqui.

— Você quer dizer que, se eu destruir o quadro, ficarei livre? — indago, virando o olhar lentamente para ele. — Se eu destruir um Da Vinci, volto a envelhecer?

— É só uma teoria — responde Jack, cauteloso. — Mas acredito que sim. Estranho, né? Como os mistérios mais complicados tantas vezes têm as soluções mais simples?

— Mas destruir um Da Vinci?! — exclamo, pensando no rosto da menina que um dia fui.

— Você conseguiria fazer isso? — pergunta ele.

— Não sei.

Um alarme toca no meu celular, me dando um susto. Deixo o copo cair, e ele brilha sob a luz por um momento antes de se espatifar no chão.

— Temos que ir. Kitty e Sarah estão chegando.

★★★

Estamos sob as abóbadas de King's Cross, esperando os passageiros desembarcarem do trem. Pedi à polícia que as esperasse chegar para que pudesse ser eu a dar a notícia. Vejo Kitty primeiro, com Elliot se sacudindo no seu quadril. E, logo atrás, sua mãe, puxando uma mala de rodinhas. Elas trazem sorrisos no rosto, que se desmancham no momento em que veem o meu.

Kitty deixa a bolsa cair, e Sarah para na mesma hora.

Corro até elas, de braços abertos. Nós nos juntamos em um abraço apertado, ancoradas pela dor, enquanto o tempo flui à nossa volta, viajando para um oceano distante de estrelas. Nós três o amamos, e isso vai durar para sempre.

XII

Carpe diem

XII

58

Houve alquimia no ar naquela noite. Só não do tipo que esperávamos. E, embora não mude a saudade que sinto de Ben, a saudade que sinto de todas as pessoas que perdi, isso me dá uma razão para viver.

Quatro meses se passaram desde que perdemos Ben. Quatro meses sombrios em que segui em frente, embora achasse que não iria sobreviver à nova tentativa de recomeçar. Até que, certa manhã, senti algo mexendo dentro de mim, como um bater de asas de borboleta. Eu sabia que já tinha sentido aquilo antes, embora tenha levado um minuto para reconhecer a sensação. Então, de repente, percebi que havia recebido o mais belo presente do universo. No mesmo instante em que uma vida foi tirada de mim, outra me foi concedida.

Agora estou sentada no chão do banheiro, ouvindo Pablo arranhar a porta do lado de fora e vendo o teste de gravidez dar positivo. Pouso a mão na barriga, fecho os olhos e espero pelo movimento sob a palma da mão que me diz que uma vida cresce ali. Meu bebê e do Ben, se preparando para desabrochar no mundo que o aguarda, onde será tão amado.

— Oi, pequenino — sussurro. — Aqui é a mamãe.

— E aí? — pergunta Kitty, do alto da escada, onde está parada me esperando.

Fico de pé, abro a porta e sorrio para ela e para Sarah, sentada três degraus abaixo da filha.

— Você vai ser tia — digo a Kitty. — E você, Sarah, vai ser avó de novo.

Com um soluço de alegria, Sarah abre os braços para mim, e, de alguma forma, nós três nos vemos enredadas com Pablo em um abraço complicado no meio da escada.

— É um milagre! — exclama Sarah, embora não saiba da missa a metade.

E nem precisa saber, agora que sou mortal de novo.

★★★

O quadro — o *meu* quadro — está agora listado como roubado por misteriosos ladrões de arte, perdido no cofre de algum colecionador. Ninguém no mundo, exceto eu, sabe se algum dia ele será visto novamente. Eu sei que não.

Quando chegou a hora certa, levei a pintura para o telhado da Mansão Bianchi, onde Jack estava esperando por mim com uma caixa de fósforos, e ateamos fogo nela. Nós a vimos queimar, as brasas flutuando no céu escuro ao pôr do sol como pequenas lanternas, até que só restaram cinzas. Recolhi o pouco que restava e levei até o rio, onde espalhamos as cinzas na água. E eu sabia então que, embora fosse demorar mais algumas décadas, um dia eu estaria outra vez com todos aqueles que amei e perdi. Estaria com Ben de novo.

O dom da mortalidade me foi devolvido.

Mas, nos anos entre o hoje e a eternidade, ensinarei ao nosso filho tudo o que Ben me ensinou sobre o que significa viver de corpo e alma.

Todo momento é singular, é precioso. Nunca pode ser repetido.

Isso é a vida.

Agradecimentos

Meus sinceros agradecimentos a todas as pessoas sem as quais eu não poderia ter escrito este livro, especialmente Lily Cooper, Hellie Ogden, Ma'suma Amiri e Emily Randle.

Agradeço também aos meus queridos amigos, em particular a Julie Akhurst e a Steve Brown, a cujo filho este livro é dedicado. Noah vive para sempre em nossos corações.

E, por fim, ao meu maravilhoso marido, Adam, pelo seu apoio infinito, aos meus filhos geniais, engraçados e incríveis, e aos meus cães maravilhosos, Blossom e Bluebell.

Este livro foi composto na tipografia Plantin MT Pro,
em corpo 11/15, e impresso em papel off-white
no Sistema Cameron da Divisão Gráfica
da Distribuidora Record.